U0939751

|含章文库|

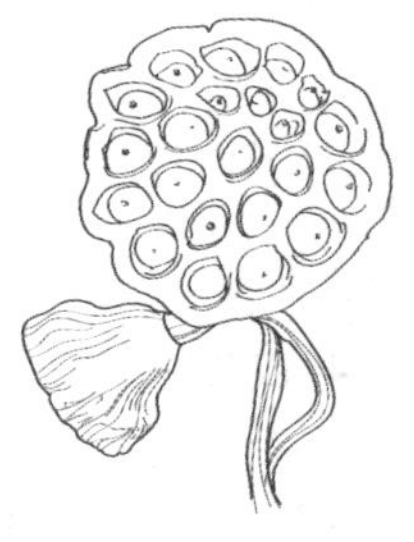

江苏人民出版社

图书在版编目（CIP）数据

食事 / 汪曾祺著. — 南京：江苏人民出版社，2014.7（2022.11 重印）

（含章文库）

ISBN 978-7-214-12762-4

Ⅰ. ①食… Ⅱ. ①汪… Ⅲ. ①散文集 – 中国 – 当代 Ⅳ. ①I267

中国版本图书馆CIP数据核字(2014)第104341号

书　　名	食　事
著　　者	汪曾祺
责任编辑	刘　焱
出版发行	江苏人民出版社
地　　址	南京市湖南路1号A楼，邮编：210009
印　　刷	文畅阁印刷有限公司
开　　本	880 mm × 1 230 mm　1/32
印　　张	10
插　　页	4
字　　数	215 000
版　　次	2014年7月第1版
印　　次	2022年11月第6次印刷
标准书号	ISBN 978-7-214-12762-4
定　　价	45.00元

目录
Contents

食事

食 事

食 事

/

/

/

五味

///

山西人真能吃醋！几个山西人在北京下饭馆，坐定之后，还没有点菜，先把醋瓶子拿过来，每人喝了三调羹醋。邻座的客人直瞪眼。有一年我到太原去，快过春节了。别处过春节，都供应一点好酒，太原的油盐店却都贴出一个条子："供应老陈醋，每户一斤。"这在山西人是大事。

山西人还爱吃酸菜，雁北尤甚。什么都拿来酸，除了萝卜白菜，还包括杨树叶子，榆树钱儿。有人来给姑娘说亲，当妈的先问，那家有几口酸菜缸。酸菜缸多，说明家底子厚。

辽宁人爱吃酸菜白肉火锅。

北京人吃羊肉酸菜汤下杂面。

福建人、广西人爱吃酸笋。我和贾平凹在南宁，不爱吃招待所的饭，到外面瞎吃。平凹一进门，就叫：“老友面！”“老友面”者，酸笋肉丝汆汤下面也，不知道为什么叫作“老友”。

傣族人也爱吃酸。酸笋炖鸡是名菜。

延庆山里夏天爱吃酸饭。把好好的饭焐酸了，用井拔凉水一和，呼呼地就下去了三碗。

都说苏州菜甜，其实苏州菜只是淡，真正甜的是无锡。无锡炒鳝糊放那么多糖！包子的肉馅里也放很多糖，没法吃！

四川夹沙肉用大片肥猪肉夹了洗沙蒸，广西芋头扣肉用大片肥猪肉夹芋泥蒸，都极甜，很好吃，但我最多只能吃两片。

广东人爱吃甜食。昆明金碧路有一家广东人开的甜品店，卖芝麻糊、绿豆沙，广东同学趋之若鹜。“番薯糖水”即用白薯切块熬的汤，这有什么好喝的呢？广东同学曰：“好！”

北方人不是不爱吃甜，只是过去糖难得。我家曾有老保姆，正定乡下人，六十多岁了。她还有个婆婆，八十几了。她有一次要回乡探亲，临行称了两斤白糖，说她的婆婆就爱喝个白糖水。

北京人很保守，过去不知苦瓜为何物，近年有人学会吃了。菜农也有种的了。农贸市场上有很好的苦瓜卖，属于“细菜”，价颇昂。

北京人过去不吃蕹菜，不吃木耳菜，近年也有人爱吃了。

北京人在口味上开放了！

北京人过去就知道吃大白菜。由此可见，大白菜主义是可以被打倒的。

北方人初春吃苣荬菜。苣荬菜分甜荬、苦荬，苦荬相当的苦。

有一个贵州的年轻女演员上我们剧团学戏，她的妈妈不远迢迢给她寄来一包东西，是“择耳根”，或名“则尔根”，即鱼腥草。她让我尝了几根。这是什么东西？苦，倒不要紧，它有一股强烈的生鱼腥味，实在招架不了！

剧团有一干部，是写字幕的，有时也管杂务。此人是个吃辣的专家。他每天中午饭不吃菜，吃辣椒下饭。全国各地的，少数民族的，各种辣椒，他都千方百计地弄来吃，剧团到上海演出，他帮助搞伙食，这下好，不会缺辣椒吃。原以为上海辣椒不好买，他下车第二天就找到一家专卖各种辣椒的铺子。上海人有一些是能吃辣的。

我的吃辣是在昆明练出来的，曾跟几个贵州同学在一起用青辣椒在火上烧烧，蘸盐水下酒。平生所吃辣椒亦多矣，什么朝天椒、野山椒，都不在话下。我吃过最辣的辣椒是在越南。一九四七年，由越南转道往上海，在海防街头吃牛肉粉，牛肉极嫩，汤极鲜，辣椒极辣，一碗汤粉，放三四丝辣椒就辣得不行。这种辣椒的颜色是橘黄色的。在川北，听说有一种辣椒本身不能吃，用一根线吊在灶上，汤做得了，把辣椒在汤里涮涮，就辣得不得了。云南佧佤族有一种辣椒，叫“涮涮辣”，与川北吊在灶上的辣椒大概不相上下。

四川可说是最能吃辣的省份，川菜的特点是辣且麻——搁很多花椒。四川的小面馆的墙壁上黑漆大书三个字：麻辣烫。麻婆豆腐、干煸牛肉丝、棒棒鸡，不放花椒不行。花椒得是川椒，捣碎，菜做好了，最后再放。

周作人说他的家乡整年吃咸极了的咸菜和咸极了的咸鱼。浙东人确实吃得很咸。有个同学，是台州人，到铺子里吃包子，掰开包子就往里倒酱油。口味的咸淡和地域是有关系的。北京人说南甜北咸东辣西酸，大体不错。河北、东北人口重，福建菜多很淡。但这与个人的性格习惯也有关。湖北菜并不咸，但闻一多先生却嫌云南蒙自的菜太淡。

中国人过去对吃盐很讲究，如桃花盐、水晶盐，“吴盐胜雪”，现在则全国都吃再制精盐。只有四川人腌咸菜还坚持用自贡产的井盐。

我不知道世界上还有什么国家的人爱吃臭。

过去上海、南京、汉口都卖油炸臭豆腐干。长沙火宫殿的臭豆腐因为一个大人物年轻时常吃而出名。这位大人物后来还去吃过，说了一句话：“火宫殿的臭豆腐还是好吃。”“文化大革命”中火宫殿的影壁上就出现了两行大字：

> **最高指示：**
> **火宫殿的臭豆腐还是好吃。**

我们一个同志到南京出差，他的爱人是南京人，嘱咐他带一点臭豆腐干回来。他千方百计，居然办到了。带到火车上，引起一车厢的人强烈抗议。

除豆腐干外，面筋、百叶（千张）皆可臭。蔬菜里的莴苣、冬瓜、豇豆皆可臭。冬笋的老根咬不动，切下来随手就扔进臭坛子里——我们那里很多人家都有个臭坛子，一坛子“臭卤”。腌芥菜挤下的汁放几天即成“臭卤”。臭物中最特殊的是臭苋菜杆。苋菜长老了，主茎可粗如拇指，高三四尺，截成二寸许小段，入臭坛。臭熟后，外皮是硬的，里面的芯成果冻状。噙住一头，一吸，芯肉即入口中。这是佐粥的无上妙品。我们那里叫作“苋菜秸子”，湖南人谓之“苋菜咕”，因为吸起来“咕”的一声。

北京人说的臭豆腐指臭豆腐乳。过去是小贩沿街叫卖的：

“臭豆腐，酱豆腐，王致和的臭豆腐。”臭豆腐就贴饼子，熬一锅虾米皮白菜汤，好饭！现在王致和的臭豆腐用很大的玻璃方瓶装，很不方便，一瓶一百块，得很长时间才能吃完，而且卖得很贵，成了奢侈品。我很希望这种包装能改进，一器装五块足矣。

我在美国吃过最臭的“气死”（干酪），洋人多闻之掩鼻，对我说起来实在没有什么，比臭豆腐差远了。

甚矣，中国人口味之杂也，敢说堪为“世界之冠”。

原载一九九〇年第四期《中国作家》

四方食事

/
/
/

口味

“口之于味，有同嗜焉。”好吃的东西大家都爱吃。宴会上有烹大虾（得是极新鲜的），大都剩不下。但是也不尽然。羊肉是很好吃的。“羊大为美”。中国吃羊肉的历史大概和这个民族的历史同样久远。中国羊肉的吃法很多，不能列举。我以为最好吃的是手把羊肉。维吾尔、哈萨克都有手把羊肉，但似以内蒙古为最好。内蒙古很多盟旗都说他们那里的羊肉不膻，因为羊吃了草原上的野葱，生前已经自己把膻味解了。我以为不膻固好，膻亦无妨。我曾在达茂旗吃过“羊贝子”，即白煮全羊。整只羊放在锅里只煮四十五分钟（为了照顾远来的汉人客人，多煮了十五分钟，他们自己吃，只煮半小时），各人用刀割取自己中意的部位，蘸一点作料（原来只备一碗盐水，近年有了较多的作料）吃。羊肉带生，一刀切下去，会汪出一点血，但是鲜嫩无比。内蒙古人说，羊肉越煮越老，半熟的，才易消化，也能多吃。我几次到内蒙古，吃羊肉吃得非常过瘾。同行有一位女同志，不但不吃，连闻都不能闻。一走进食堂，闻到羊肉气味就想吐。她只好每顿用开水泡饭，吃咸菜，真是苦煞。全国不吃羊肉的人，不在少数。

“鱼羊为鲜”，有一位老同志是获鹿县人，是回民，他倒是吃羊肉的，但是一生不解何所谓鲜。他的爱人是南京人，动辄说：“这个菜很鲜。”他说，“什么叫‘鲜’？我只知道什么东西吃着‘香’。”要解释什么是“鲜”，是困难的。我的家乡以为最能代表鲜味的是虾子。虾子冬笋、虾子豆腐羹，都很鲜。虾子放得太多，就会“鲜得连眉毛都掉了”的。我有个小孙女，很爱吃我配料煮的龙须挂面。有一次我放了虾子，她尝了一口，说：“有股什么味！”不吃。

中国不少省份的人都爱吃辣椒。云、贵、川、黔、湘、赣。延边朝鲜族也极能吃辣。人说吃辣椒爱上火。井冈山人说：“辣子有补（没有营养），两头受苦。”我认识一个演员，他一天不吃辣椒，就会便秘！我认识一个干部，他每天在机关吃午饭，什么菜也不吃，只带了一小饭盒油炸辣椒来，吃辣椒下饭。顿顿如此。此人真是个吃辣椒专家，全国各地的辣椒，都设法弄了来吃。据他品评，认为土家族的最好。有一次他带了一饭盒来，让我尝尝，真是又辣又香。然而有人是不吃辣的。我曾随剧团到重庆体验生活。四川无菜不辣，有人实在受不了。有一个演员带了几个年轻的女演员去吃汤圆，一个唱老旦的演员进门就嚷嚷：“不要辣椒！”卖汤圆的白了她一眼：“汤圆没有放辣椒的！”

北方人爱吃生葱生蒜。山东人特爱吃葱，吃煎饼、锅盔，没有葱是不行的。有一个笑话：婆媳吵嘴，儿媳妇跳了井。儿子回来，婆婆说：“可了不得啦，你媳妇跳井啦！”儿子说：“不咋！”拿了一根葱在井口逛了一下，媳妇就上来了。山东大葱的确很好吃，葱白长至半尺，是甜的。江浙人不吃生葱蒜，做鱼肉时放葱，谓之“香葱”，实即北方的小葱，几根小葱，挽成一个疙瘩，叫作“葱结”。他们把大葱叫作“胡葱”，即做菜时也不大用。有一个著名女演员，不吃葱，她和大家一同去体验生活，菜都得给她单做。“文化大革命”斗她的时候，这成了一条罪状。北方人吃炸酱面，必须有几瓣蒜。在长影拍片时，有一天我起晚了，早饭已经开过，我到厨房里和几位炊事员一块吃。那天吃的是炸油饼，他们吃油饼就蒜。我说：“吃油饼哪有就蒜的！”一个河南籍的炊事员说：“嘿！你试试！”果然，“另一个味儿”。我前几年回家乡，接连吃了几天鸡鸭鱼虾，吃腻了，我跟家里人说：“给我下一碗阳春面，弄一碟葱，两头蒜来。”家里人看我生吃葱蒜，大为惊骇。

有些东西，本来不吃，吃吃也就习惯了。我曾经夸口，说我什么都吃，为此挨了两次捉弄。一次在家乡。我原来不吃芫荽（香菜），以为有臭虫味。一次，我家所开的中药铺请我去吃面——那天是药王生日，铺中管事弄了一大碗凉拌芫荽，说：“你不是什么都吃吗？”我一咬牙吃了。从此，我就吃芫荽了。后来北地，每吃涮羊肉，调料里总要撒上大量芫荽。苦瓜，我原来也是不吃的——没有吃过。我们家乡有苦瓜，叫作癞葡萄，是放在瓷盘里看着玩，不吃的。一次在昆明，有一位诗人请我下小馆子，他要了三个菜：凉拌苦瓜、炒苦瓜、苦瓜汤。他说：“你不是什么都吃吗？”从此，我就吃苦瓜了。北京人原来是不吃苦瓜的，近年也学会吃了。不过他们用凉水连“拔”三次，基本上不苦了，那还有什么意思！

有些东西，自己尽可不吃，但不要反对旁人吃。不要以为自己不吃的东西，谁吃，就是岂有此理。比如广东人吃蛇，吃龙虱；傣族人爱吃苦肠，即牛肠里没有完全消化的粪汁，蘸肉吃。这在广东人、傣族人，是没有什么奇怪的。他们爱吃，你管得着吗？不过有些东西，我也以为不吃为宜，比如炒肉芽——腐肉所生之蛆。

总之，一个人的口味要宽一点、杂一点，“南甜北咸东辣西酸”，都去尝尝。对食物如此，对文化也应该这样。

切脍

《论语·乡党》：“食不厌精，脍不厌细。”中国的切脍不知始于何时。孔子以“食”“脍”对举，可见当时是相当普遍的。北魏贾思勰《齐民要术》提到切脍。唐人特重切脍，杜甫诗累见。宋代切脍之风亦盛。《东京梦华录·三月一日开金明池琼林苑》：“多垂钓之士，必于池苑所买牌子，方许捕鱼。游人得鱼，倍其价买之。临水斫脍，以荐芳樽，乃一时佳味也。”元代，关汉卿曾写过《望江亭中秋切脍》。明代切脍，也还是有的，但《金瓶梅》中未提及，很奇怪。《红楼梦》也没有提到。到了近代，很多人对切脍是怎么回事，都茫然了。

脍是什么？杜诗邵注："鲙，即今之鱼生、肉生。"更多指鱼生，脍的繁体字是"鲙"，可知。

杜甫《阌乡姜七少府设鲙戏赠长歌》对切脍有较详细的描写。脍要切得极细，"脍不厌细"；杜诗亦云："无声细下飞碎雪。"脍是切片还是切丝呢？段成式《酉阳杂俎·物革》云："进士段硕常识南孝廉者，善斫脍，縠薄丝缕，轻可吹起。"看起来是片和丝都有的。切脍的鱼不能洗。杜诗云："落砧何曾白纸湿。"邵注："凡作鲙，以灰去血水，用纸以隔之。"大概是隔着一层纸用灰吸去鱼的血水。《齐民要术》："切鲙不得洗，洗则鲙湿。"加什么作料？一般是加葱的，杜诗："有骨已剁觜春葱。"《内则》："鲙，春用葱，夏用芥。"葱是葱花，不会是葱段。至于下不下盐或酱油，乃至酒、酢，则无从臆测，想来总得有点咸味，不会是淡吃。

切脍今无实物可验。杭州楼外楼解放前有名菜醋鱼带靶。所谓"带靶"，即将活草鱼的脊背上的肉剔下，切成极薄的片，浇好酱油，生吃。我以为这很近乎切脍。我在一九四七年春天曾吃过，极鲜美。这道菜听说现在已经没有了，不知是因为有碍卫生，还是厨师无此手艺了。

日本鱼生我未吃过。北京西四牌楼的朝鲜冷面馆卖过鱼生、肉生。生鱼乃切成一寸见方、厚约二分的鱼片，蘸极辣的作料吃。这与"縠薄丝缕"的切脍似不是一回事。

与切脍有关联的，是“生吃螃蟹活吃虾”。生螃蟹我未吃过，想来一定非常好吃。活虾我可吃得多了。前几年回乡，家乡人知道我爱吃“呛虾”，于是餐餐有呛虾。我们家乡的呛虾是用酒把白虾（青虾不宜生吃）“醉”死了的。解放前杭州楼外楼呛虾，是酒醉而不待其死，活虾盛于大盘中，上覆大碗，上桌揭碗，虾蹦得满桌，客人捉而食之。用广东话说，这才真是“生猛”。听说楼外楼现在也不卖呛虾了，惜哉！

下生蟹活虾一等的，是将虾蟹之属稍加腌制。宁波的梭子蟹是用盐腌过的，醉蟹、醉泥螺、醉蚶子、醉蛏鼻，都是用高粱酒“醉”过的。但这些都还是生的。因此，都很好吃。

我以为醉蟹是天下第一美味。家乡人贻我醉蟹一小坛。有天津客人来，特地为他剁了几只。他吃了一小块，问：“是生的？”就不敢再吃。

“生的”，为什么就不敢吃呢？法国人、俄罗斯人，吃牡蛎，都是生吃。我在纽约南海岸吃过鲜蚌，那绝对是生的，刚打上来的，而且什么作料都不搁，经我要求，服务员才给了一点胡椒粉。好吃么？好吃极了！

为什么“切脍”、生鱼活虾好吃？曰：存其本味。

我以为“切脍”之风，可以恢复。如果觉得这不卫生，可以仿照纽约南海岸的办法，用“远红外”，或什么东西处理一下，这样既不失本味，又无致病之虞。如果这样还觉得“膈应”，吞不下，吞下要反出来，那完全是观念上的问题。当然，我也不主张普遍推广，可以满足少数老饕的欲望，“内部发行”。

河 豚

阅报，江阴有人食河豚中毒，经解救，幸得不死。杨花扑面，节近清明，这使我想起，正是吃河豚的时候了。苏东坡诗：

竹外桃花三两枝，
春江水暖鸭先知。
蒌蒿满地芦芽短，
正是河豚欲上时。

梅圣俞诗：

河豚当是时，
贵不数鱼虾。

宋朝人是很爱吃河豚的，没有真河豚，就用了不知什么东西做出河豚的样子和味道，谓之“假河豚”，聊以过瘾，《东京梦华录》等书都有记载。

江阴当长江入海处不远，产河豚最多，也最好。每年春天，鱼市上有很多河豚卖。河豚的脾气很大，用小木棍捅捅它，它就把肚子鼓起来，再捅，再鼓，终至成了一个圆球。江阴河豚品种极多。我所就读的南菁中学的生物实验室里搜集了各种河豚，浸在装了福尔马林的玻璃器内。有的很大，有的小如金钱龟。颜色也各异，有带青绿色的，有白的，还有紫红的。这样齐全的河豚标本，大概只有江阴的中学才能搜集得到。

河豚有剧毒。我在读高中一年级时，江阴乡下出了一件命案，“谋杀亲夫”。“奸夫”、“淫妇”在游街示众后，同时枪决。毒死亲夫的东西，即是一条煮熟的河豚。因为是“花案”，那天街的两旁有很多人鹄立伫观。但是实在没有什么好看，奸夫淫妇都蠢而且丑，奸夫还是个黑脸的麻子。这样的命案，也只能出在江阴。

但是河豚很好吃，江南谚云：“拼死吃河豚”，豁出命去，也要吃，可见其味美。据说整治得法，是不会中毒的。我的几个同学都曾约定请我上家里吃一次河豚，说是“保证不会出问题”。江阴正街上有一饭馆，是卖河豚的。这家饭馆有一块祖传的木板，刷印保单，内容是如果在他家铺里吃河豚中毒致死，主人可以偿命。

河豚之毒在肝脏、生殖腺和血，这些可以小心地去掉。这种办法有例可援，即“洁本金瓶梅”是。

我在江阴读书两年，竟未吃过河豚，至今引为憾事。

野 菜

春天了，是挖野菜的时候了。踏青挑菜，是很好的风俗。人在屋里闷了一冬天，尤其是妇女，到野地里活动活动，呼吸一点新鲜空气，看看新鲜的绿色，身心一快。

南方的野菜，有枸杞、荠菜、马兰头……北方野菜则主要的是苣荬菜。枸杞、荠菜、马兰头用开水焯过，加酱油、醋、香油凉拌。苣荬菜则是洗净，去根，蘸甜面酱生吃。或曰吃野菜可以“清火”，有一定道理。野菜多半带一点苦味，凡苦味菜，皆可清火。但是更重要的是吃个新鲜。有诗人说：“这是吃春天”，这话说得有点做作，但也还说得过去。

敦煌变文、《云谣集杂曲子》、打枣杆、挂枝儿、吴歌，乃至《白雪遗音》等等，是野菜。因为它新鲜。

一九八九年四月十八日

载一九八九年创刊号《中国文化》

炒米和焦屑

小时读《板桥家书》："天寒冰冻时暮，穷亲戚朋友到门，先泡一大碗炒米送手中，佐以酱姜一小碟，最是暖老温贫之具。"觉得很亲切。郑板桥是兴化人，我的家乡是高邮，风气相似。这样的感情，是外地人们不易领会的。炒米是各地都有的。但是很多地方都做成了炒米糖。这是很便宜的食品。孩子买了，咯咯地嚼着。四川有"炒米糖开水"，车站码头都有得卖，那是泡着吃的。但四川的炒米糖似也是专业的作坊做的，不像我们那里。我们那里也有炒米糖，像别处一样，切成长方形的一块一块。也有搓成圆球的，叫作"欢喜团"。那也是作坊里做的。但通常所说的炒米，是不加糖黏结的，是"散装"

的；而且不是作坊里做出来，是自己家里炒的。

说是自己家里炒，其实是请了人来炒的。炒炒米也要点手艺，并不是人人都会的。入了冬，大概是过了冬至吧，有人背了一面大筛子，手执长柄的铁铲，大街小巷地走，这就是炒炒米的。有时带一个助手，多半是个半大孩子，是帮他烧火的。请到家里来，管一顿饭，给几个钱，炒一天。或二斗，或半石；像我们家人口多，一次得炒一石糯米。炒炒米都是把一年所需一次炒齐，没有零零碎碎炒的。过了这个季节，再找炒炒米的也找不着。一炒炒米，就让人觉得，快要过年了。

装炒米的坛子是固定的，这个坛子就叫“炒米坛子”，不做别的用途。舀炒米的东西也是固定的，一般人家大都是用一个香烟罐头。我的祖母用的是一个“柚子壳”。柚子——我们那里柚子不多见，从顶上开一个洞，把里面的瓤掏出来，再塞上米糠，风干，就成了一个硬壳的钵状的东西。她用这个柚子壳用了一辈子。

我父亲有一个很怪的朋友，叫张仲陶。他很有学问，曾教我读过《项羽本纪》。他薄有田产，不治生业，整天在家研究易经，算卦。他算卦用蓍草。全城只有他一个人用蓍草算卦。据说他有几卦算得极灵。有一家，丢了一只金戒指，怀疑是女用人偷了。这女用人蒙了冤枉，来求张先生算一卦。张先生算了，说戒指没有丢，在你们家炒米坛盖子上。一找，果然。我小时就不大相信，算卦怎么能算得这样准，怎么能算得出在炒米坛盖子上呢？不过他的这一卦说明了一件事，即我们那里炒米坛子是几乎家家都有的。

炒米这东西实在说不上有什么好吃。家常预备，不过取其方便。用开水一泡，马上就可以吃。在没有什么东西好吃的时候，泡一碗，可代早晚茶。来了平常的客人，泡一碗，也算是点心。郑板桥说“穷亲戚朋友到门，先泡一大碗炒米送手中”，也是说其省事，比下一碗挂面还要简单。炒米是吃不饱人的。一大碗，其实没有多少东西。我们那里吃泡炒米，一般是抓上一把白糖，如板桥所说“佐以酱姜一小碟”，也有，少。我现在岁数大了，如有人请我吃泡炒米，我倒宁愿来一小碟酱生姜——最好滴几滴香油，那倒是还有点意思的。另外还有一种吃法，用猪油煎两个嫩荷包蛋——我们那里叫作“蛋瘪子”，抓一把炒米和在一起吃。这种食品是只有“惯宝宝”才能吃得到的。谁家要是老给孩子吃这种东西，街坊就会有议论的。

我们那里还有一种可以急就的食品，叫作“焦屑”。糊锅巴磨成碎末，就是焦屑。我们那里，餐餐吃米饭，顿顿有锅巴。把饭铲出来，锅巴用小火烘焦，起出来，卷成一卷，存着。锅巴是不会坏的，不发馊，不长霉。攒够一定的数量，就用一具小石磨磨碎，放起来。焦屑也像炒米一样。用开水冲冲，就能吃了。焦屑调匀后成糊状，有点像北方的炒面，但比炒面爽口。

我们那里的人家预备炒米和焦屑，除了方便，原来还有一层意思，是应急。在不能正常煮饭时，可以用来充饥。这很有点像古代行军用的“糒”。有一年，记不得是哪一年，总之是我还小，还在上小学，党军（国民革命军）和联军（孙传芳的军队）在我们县境内开了仗，很多人都躲进了红十字会。不知道出于一种什么信念，大家都以为红十字会是哪一方的军队都不能打进去的，进了红十字会就安全了。红十字会设在炼阳观，这是一个道士观。我们一家带了一点行李进了炼阳观。祖母指挥着，特别关照，把一坛炒米和一坛焦屑带了去。我对这种打破常规的生活极感兴趣。晚上，爬到吕祖楼上去，看双方军队枪炮的火光在东北面不知什么地方一阵一阵地亮着，觉得有点紧张，也觉得好玩。很多人家住在一起，不能煮饭，这一晚上，我们是冲炒米、泡焦屑度过的。没有床铺，我把几个道士诵经用的蒲团拼起来，在上面睡了一夜。这实在是我小时候度过的一个浪漫主义的夜晚。

第二天，没事了，大家就都回家了。

炒米和焦屑和我家乡的贫穷和长期的动乱是有关系的。

端午的鸭蛋

家乡的端午，很多风俗和外地一样。系百索子。五色的丝线拧成小绳，系在手腕上。丝线是掉色的，洗脸时沾了水，手腕上就印得红一道绿一道的。做香角子。丝线缠成小粽子，里头装了香面，一个一个串起来，挂在帐钩上。贴五毒。红纸剪成五毒，贴在门槛上。贴符。这符是城隍庙送来的。城隍庙的老道士还是我的寄名干爹，他每年端午节前就派小道士送符来，还有两把小纸扇。符送来了，就贴在堂屋的门楣上。一尺来长的黄色、蓝色的纸条，上面用朱笔画些莫名其妙的道道，这就能辟邪么？喝雄黄酒。用酒和的雄黄在孩子的额头上画一个王字，这是很多地方都有的。有一个风俗不知别处有不：放黄烟子。黄烟子是大小如北方的麻雷子的炮仗，只是里面灌的不是硝药，而是雄黄。点着后不响，只是冒出一股黄烟，能冒好一会。把点着的黄烟子丢在橱柜下面，说是可以熏五毒。小孩子点了黄烟子，常把它的一头抵在板壁上写虎字。写黄烟虎字笔画不能断，所以我们那里的孩子都会写草书的“一笔虎”。还有一个风俗，是端午节的午饭要吃“十二红”，就是十二道红颜色的菜。十二红里我只记得有炒红苋菜、油爆虾、咸鸭蛋，其余的都记不清、数不出了。也许十二红只是一个名目，不一定真凑足十二样。不过午饭的菜都是红的，这一点是我没有记错的，而且，苋菜、虾、鸭蛋，一定是有的。这三样，在我的家乡，都不贵，多数人家是吃得起的。

我的家乡是水乡。出鸭。高邮大麻鸭是著名的鸭种。鸭多，鸭蛋也多。高邮人也善于腌鸭蛋。高邮咸鸭蛋于是出了名。我在苏南、浙江，每逢有人问起我的籍贯，回答之后，对方就会肃然起敬：“哦！你们那里出咸鸭蛋！”上海的卖腌腊的店铺里也卖咸鸭蛋，必用纸条特别标明：“高邮咸蛋”。高邮还出双黄鸭蛋。别处鸭蛋有偶有双黄的，但不如高邮的多，可以成批输出。双黄鸭蛋味道其实无特别处。还不就是个鸭蛋！只是切开之后，里面圆圆的两个黄，使人惊奇不已。我对异乡人称道高邮鸭蛋，是不大高兴的，好像我们那穷地方就出鸭蛋似的！不过高邮的咸鸭蛋，确实是好，我走的地方不少，所食鸭蛋多矣，但和我家乡的完全不能相比！曾经沧海难为水，他乡咸鸭蛋，我实在瞧不上。袁枚的《随园食单·小菜单》有“腌蛋”一条。袁子才这个人我不喜欢，他的《食单》好些菜的做法是听来的，他自己并不会做菜。但是《腌蛋》这一条我看后却觉得很亲切，而且“与有荣焉”。文不长，录如下：

腌蛋以高邮为佳，颜色红而油多，高文端公最喜食之。席间先夹取以敬客。放盘中，总宜切开带壳，黄白兼

用；不可存黄去白，使味不全，油亦走散。

高邮咸蛋的特点是质细而油多。蛋白柔嫩，不似别处的发干、发粉，入口如嚼石灰。油多尤为别处所不及。鸭蛋的吃法，如袁子才所说，带壳切开，是一种，那是席间待客的办法。平常食用，一般都是敲破“空头”用筷子挖着吃。筷子头一扎下去，吱——红油就冒出来了。高邮咸蛋的黄是通红的。苏北有一道名菜，叫作“朱砂豆腐”，就是用高邮鸭蛋黄炒的豆腐。我在北京吃的咸鸭蛋，蛋黄是浅黄色的，这叫什么咸鸭蛋呢！

端午节，我们那里的孩子兴挂“鸭蛋络子”。头一天，就由姑姑或姐姐用彩色丝线打好了络子。端午一早，鸭蛋煮熟了，由孩子自己去挑一个，鸭蛋有什么可挑的呢！有！一要挑淡青壳的。鸭蛋壳有白的和淡青的两种。二要挑形状好看的。别说鸭蛋都是一样的，细看却不同。有的样子蠢，有的秀气。挑好了，装在络子里，挂在大襟的纽扣上。这有什么好看呢？然而它是孩子心爱的饰物。鸭蛋络子挂了多半天，什么时候孩子一高兴，就把络子里的鸭蛋掏出来，吃了。端午的鸭蛋，新腌不久，只有一点淡淡的咸味，白嘴吃也可以。

孩子吃鸭蛋是很小心的，除了敲去空头，不把蛋壳碰破。蛋黄蛋白吃光了，用清水把鸭蛋里面洗净，晚上捉了萤火虫来，装在蛋壳里，空头的地方糊一层薄罗。萤火虫在鸭蛋壳里一闪一闪地亮，好看极了！

小时读囊萤映雪故事，觉得东晋的车胤用练囊盛了几十只萤火虫，照了读书，还不如用鸭蛋壳来装萤火虫。不过用萤火虫照亮来读书，而且一夜读到天亮，这能行么？车胤读的是手写的卷子，字大，若是读现在的新五号字，大概是不行的。

咸菜茨菇汤

一到下雪天，我们家就喝咸菜汤，不知是什么道理。是因为雪天买不到青菜？那也不见得。除非大雪三日，卖菜的出不了门，否则他们总还会上市卖菜的。这大概只是一种习惯。一早起来，看见飘雪花了，我就知道：今天中午是咸菜汤！

咸菜是青菜腌的。我们那里过去不种白菜，偶有卖的，叫作“黄芽菜”，是外地运去的，很名贵。一般黄芽菜炒肉丝，是上等菜。平常吃的，都是青菜，青菜似油菜，但高大得多。入秋，腌菜，这时青菜正肥。把青菜成担的买来，洗净，晾去水气，下缸。一层菜，一层盐，码实，即成。随吃随取，可以一直吃到第二年春天。

腌了四五天的新咸菜很好吃，不咸，细、嫩、脆、甜，难可比拟。

咸菜汤是咸菜切碎了煮成的。到了下雪的天气，咸菜已经腌得很咸了，而且已经发酸，咸菜汤的颜色是暗绿的。没有吃惯的人，是不容易引起食欲的。

咸菜汤里有时加了茨菇片，那就是咸菜茨菇汤。或者叫茨菇咸菜汤，都可以。

我小时候对茨菇实在没有好感。这东西有一种苦味。民国二十年，我们家乡闹大水，各种作物减产，只有茨菇却丰收。那一年我吃了很多茨菇，而且是不去茨菇的嘴子的，真难吃。

我十九岁离乡，辗转漂流，三四十年没有吃到茨菇，并不想。

前好几年，春节后数日，我到沈从文老师家去拜年，他留我吃饭，师母张兆和炒了一盘茨菇肉片。沈先生吃了两片茨菇，说："这个好！格比土豆高。"我承认他这话。吃菜讲究"格"的高低，这种语言正是沈老师的语言。他是对什么事物都讲"格"的，包括对于茨菇、土豆。

因为久违，我对茨菇有了感情。前几年，北京的菜市场在春节前后有卖茨菇的。我见到，必要买一点回来加肉炒了。家里人都不怎么爱吃。所有的茨菇，都由我一个人"包圆儿"了。

北方人不识茨菇。我买茨菇，总要有人问我："这是什么？""茨菇。""茨菇是什么？"这可不好回答。

北京的茨菇卖得很贵，价钱和"洞子货"（温室所产）的西红柿、野鸡脖韭菜差不多。

我很想喝一碗咸菜茨菇汤。

我想念家乡的雪。

虎头鲨·昂嗤鱼·砗螯·螺蛳·蚬子

苏州人特重塘鳢鱼。上海人也是，一提起塘鳢鱼，眉飞色舞。塘鳢鱼是什么鱼？我向往之久矣。到苏州，曾想尝尝塘鳢鱼，未能如愿。后来我知道：塘鳢鱼就是虎头鲨，嗐！

塘鳢鱼亦称土步鱼。《随园食单》："杭州以土步鱼为上品，而金陵人贱之，目为虎头蛇，可发一笑。"虎头蛇即虎头鲨。这种鱼样子不好看，而且有点凶恶。浑身紫褐色，有细碎黑斑，头大而多骨，鳍如蝶翅。这种鱼在我们那里也是贱鱼，是不能上席的。苏州人做塘鳢鱼有清炒、椒盐多法。我们家乡通常的吃法是汆汤，加醋、胡椒。虎头鲨汆汤，鱼肉极细嫩，松而不散，汤味极鲜，开胃。

昂嗤鱼的样子也很怪，头扁嘴阔，有点像鲇鱼，无鳞，皮色黄，有浅黑色的不规整的大斑。无背鳍，而背上有一根很硬的尖锐的骨刺。用手捏起这根骨刺，它就发出昂嗤昂嗤小小的声音。这声音是怎么发出来的，我一直没弄明白。这种鱼是由这种声音得名的。它的学名是什么，只有去问鱼类学专家了。这种鱼没有很大的，七八寸长的，就算难得的了。这种鱼也很贱，连乡下人也看不起。我的一个亲戚在农村插队，见到昂嗤鱼，买了一些，农民都笑他："买这种鱼干什么！"昂嗤鱼其实是很好吃的。昂嗤鱼通常也是汆汤。虎头鲨是醋汤，昂嗤鱼不加醋，汤白如牛乳，是所谓"奶汤"。昂嗤鱼也极细嫩，鳃边的两块蒜瓣肉有大拇指大，堪称至味。有一年，北京一家鱼店不知从哪里运来一些昂嗤鱼，无人问津。顾客都不识这是啥鱼。有一位卖鱼的老师傅倒知道："这是昂嗤。"我看到，高兴极了，买了十来条。回家一做，满不是那么一回事！昂嗤要吃活的（虎头鲨也是活杀）。长途转运，又在冷库里冰了一些日子，肉质变硬，鲜味全失，一点意思都没有！

砗螯我的家乡叫馋螯，砗螯是扬州人的叫法。我在大连见到花蛤，我以为就是砗螯，不是。形状很相似，入口全不同。花蛤肉粗而硬，咬不动。砗螯极柔软细嫩。砗螯好像是淡水里产的，但味道却似海鲜。有点像蛎黄，但比蛎黄味道清爽。比青蛤、蚶子味厚。砗螯可清炒，烧豆腐，或与咸肉同煮。砗螯烧乌青菜（江南人叫塌苦菜），风味绝佳。乌青菜如是经霜而现拔的，尤美。我不食砗螯四十五年矣。

砗螯壳稍呈三角形，质坚，白如细磁，而有各种颜色的弧形花斑，有浅紫的，有暗红的，有赭石、墨蓝的，很好看。家里买了砗螯，挖出砗螯肉，我们就从一堆砗螯壳里去挑选，挑到好的，洗净了留起来玩。砗螯壳的铰合部有两个突出的尖嘴子，把尖嘴子在糙石上磨磨，不一会就磨出两个小圆洞，含在嘴里吹，呜呜地响，且有细细颤音，如风吹窗纸。

螺蛳处处有之。我们家乡清明吃螺蛳，谓可以明目。用五香煮熟螺蛳，分给孩子，一人半碗，由他们自己用竹签挑着吃，孩子吃了螺蛳，用小竹弓把螺蛳壳射到屋顶上，喀拉喀拉地响。夏天"检漏"，瓦匠总要扫下好些螺蛳壳。这种小弓不作别的用处，就叫作螺蛳弓，我在小说《戴东匠》里对螺蛳弓有较详细的描写。

蚬子是我所见过的贝类里最小的了，只有一粒瓜子大。蚬子是剥了壳卖的。剥蚬子的人家附近堆了好多蚬子壳，像一个坟头。蚬子炒韭菜，很下饭。这种东西非常便宜，为小户人家的恩物。

有一年修运河堤。按工程规定，有一段堤面应铺碎石，包工的贪污了款子，在堤面铺了一层蚬子壳。前来检收的委员，坐在汽车里，向外一看，白花花的一片，还抽着雪茄烟，连说："很好！很好！"

我的家乡富水产。鱼之中名贵的是鳊鱼、白鱼（尤重翘嘴白）、鲟花鱼（即鳜鱼），谓之"鳊、白、鲟"。虾有青虾、白虾。蟹极肥。以无特点。故不及。

野鸭·鹌鹑·斑鸠·䴖

过去我们那里野鸭子很多。水乡，野鸭子自然多。秋冬之际，天上有时“过”野鸭子，黑乎乎的一大片，在地上可以听到它们鼓翅的声音，呼呼的，好像刮大风。野鸭子是枪打的（野鸭肉里常常有很细的铁砂子，吃时要小心），但打野鸭子的人自己不进城来卖。卖野鸭子有专门的摊子。有时卖鱼的也卖野鸭子，把一个养活鱼的木盆翻过来，野鸭一对一对地摆在盆底，卖野鸭子是不用秤约的，都是一对一对地卖。野鸭子是有一定分量的。依分量大小，有一定的名称，如“对鸭”“八鸭”。哪一种有多大分量，我现在已经记不清了。卖野鸭子都是带毛的。卖野鸭子的可以代客当场去毛，拔野鸭毛是不能用开水烫的。野鸭子皮薄，一烫，皮就破了。干拔。卖野鸭子的把一只鸭子放入一个麻袋里，一手提鸭，一手拔毛，一会儿就拔净了——放在麻袋里拔，是防止鸭毛飞散。代客拔毛，不另收费，卖野鸭子的只要那一点鸭毛——野鸭毛是值钱的。

野鸭的吃法通常是切块红烧。清炖大概也可以吧，我没有吃过。野鸭子肉的特点是：细、“酥”，不像家鸭每每肉老。野鸭烧咸菜是我们那里的家常菜。里面的咸菜尤其是佐粥的妙品。

现在我们那里的野鸭子很少了。前几年我回乡一次，偶有，卖得很贵。原因据说是因为县里对各乡水利作了全面综合治理，过去的水荡子、荒滩少了，野鸭子无处栖息。而且，野鸭子过去是吃收割后遗撒在田里的谷粒的，现在收割得很干净，颗粒归仓，野鸭子没有什么可吃的，不来了。

鹌鹑是网捕的。我们那里吃鹌鹑的人家少，因为这东西只有由乡下的亲戚送来，市面上没有卖的。鹌鹑大都是用五香卤了吃。也有用油炸了的。鹌鹑能斗，但我们那里无斗鹌鹑的风气。

我看见过猎人打斑鸠。我在读初中的时候。午饭后，我到学校后面的野地里去玩。野地里有小河，有野蔷薇，有金黄色的茼蒿花，有苍耳（苍耳子有小钩刺，能挂在衣裤上，我们管它叫“万把钩”），有才抽穗的芦荻。在一片树林里，我发现一个猎人。我们那里猎人很少，我从来没有见过猎人，但是我一看见他，就知道：他是一个猎人。这个猎人给我一个非常猛厉的印象。他穿了一身黑，下面却缠了鲜红的绑腿。他很瘦。他的眼睛黑而冷。他握着枪。他在干什么？树林上面飞过一只斑鸠。他在追逐这只斑鸠。斑鸠分明已经发现猎人了。它想逃脱。斑鸠飞到北面，在树上落一落，猎人一步一步往北走。斑鸠连忙往南面飞，猎人扬头看了一眼，斑鸠落定了，猎人又一步一步往南走，非常冷静。这是一场无声的，然而非常紧张的，坚持的较量。斑鸠来回飞，猎人来回走。我很奇怪，为什么斑鸠不往树林外面飞。这样几个来回，斑鸠慌了神了，它飞得不稳了，歪歪倒倒的，失去了原来均匀的节奏。忽然，砰——枪声一响，斑鸠应声而落。猎人走过去，拾起斑鸠，看了看，装在猎袋里。他的眼睛很黑，很冷。

我在小说《异秉》里提到王二的熏烧摊子上，春天，卖一种叫作“䴕”的野味。䴕这种东西我在别处没看见过。“䴕”这个字很多人也不认得。多数字典里不收。《辞海》里倒有这个字，标音为（duó又读zhuā）。zhuā与我乡读音较近，但我们那里是读入声的，这只有用国际音标才标得出来。即使用国际音标标出，在不知道“短促急收藏”的北方人也是读不出来的。《辞海》“䴕”字条下注云“见䴕鸠”，似以为“䴕”即“䴕鸠”。而在“䴕鸠”条下注云：“鸟名。雉属。即‘沙鸡’。”这就不对了。沙鸡我是见过的，吃过的。内蒙、张家口多出沙鸡。《尔雅·释鸟》郭璞注：“出北方沙漠地。”不错。北京冬季偶尔也有卖的。沙鸡嘴短而红，腿也短。我们那里的鵽却是水鸟，嘴长，腿也长。鵽的滋味和沙鸡有天渊之别。沙鸡肉较粗，略有酸味；鵽肉极细，非常香。我一辈子没有吃过比鵽更香的野味。

蒌蒿·枸杞·荠菜·马齿苋

小说《大淖记事》：“春初水暖，沙洲上冒出很多紫红色的芦芽和灰绿色的蒌蒿，很快就是一片翠绿了。”我在书页下方加了一条注：“蒌蒿是生于水边的野草，粗如笔管，有节，生狭长的小叶，初生二寸来高，叫作‘蒌蒿薹子’，加肉炒食极清香……”。“蒌蒿”的“蒌”字，我小时不知怎么写，后来偶然看了一本什么书，才知道的。这个字音“吕”。我小学有一个同班同学，姓吕，我们就给他起了个外号，叫“蒌蒿薹子”（蒌蒿薹子家开了一爿糖坊，小学毕业后未升学，我们看见他坐在糖坊里当小老板，觉得很滑稽）。但我查了几本字典，“蒌”都音“楼”，我有点恍惚了。“楼”“吕”一声之转。许多从“娄”的字都读“吕”，如“屡”“缕”“褛”……这本来无所谓，读“楼”读“吕”，关系不大。但字典上都说蒌蒿是蒿之一种，即白蒿，我却有点不以为然了。我小说里写的蒌蒿和蒿其实不相干。读苏东坡《惠崇春江晚景》诗：“竹外桃花三两枝，春江水暖鸭先知。蒌蒿满地芦芽短，正是河豚欲上时。”此蒌蒿生于水边，与芦芽为伴，分明是我的家乡人所吃的蒌蒿，非白蒿。或者“即白蒿”的蒌蒿别是一种，未可知矣。深望懂诗、懂植物学，也懂吃的博雅君子有以教我。

我的小说注文中所说的“极清香”，很不具体。嗅觉和味觉是很难比方，无法具体的。昔人以为荔枝味似软枣，实在是风马牛不相及。我所谓“清香”，即食时如坐在河边闻到新涨的春水的气味。这是实话，并非故作玄言。

枸杞到处都有。开花后结长圆形的小浆果，即枸杞子。我们叫它“狗奶子”，形状颇像。本地产的枸杞子没有入药的，大概不如宁夏产的好。枸杞是多年生植物。春天，冒出嫩叶，即枸杞头。枸杞头是容易采到的。偶尔也有近城的乡村的女孩子采了，放在竹篮里叫卖：“枸杞头来……”枸杞头可下油盐炒食；或用开水焯了，切碎，加香油，酱油、醋，凉拌了吃。那滋味，也只能说“极清香”。春天吃枸杞头，云可以清火，如北方人吃苣荬菜一样。

“三月三，荠菜花赛牡丹”。俗谓是日以荠菜花置灶上，则蚂蚁不上锅台。

北京也偶有荠菜卖。菜市上卖的是园子里种的，茎白叶大，颜色较野生者浅淡，无香气。农贸市场间有南方的老太太挑了野生的来卖，则又过于细瘦，如一团乱发，制熟后强硬扎嘴。总不如南方野生的有味。

江南人惯用荠菜包春卷，包馄饨，甚佳。我们家乡有用来包春卷的，用来包馄饨的没有——我们家乡没有“菜肉馄饨”。一般是凉拌。荠菜焯熟剁碎，界首茶干切细丁，入虾米，同拌。这道菜是可以上酒席作凉菜的。酒席上的凉拌荠菜都用手抟成一座尖塔，临吃推倒。

马齿苋现在很少有人吃。古代这是相当重要的菜蔬。苋分人苋、马苋。人苋即今苋菜，马苋即马齿苋。我们祖母每于夏天摘肥嫩的马齿苋晾干，过年时做馅包包子。她是吃长斋的，这种包子只有她一个人吃。我有时从她的盘子里拿一个，蘸了香油吃，挺香。马齿苋有点淡淡的酸味。

马齿苋开花，花瓣如一小囊。我们有时捉了一个哑巴知了——知了是应该会叫的，捉住一个哑巴，多么扫兴！于是就摘了两个马齿苋的花瓣套住它的眼睛——马齿苋花瓣套知了眼睛正合适，一撒手，这知了就拼命往高处飞，一直飞到看不见！

三年自然灾害，我在张家口沙岭子吃过不少马齿苋。那时候，这是宝物！

原载一九八六年第五期《雨花》

故乡的野菜

///

荠菜。荠菜是野菜，但在我的家乡却是可以上席的。我们那里，一般的酒席，开头都有八个凉碟，在客人入席前即已摆好。通常是火腿、变蛋（松花蛋）、风鸡、酱鸭、油爆虾（或呛虾）、蚶子（是从外面运来的，我们那里不产）、咸鸭蛋之类。若是春天，就会有两样应时凉拌小菜：杨花萝卜（即北京的小水萝卜）切细丝拌海蜇，和拌荠菜。荠菜焯过，碎切，和香干细丁同拌，加姜米，浇以麻油酱醋，或用虾米，或不用，均可。这道菜常抟成宝塔形，临吃推倒，拌匀。拌荠菜总是受欢迎的，吃个新鲜。凡野菜，都有一种园种的蔬菜所缺少的清香。

荠菜大都是凉拌，炒荠菜很少人吃。荠菜可包春卷，包圆子（汤团）。江南人用荠菜包馄饨，称为菜肉馄饨，亦称“大馄饨”。我们那里没有用荠菜包馄饨的。我们那里的面店中所卖的馄饨都是纯肉馅的馄饨，即江南所说的“小馄饨”。没有“大馄饨”。我在北京的一家有名的家庭餐馆吃过这一家的一道名菜：翡翠蛋羹。一个汤碗里一边是蛋羹，一边是荠菜，一边嫩黄，一边碧绿，绝不混淆，吃时搅在一起。这种讲究的吃法，我们家乡没有。

枸杞头。春天的早晨，尤其是下了一场小雨之后，就可听到叫卖枸杞头的声音。卖枸杞头的多是附郭近村的女孩子，声音很脆，极能传远：“卖枸杞头来！”枸杞头放在一个竹篮子里，一种长圆形的竹篮，叫作元宝篮子。枸杞头带着雨水，女孩子的声音也带着雨水。枸杞头不值什么钱，也从不用秤约，给几个钱，她们就能把整篮子倒给你。女孩子也不把这当作正经买卖，卖一点钱，够打一瓶梳头油就行了。

自己去摘，也不费事。一会儿工夫，就能摘一堆。枸杞到处都是。我的小学的操场原是祭天地的空地，叫作“天地坛”。天地坛的四边围墙的墙根，长的都是这东西。枸杞夏天开小白花，秋天结很多小果子，即枸杞子，我们小时候叫它“狗奶子”，因为很像狗的奶子。

枸杞头也都是凉拌，清香似尤甚于荠菜。

蒌蒿。小说《大淖记事》：“春初水暖，沙洲上冒出很多紫红色的芦芽和灰绿色的蒌蒿，很快就是一片翠绿了。”我在书页下面加了一条注：“蒌蒿是生于水边的野草，粗如笔管，有节，生狭长的小叶，初生二寸来高，叫作‘蒌蒿薹子’，加肉炒食极清香……”。蒌蒿，字典上都注“蒌”音“楼”，蒿之一种，即白蒿。我以为蒌蒿不是蒿之一种，蒌蒿掐断，没有那种蒿子气，倒是有一种水草气。苏东坡诗“蒌蒿满地芦芽短”，以蒌蒿与芦芽并举，证明是水边的植物，就是我的家乡所说“蒌蒿薹子”。“蒌”字我的家乡不读“楼”，读“吕”。蒌蒿好像都是和瘦猪肉同炒，素炒好像没有。我小时候非常爱吃炒蒌蒿薹子。桌上有一盘炒蒌蒿薹子，我就非常兴奋，胃口大开。蒌蒿薹子除了清香，还有就是很脆，嚼之有声。

荠菜、枸杞我在外地偶尔吃过，蒌蒿薹子自十九岁离乡后从未吃过，非常想念。去年我的家乡有人开了汽车到北京来办事，我的弟妹托他们带了一塑料袋蒌蒿薹子来，因为路上耽搁，到北京时已经焐坏了。我挑了一些还不太烂的，炒了一盘，还有那么一点意思。

马齿苋。中国古代吃马齿苋是很普遍的，马苋与人苋（即红白苋菜）并提。后来不知怎么吃的人少了。我的祖母每年夏天都要摘一些马齿苋，晾干了，过年包包子。我的家乡普通人家平常是不包包子的，只有过年才包，自己家里人吃，有客人来蒸一盘待客。不是家里人包的。一般的家庭妇女不会包，都是备了面、馅，请包子店里的师傅到家里做，做一上午，就够正月里吃了。我的祖母吃长斋，她的马齿苋包子只有她自己吃。我尝过一个，马齿苋有点酸酸的味道，不难吃，也不好吃。

马齿苋南北皆有。我在北京的甘家口住过，离玉渊潭很近，玉渊潭马齿苋极多。北京人叫作马苋儿菜，吃的人很少。养鸟的拔了喂画眉。据说画眉吃了能清火。画眉还会有“火”么？

莼菜。第一次喝莼菜汤是在杭州西湖的楼外楼，一九四八年四月。这以前我没有吃过莼菜，也没有见过。我的家乡人大都不知莼菜为何物。但是秦少游有《以莼姜法鱼糟蟹寄子瞻》诗，则高邮原来是有莼菜的。诗最后一句是“泽居备礼无麇鹿”，秦少游当时盖在高邮居住，送给苏东坡的是高邮的土产。高邮现在还有没有莼菜，什么时候回高邮，我得调查调查。

明朝的时候，我的家乡出过一个散曲作家王磐。王磐字鸿渐，号西楼，散曲作品有《西楼乐府》。王磐当时名声很大，与散曲大家陈大声并称为“南曲之冠”。王西楼还是画家。高邮现在还有一句歇后语：“王西楼嫁女儿——画（话）多银子少”。王西楼有一本有点特别的著作：《野菜谱》。《野菜谱》收野菜五十二种。五十二种中有些我是认识的，如白鼓钉（蒲公英）、蒲儿根、马栏头、青蒿儿（即茵陈蒿）、枸杞头、野菜豆、蒌蒿、荠菜儿、马齿苋、灰条。江南人重马栏头。小时读周作人的《故乡的野菜》，提到儿歌“荠菜马栏头，姐姐嫁在后门头”，很是向往，但是我的家乡是不大有人吃的。灰条的“条”字，正字应是“藋”，通称灰菜。这东西我的家乡不吃。我第一次吃灰菜是在一个山东同学的家里，蘸了稀面，蒸熟，就烂蒜，别具滋味。后来在昆明黄土坡一中学教书，学校发不出薪水，我们时常断炊，就掳了灰菜来炒了吃。在北京我也摘过灰菜炒食。有一次发现钓鱼台国宾馆的墙外长了很多灰菜，极肥嫩，就弯下腰来摘了好些，装在书包里。门卫发现，走过来问：“你干什么？”他大概以为我在埋定时炸弹。我把书包里的灰菜抓出来给他看，他没有再说什么，走开了。灰菜有点碱味，我很喜欢这种味道。王西楼《野菜谱》中有一些，我不但没有吃过、见过，连听都没听说过，如：“燕子不来香”“油灼灼”……

《野菜谱》上图下文。图画的是这种野菜的样子，文则简单地说这种野菜的生长季节，吃法。文后皆系以一诗，一首近似谣曲的小乐府，都是借题发挥，以野菜名起兴，写人民疾苦。如：

眼子菜

眼子菜，如张目，年年盼春怀布谷，犹向秋来望时熟。何事频年倦不开，愁看四野波漂屋。

猫耳朵

猫耳朵，听我歌，今年水患伤田禾，仓廪空虚鼠弃窝，猫兮猫兮将奈何！

江荠

江荠青青江水绿，江边挑菜女儿哭。爷娘新死兄趁熟，止存我与妹看屋。

抱娘蒿

抱娘蒿，结根牢，解不散，如漆胶。君不见昨朝儿卖客船上，儿抱娘哭不肯放。

这些诗的感情都很真挚，读之令人酸鼻。我的家乡本是个穷地方，灾荒很多，主要是水灾，家破人亡，卖儿卖女的事是常有的。我小时就见过。现在水利大有改进，去年那样的特大洪水，也没死一个人，王西楼所写的悲惨景象不复存在了。想到这一点，我为我的家乡感到欣慰。过去，我的家乡人吃野菜主要是为了度荒，现在吃野菜则是为了尝新了。喔，我的家乡的野菜！

一九九二年四月十四日

载一九九二年第三期《钟山》

家常酒菜

家常酒菜，一要有点新意，二要省钱，三要省事。偶有客来，酒渴思饮。主人卷袖下厨，一面切葱姜，调作料，一面仍可陪客人聊天，显得从容不迫，若无其事，方有意思。如果主人手忙脚乱，客人坐立不安，这酒还喝个什么劲！

拌菠菜

拌菠菜是北京大酒缸最便宜的酒菜。菠菜焯熟，切为寸段，加一勺芝麻酱、蒜汁，或要芥末，随意。过去（一九四八年以前）才三分钱一碟。现在北京的大酒缸已经没有了。

我做的拌菠菜稍为细致。菠菜洗净，去根，在开水锅中焯至八成熟（不可盖锅煮烂），捞出，过凉水，加一点盐，剁成菜泥，挤去菜汁，以手在盘中抟成宝塔状。先碎切香干（北方无香干，可以熏干代），如米粒大，泡好虾米，切姜末、青蒜末。香干末、虾米、姜末、青蒜末，手捏紧，分层堆在菠菜泥上，如宝塔顶。好酱油、香醋、小磨香油及少许味精在小碗中调好。菠菜上桌，将调料轻轻自塔顶淋下。吃时将宝塔推倒，诸料拌匀。

这是我的家乡制拌枸杞头、拌荠菜的办法。北京枸杞头不入馔，荠菜不香。无可奈何，代以菠菜。亦佳。清馋酒客，不妨一试。

拌萝卜丝

小红水萝卜，南方叫“杨花萝卜”，因为是杨花飘时上市的。洗净，去根须，不可去皮。斜切成薄片，再切为细丝，愈细愈好。加少糖，略腌，即可装盘，轻红嫩白，颜色可爱。扬州有一种菊花，即叫“萝卜丝”。临吃，浇以三合油（酱油、醋、香油）。

或加少量海蜇皮细丝同拌，尤佳。

家乡童谣曰：“人之初，鼻涕拖，油炒饭，拌萝菠。”可见其普遍。

若无小水萝卜，可以心里美或卫青代，但不如杨花萝卜细嫩。

干 丝

干丝是扬州菜。北方买不到扬州那种质地紧密，可以片薄片、切细丝的方豆腐干，可以豆腐片代。但须选色白，质紧，片薄者。

切极细丝，以凉水拔二三次，去盐卤味及豆腥气。

拌干丝，拔后的豆腐片细丝入沸水中煮两三开，捞出，沥去水，置浅汤碗中。青蒜切寸段，略焯，虾米发透，并堆置豆腐丝上。五香花生米搓去皮膜，撒在周围。好酱油、小磨香油，醋（少量），淋入，拌匀。

煮干丝。鸡汤或骨头汤煮。若无鸡汤骨汤，用高压锅煮几片肥瘦肉取汤亦可，但必须有荤汤。加火腿丝、鸡丝。亦可少加冬菇丝、笋丝。或入虾仁、干贝，均无不可。欲汤白者入盐。或稍加酱油（万不可多），少量白糖，则汤色微红。拌干丝宜素，要清爽；煮干丝则不厌浓厚。

无论拌干丝，煮干丝，都要加姜丝，多多益善。

扦瓜皮

黄瓜（不太老即可）切成寸段，用水果刀从外至内旋成薄条，如带，成卷。剩下带籽的瓜心不用，酱油、糖、花椒、大料、桂皮、胡椒（破粒）、干红辣椒（整个）、味精、料酒（不可缺）调匀。将扦好的瓜皮投入料汁，不时以筷子翻动，使瓜皮沾透料汁，腌约一小时，取出瓜皮装盘。先装中心，然后以瓜皮面朝外，层层码好，如一小坟头，仍以所余料汁自坟头顶淋下。扦瓜皮极脆，嚼之有声，诸味均透，仍有瓜香。此法得之海拉尔一曾治过国宴的厨师。一盘瓜皮，所费不过四五角钱耳。

炒苞谷

昆明菜。苞谷即玉米。嫩玉米剥出粒，与瘦猪肉同炒，少放盐。略用葱花煸锅亦可，但葱花不能煸得过老，如成黑色，即不美观。不宜用酱油，酱油会掩盖苞谷的清香。起锅时可稍烹水，但不能多，多则成煮苞谷矣！我到菜市买玉米，挑嫩的，别人都很奇怪：

“挑嫩的干什么？”——“炒肉。”——“玉米能炒了吃？”北京人真是少见多怪。

松花蛋拌豆腐

豆腐入开水焯过，俟冷，切为小骰子块，加少许盐。松花蛋（要腌得较老的），亦切为骰子块，与豆腐同拌。老姜在蒜臼中捣烂，加水，滗去渣，淋入。不宜用姜米，亦不加醋。

芝麻酱拌腰片

拌腰片要领：一、先不要去腰臊，只用快刀两面平片，剩下腰臊即可扔掉。如先将腰子平剖两半，剥出腰臊，再用平刀片，则腰片易残破不整。二、腰片须用凉水拔，频频换水，至腰片血水排净，方可用。三、焯腰片要锅大水多。等水大开，将腰片推下，旋即用笊篱抄出，不可等腰片复开。将第一次焯腰片的水泼去，洗净锅，再坐锅，水大开，将焯过一次的腰片投入再焯，旋即捞出，放凉水盆中。两次焯，则腰片已熟，而仍脆嫩。如一次焯，待腰片大开，即成煮矣。腰片凉透，挤去水，入盘，浇以芝麻酱、剁碎的郫县豆瓣、葱末、姜米、蒜泥。

拌里脊片

以四川制水煮牛肉法制猪肉，亦可。里脊或通脊斜切薄片，以芡粉抓过。烧开水一锅，投入肉片，以笊篱翻拢，至肉片变色，即可捞出，加调料。

如热吃，即可倾入水煮牛肉的调料：郫县豆瓣（剁碎）炒至出香味，加酱油、少量糖、料酒。最后撒碾碎的生花椒、芝麻。

焯过肉的汤，撇去浮沫，可做一个紫菜汤。

塞馅回锅油条

油条两股拆开，切成寸半长的小段。拌好猪肉（肥瘦各半）馅。馅中加盐、葱花、姜末。如加少量榨菜末或酱瓜末、川冬菜末，亦可。用手指将油条小段的窟窿捅通，将肉馅塞入、逐段下油锅炸至油条挺硬，肉馅已熟，捞出装盘。此菜嚼之酥脆。油条中有矾，略有涩味，比炸春卷味道好。

这道菜是本人首创，为任何菜谱所不载。很多菜都是馋人瞎捉摸出来的。

其他酒菜

凤尾鱼、广东香肠，市上可以买到；茶叶蛋、油炸花生米、五香煮栗子、煮毛豆，人人会做；盐水鸭、水晶肘子，做起来太费事，皆不及。

一九八七年七月二十五日

载一九八八年第六期《中国烹饪》

豌豆

在北市口卖熏烧炒货的摊子上，和我写的小说《异秉》里的王二的摊子上，都能买到炒豌豆和油炸豌豆。二十文（两枚当十的铜元）即可买一小包，撒一点盐，一路上吃着往家里走。到家门口，也就吃完了。

离我家不远的越塘旁边的空地上，经常有几副卖零吃的担子。卖花生糖的。大粒去皮的花生仁，炒熟仍是雪白的，平摊在抹了油的白石板上，冰糖熬好，均匀地浇在花生米上，候冷，铲起。这种花生糖晶亮透明，不用刀切，大片，放在玻璃匣里，要买，取出一片，现约，论价。冰糖极脆，花生很香。卖豆腐脑的。我们那里的豆腐脑不像北京浇口蘑渣羊肉卤，只倒一点酱油、醋，加一滴麻油——用一只一头缚着一枚制钱的筷子，在油壶里一蘸，滴在碗里，真正只有一滴。但是加很多样零碎作料：小虾米、葱花、蒜泥、榨菜末、药芹末——我们那里没有旱芹，只有水芹即药芹，我很喜欢药芹的气味。我觉得这样的豆腐脑清清爽爽，比北京的勾芡的黏黏糊糊的羊肉卤的要好吃。卖糖豌豆粥的。香粳晚米和豌豆一同在铜锅中熬熟，盛出后加洋糖（绵白糖）一勺。夏日于柳荫下喝一碗，风味不恶。我离乡五十多年，至今还记得豌豆粥的香味。

北京以豌豆制成的食品，最有名的是“豌豆黄”。这东西其实制法很简单，豌豆熬烂，去皮，澄出细沙，加少量白糖，摊开压扁，切成5寸×3寸的长方块，再加刀割出四方小块，分而不离，以牙签扎取而食。据说这是“宫廷小吃”，过去是小饭铺里都卖的，很便宜，现在只仿膳这样的大餐馆里有了，而且卖得很贵。

夏天连阴雨天，则有卖煮豌豆的。整粒的豌豆煮熟，加少量盐，搁两个大料瓣在浮头上，用豆绿茶碗量了卖。虎坊桥有一个傻子卖煮豌豆，给得多。虎坊桥一带流传一句歇后语：“傻子的豌豆——多给。”北京别的地区没有这样的歇后语。想起煮豌豆，就会叫人想起北京夏天的雨。

早年前有磕豌豆木模子的，豌豆煮成泥，摁在雕成花样的模子里，磕出来，就成了一个一个小玩意儿，小猫、小狗、小兔、小猪。买的都是孩子，也玩了，也吃了。

以上说的是干豌豆。新豌豆都是当菜吃。烩豌豆是应时当令的新鲜菜。加一点火腿丁或鸡茸自然很好，就是素烩，也极鲜美。烩豌豆不宜久煮，久煮则汤色发灰，不透亮。

全国兴起了吃荷兰豌豆也就近几年的事。我吃过的荷兰豆以厦门为最好，宽大而嫩。厦门的汤米粉中都要加几片荷兰豆，可以解海鲜的腥味。北京吃的荷兰豆都是从南方运来的。我在厦门郊区的田里看到正在生长着的荷兰豆，搭小架，水红色的小花，嫩绿的叶子，嫣然可爱。

豌豆的嫩头，我的家乡叫豌豆头，但将“豌”字读成“安”。云南叫豌豆尖，四川叫豌豆颠。我的家乡一般都是油盐炒食。云南、四川加在汤面上面，叫作“飘”或“青”。不要加豌豆苗，叫“免飘”；“多青重红”则是多要豌豆苗和辣椒。吃毛肚火锅，在涮了各种荤料后，浓汤之中推进一大盘豌豆颠，美不可言。

豌豆可以入画。曾在山东看到钱舜举的册页，画的是豌豆，不能忘。钱舜举的画设色娇而不俗，用笔稍细而能潇洒，我很喜欢。见过一幅日本竹内栖凤的画，豌豆花，叶颜色较钱舜举尤为鲜丽，但不知道为什么在豌豆前面画了一条赭色的长蛇，非常逼真。是不是日本人觉得蛇也很美？

一九九二年五月七日

黄豆

豆叶在古代是可以当菜吃的。吃法想必是做羹。后来就没有人吃了。没有听说过有人吃凉拌豆叶、炒豆叶、豆叶汤。

我们那里，夏天，家家都要吃几次炒毛豆，加青辣椒。中秋节煮毛豆供月，带壳煮。我父亲会做一种毛豆：毛豆剥出粒，与小青椒（不切）同煮，加酱油、糖，候豆熟收汤，摊在筛子里晾至半干，豆皮起皱，收入小坛。下酒甚妙，做一次可以吃几天。

北京的小酒馆里盐水煮毛豆，有的酒馆是整棵地煮的，不将豆荚剪下，酒客用手摘了吃，似比装了一盘吃起来更香。

香椿豆甚佳。香椿嫩头在开水中略烫，沥去水，碎切，加盐；毛豆加盐煮熟，与香椿同拌匀，候冷，贮之玻璃瓶中，隔日取食。

北京人吃炸酱面，讲究的要有十几种菜码，黄瓜丝、小萝卜、青蒜……还得有一撮毛豆或青豆。肉丁（不用副食店买的绞肉末）炸酱与青豆同嚼，相得益彰。

北京人炒麻豆腐要放几个青豆嘴儿——青豆发一点芽。

三十年前北京稻香村卖熏青豆，以佐茶甚佳。这种豆大概未必是熏的，只是加一点茴香，入轻盐煮后晾成的。皮亦微皱，不软不硬，有咬劲。现在没有了，想是因为费工而利薄，熏青豆是很便宜的。

江阴出粉盐豆。不知怎么能把黄豆发得那样大，长可半寸，盐炒，豆不收缩，皮色发白，极酥松，一嚼即成细粉，故名粉盐豆。味甚隽，远胜花生米。吃粉盐豆，喝百花酒，很相配。我那时还不怎么会喝酒，只是喝白开水。星期天，坐在自修室里，喝水，吃豆，读李清照、辛弃疾词，别是一番滋味。我在江阴南菁中学读过两年，星期天多半是这样消磨过去的。前年我到江阴寻梦，向老同学问起粉盐豆，说现在已经没有了。

稻香村、桂香村、全素斋等处过去都卖笋豆。黄豆、笋干切碎，加酱油、糖煮。现在不大见了。

三年自然灾害时，对十七级干部有一点照顾，每月发几斤黄豆、一斤白糖，叫“糖豆干部”。我用煮笋豆法煮之，没有笋干，放一点口蘑。口蘑是我在张家口坝上自己采得晒干的。我做的口蘑豆自家吃，还送人。曾给黄永玉送去过。永玉的儿子黑蛮吃了，在日记里写道：“黄豆是不好吃的东西，汪伯伯却能把它做得很好吃，汪伯伯很伟大！”

炒黄豆芽宜烹糖醋。

黄豆芽吊汤甚鲜。南方的素菜馆、供素斋的寺庙，都用豆芽汤取鲜。有一老饕在一个庙里吃了素斋，怀疑汤里放了虾籽包，跑到厨房里去验看，只见一口大锅里熬着一锅黄豆芽和香菇蒂的汤。黄豆芽汤加酸雪里红，泡饭甚佳。此味北人不解也。

黄豆对中国人民最大的贡献是能做豆腐及各种豆制品。如果没有豆腐，中国人民的生活将会缺一大块，和尚、尼姑、素菜馆的大师傅就通通“没戏”了。素菜除了冬菇、口蘑、金针、木耳、冬笋、竹笋，主要是靠豆腐、豆制品。素这个，素那个，只是豆制品变出的花样而已。关于豆腐，应另写专文，此不及。

一九九二年五月十日

绿 豆

绿豆在粮食里是最重的。一麻袋绿豆二百七十斤，非壮劳力扛不起。

绿豆性凉，夏天喝绿豆汤、绿豆粥、绿豆水饭，可祛暑。

绿豆的最大用途是做粉丝。粉丝好像是中国的特产。外国名之曰玻璃面条。常见的粉丝的吃法是下在汤里。华侨很爱吃粉丝，大概这会引起他们的故国之思。每年国内要运销大量粉丝到东南亚各地，一律称为“龙口细粉”，华侨多称之为“山东粉”。我有个亲戚，是闽籍马来西亚归侨，我在她家吃饭，她在什么汤里都必放两样东西：粉丝和榨菜。苏南人爱吃“油豆腐线粉”，是小吃，乃以粉丝及豆腐泡下在冬菇扁尖汤里。午饭已经消化完了，晚饭还不到时候，吃一碗油豆腐线粉，蛮好。北京的镇江馆子森隆以前有一道菜，银丝牛肉：粉丝温油炸脆，浇宽汁小炒牛肉丝，刺啦有声。不知这是不是镇江菜。做银丝牛肉的粉丝必须是纯绿豆的，否则易于焦煳。我曾在自己家里做过一次，粉丝大概掺了不知别的什么东西，炸后成了一团黑炭。“蚂蚁上树”原是四川菜，肉末炒粉丝。有一个剧团的伙食办得不好，演员意见很大。剧团的团长为了关心群众生活，深入到食堂去亲自考察，看到菜牌上写的菜名有“蚂蚁上树”，说：“啊呀，伙食是有问题，蚂蚁怎么可以吃呢？”这样的人怎么可以当团长呢？

绿豆轧的面条叫“杂面”。《红楼梦》里尤三姐说：“咱们清水下杂面——你吃我看。”或说杂面要下在羊肉汤里，清水下杂面是说没有吃头的。究竟这句话是什么意思，我还不太明白。不过杂面是要有点荤汤的，素汤杂面我还没有吃过。那么，吃长斋的人是不吃杂面的？

凉粉皮原来都是绿豆的，现在纯绿豆的很少，多是杂豆的。大块凉粉则是白薯粉的。

凉粉以川北凉粉为最好，是豌豆粉，颜色是黄的。川北凉粉放很多油辣椒，吃时嘴里要嘘嘘出气。

广东人爱吃绿豆沙。昆明正义路南头近金碧路处有一家广东人开的甜品店，卖绿豆沙、芝麻糊和番薯糖水。绿豆沙、芝麻糊都好吃，番薯糖水则没有多大意思。

绿豆糕以昆明的吉庆祥和苏州采芝斋最好，油重，且加了玫瑰花。北京的绿豆糕不加油，是干的，吃起来噎人。我有一阵生胆囊炎，不宜吃油，买了一盒回来，我的孙女很爱吃，一气吃了几块，我觉得不可理解。

一九九二年五月十一日

扁豆

我们那一带的扁豆原来只有北京人所说的“宽扁豆”的那一种。郑板桥写过一副对联“一庭春雨瓢儿菜，满架秋风扁豆花”，指的当是这种扁豆。这副对子写的是尚可温饱的寒士家的景况，有钱的阔人家是不会在庭院里种菜种扁豆的。扁豆有紫花和白花的两种，紫花的较多，白花的少。郑板桥眼中的扁豆花大概是紫的。紫花扁豆结的豆角皮色亦微带紫，白花扁豆则是浅绿色的。吃起来味道都差不多。唯入药用，则必为“白扁豆”，两种扁豆药性可能不同。扁豆初秋即开花，旋即结角，可随时摘食。板桥所说“满架秋风”，给人的感觉是已是深秋了。画扁豆花的画家喜欢画一只纺织娘，这是一个季节的东西。暑尽天凉，月色如水，听纺织娘在扁豆架上沙沙地振羽，至有情味。北京有种红扁豆的，花是大红的，豆角则是深紫红的。这种红扁豆似没人吃，只供观赏。我觉得这种扁豆红得不正常，不如紫花、白花有韵致。

北京通常所说的扁豆，上海人叫四季豆。我的家乡原来没有，现在有种的了。北京的扁豆有几种，一般的就叫扁豆，有上架的，叫“架豆”。一种叫“棍儿扁豆”，豆角如小圆棍。“棍儿扁豆”字面自相矛盾，既似棍儿，不当叫扁。有一种豆角较宽而甚嫩的，叫“闷儿豆”，我想是“眉豆”的讹读。北京人吃扁豆无非是焯熟凉拌，炒，或焖。“焖扁豆面”挺不错。扁豆焖熟，加水，面条下在上面，面熟，将扁豆翻到上面来，再稍焖，即得。扁豆不管怎么做，总宜加蒜。

我在泰山顶上一个招待所里吃过一盘炒棍儿扁豆，非常嫩。平生所吃扁豆，此为第一。能在泰山顶上吃到，尤为难得。

一九九二年五月十二日

芸豆

我在昆明吃了几年芸豆。西南联大的食堂里有几个常吃的菜：炒猪血（云南叫“旺子”），炒莲花白（即北京的圆白菜、上海的卷心菜、张家口的疙瘩白），灰色的魔芋豆腐……几乎每天都有的是煮芸豆。府甬道菜市上有卖芸豆的，盐煮，我们有时买了当零嘴吃，因为很便宜。芸豆有红的和白的两种，我们在昆明吃的是红的。

北京小饭铺里过去有芸豆粥卖，是白芸豆。芸豆粥粥汁甚黏，好像勾了芡。

芸豆卷和豌豆黄一样，也是“宫廷小吃”，白芸豆煮成沙，入糖，制为小卷。过去北海漪澜堂茶馆里有卖，现在不知还有没有。

在乌鲁木齐逛“巴扎”，见白芸豆极大，有大拇指头顶儿那样大，很想买一点，但是数千里外带一包芸豆回北京，有点“神经”，遂作罢。

一九九二年五月十二日

红小豆

红小豆上海叫赤豆：赤豆汤，赤豆棒冰。北京叫小豆：小豆粥，小豆冰棍。我的家乡叫红饭豆，因为可掺在米里蒸成饭。

红小豆最大的用途是做豆沙。北方的豆沙有不去皮的，只是小豆煮烂而已。豆包、炸糕的馅都是这样的粗制豆沙。水滤去皮，成为细沙，北方叫“澄沙”，南方叫“洗沙”。做月饼、甜包、汤圆，都离不开豆沙。豆沙最能吸油，故宜作馅。我们家大年初一早起吃汤圆，洗沙是年前就用大量的猪油拌了，每天在饭锅头上蒸一次，沙色紫得发黑，已经吸足了油。我们家的汤圆又很大，我只能吃两三个，因为一咬一嘴油。

四川菜有夹沙肉，乃以肥多瘦少的带皮臀尖肉整块煮至六七成熟，捞出，稍凉后，切成厚二三分的大片，两片之间肉皮不切通，中夹洗沙，上笼蒸烂。这道菜是放糖的，很甜。肥肉已经脱了油，吃起来不腻。但也不能多吃，我只能来两片。我的儿子会做夹沙肉，每次都很成功。

一九九二年五月十三日

豇豆

我小时最讨厌吃豇豆，只有两层皮，味道寡淡。后来北京，岁数大了，觉得豇豆也还好吃。人的口味是可以变的，比如我小时不吃猪肺，觉得泡泡囊囊的，嚼起来很不舒服。老了，觉得肺头挺好吃，于老人牙齿甚相宜。

嫩豇豆切寸段，入开水锅焯熟，以轻盐稍腌，滗去盐水，以好酱油、镇江醋、姜、蒜末同拌，滴香油数滴，可以“渗”酒。炒食亦佳。

河北省酱菜中有酱豇豆，别处似没有。北京的六必居、天源，南方扬州酱菜中都没有。保定酱豇豆是整根酱的，甚脆嫩，而极咸。河北人口重，酱菜无不甚咸。

豇豆米老后，表皮光洁，淡绿中泛浅紫红晕斑，瓷器中有一种“豇豆红”就是这种颜色。曾见一豇豆红小石榴瓶，莹润可爱。中国人很会为瓷器的釉色取名，如“老僧衣”“芝麻酱”“茶叶末”，都甚肖。

一九九二年五月十七日

载一九九三年第二期《长城》

宋朝人的吃喝

/
/
/

唐宋人似乎不怎么讲究大吃大喝。杜甫的《丽人行》里列叙了一些珍馐，但多系夸张想象之辞。五代顾闳中所绘《韩熙载夜宴图》主人客人面前案上所列的食物不过八品，四个高足的浅碗、四个小碟子。有一碗是白色的圆球形的东西，有点像外面滚了米粒的蓑衣丸子。有一碗颜色是鲜红的，很惹眼，用放大镜细看，不过是几个带蒂的柿子！其余的看不清是什么。苏东坡是个有名的馋人，但他爱吃的好像只是猪肉。他称赞“黄州好猪肉”，但还是“富者不解吃，贫者不解煮”。他爱吃猪头，也不过是煮得稀烂，最后浇一勺杏酪——杏酪想必是酸里咕叽的，可以解腻。有人“忽出新意”以山羊肉为玉糁羹，他觉得好吃得不得了。这是一种什么东西？大概只是山羊肉加碎米煮成的糊糊罢了。当然，想象起来也不难吃。

宋朝人的吃喝好像比较简单而清淡。连有皇帝参加的御宴也并不丰盛。御宴有定制，每一盏酒都要有歌舞杂技，似乎这是主要的，吃喝在其次。幽兰居士《东京梦华录》载《宰执亲王宗室百官入内上寿》，使臣诸卿只是“每分列环饼、油饼、枣塔为看盘，次列果子。唯大辽加之猪羊鸡鹅兔连骨熟肉为看盘，皆以小绳束之。又生葱韭蒜醋各一碟。三五人共列浆水一桶，立杓数枚”。“看盘”只是摆样子的，不能吃的。“凡御宴至第三盏，方有下酒肉、咸豉、爆肉、双下驼峰角子。”第四盏下酒是炙子骨头、索粉、白肉胡饼；第五盏是群仙炙、开花饼、太平毕罗、干饭、缕肉羹、莲花肉饼；第六盏假圆鱼、密浮酥捺花；第七盏排炊羊、胡饼、炙金肠；第八盏假沙鱼、独下馒头、肚羹；第九盏水饭、簇饤下饭。如此而已。

宋朝市面上的吃食似乎很便宜。《东京梦华录》云：“吾辈入店，则用一等琉璃浅棱碗，谓之‘碧碗’，亦谓之‘造羹’，菜蔬精细，谓之‘造齑’，每碗十文。”《会仙酒楼》条载：“止两人对坐饮酒……即银近百两矣。”初看吓人一跳。细看，这是指餐具的价值——宋人餐具多用银。

几乎所有记两宋风俗的书无不记“市食”。钱塘吴自牧《梦粱录·分茶酒店》最为详备。宋朝的肴馔好像多是“快餐”，是现成的。中国古代人流行吃羹。“三日入厨下，洗手作羹汤”，不说是洗手炒肉丝。《水浒传》林冲的徒弟说自己“安排得好菜蔬，端整得好汁水”，“汁水”也就是羹。《东京梦华录》云“旧只用匙今皆用筯矣”，可见本都是可喝的汤水。其次是各种熝菜，熝鸡、熝鸭、熝鹅。再次是半干的肉脯和全干的肉䰾。几本书里都提到“影戏䰾”，我觉得这就是四川的灯影牛肉一类的东西。炒菜也有，如炒蟹，但极少。

宋朝人饮酒和后来有些不同的，是总要有些鲜果干果，如柑、梨、蔗、柿，炒栗子、新银杏，以及莴苣、“姜油多”之类的菜蔬和玛瑙饧、泽州饧之类的糖稀。《水浒传》所谓“铺下果子按酒”，即指此类东西。

宋朝的面食品类甚多。我们现在叫作主食，宋人却叫“从食”。面食主要是饼。《水浒》动辄说“回些面来打饼”。饼有门油、菊花、宽焦、侧厚、油锅、新样满麻……《东京梦华录》载武成王庙海州张家、皇建院前郑家最盛，每家有五十余炉。五十几个炉子一起烙饼，真是好家伙！

遍检《东京梦华录》《都城纪胜》《西湖老人繁胜录》《梦粱录》《武林旧事》，都没有发现宋朝人吃海参、鱼翅、燕窝的记载。吃这种滋补性的高蛋白的海味，大概从明朝才开始。这大概和明朝人的纵欲有关系，记得鲁迅好像曾经说过。

宋朝人好像实行的是“分食制”。《东京梦华录》云“用一等琉璃浅棱碗……每碗十文”，可证。《韩熙载夜宴图》上画的也是各人一份，不像后来大家合坐一桌，大盘大碗，筷子勺子一起来。这一点是颇合卫生的，因不易传染肝炎。

一九八七年一月十八日

载一九八七年第六期《作家》

昆明菜

/
/
/

我这篇东西是写给外地人看的，不是写给昆明人看的。和昆明人谈昆明菜，岂不成了笑话！其实不如说是写给我自己看的。我离开昆明整四十年了，对昆明菜一直不能忘。

昆明菜是有特点的。昆明菜——云南菜不属于中国的八大菜系。很多人以为昆明菜接近四川菜，其实并不一样。四川菜的特点是麻、辣。多数四川菜都要放郫县豆瓣、泡辣椒，而且放大量的花椒——必得是川椒。中国很多省的人都爱吃辣，如湖南、江西，但像四川人那样爱吃花椒的地方不多。重庆有很多小面馆，门面的白墙上多用黑漆涂写三个大字“麻、辣、烫”，老远的就看得见。昆明菜不像四川菜那样既辣且麻。大抵四川菜多浓厚强烈，而昆明菜则比较清淡纯和。四川菜调料复杂，昆明菜重本味。比较一下怪味鸡和汽锅鸡，便知二者区别所在。

汽锅鸡

中国人很会吃鸡。广东的盐鸡，四川的怪味鸡，常熟的叫花鸡，山东的炸八块，湖南的东安鸡，德州的扒鸡……如果全国各种做法的鸡来一次大奖赛，哪一种鸡该拿金牌？我以为应该是昆明的汽锅鸡。

是什么人想出了这种非常独特的吃法？估计起来，先得有汽锅，然后才有汽锅鸡。汽锅以建水所制者最佳。现在全国出陶器的地方都能造汽锅，如江苏的宜兴。但我觉得用别处出的汽锅蒸出来的鸡，都不如用建水汽锅做出的有味。这也许是我的偏见。汽锅既出在建水，那么，昆明的汽锅鸡也可能是从建水传来的吧？

原来在正义路近金碧路的路西有一家专卖汽锅鸡。这家不知有没有店号，进门处挂了一块匾，上书四个大字：“培养正气”。因此大家就径称这家饭馆为“培养正气”。过去昆明人一说“今天我们培养一下正气”，听话的人就明白是去吃汽锅鸡。“培养正气”的鸡特别鲜嫩，而且屡试不爽。没有哪一次去吃了，会说“今天的鸡差点事！”所以能永远保持质量，据说他家用的鸡都是武定肥鸡。鸡瘦则肉柴，肥则无味。独武定鸡极肥而有味。揭盖之后：汤清如水，而鸡香扑鼻。

听说“培养正气”已经没有了。昆明饭馆里卖的汽锅鸡已经不是当年的味道，因为用的不是武定鸡，什么鸡都有。

恢复“培养正气”，重新选用武定鸡，该不是难事吧？

昆明的白斩鸡也极好。玉溪街卖馄饨的摊子的铜锅上搁一个细铁条篦子，上面都放两三只肥白的熟鸡。随要，即可切一小盘。昆明人管白斩鸡叫“凉鸡”。我们常常去吃，喝一点酒，因为是坐在一张长板凳上吃的，有一个同学为这种做法起了一个名目，叫“坐失（食）良（凉）机（鸡）”。玉溪街卖的鸡据说是玉溪鸡。

华山南路与武成路交界处从前有一家馆子叫“映时春”，做油淋鸡极佳。大块鸡生炸，十二寸的大盘，高高地堆了一盘。蘸花椒盐吃。二十几岁的小伙子，七八个人，人得三五块，顷刻瓷盘见底矣。如此吃鸡，平生一快。

昆明旧有卖炖鸡杂的，挎腰圆食盒，串街唤卖。鸡肫鸡肝皆用篾条穿成一串，如北京的糖葫芦。鸡肠子盘紧如素鸡，买时旋切片。耐嚼，极有味，而价甚廉，为佐茶下酒妙品。估计昆明这样的小吃已经没有了。曾与老昆明谈起，全似孟元老《东京梦华录》中所记了也。

火 腿

云南宣威火腿与浙江金华火腿齐名，难分高下。金华火腿知道的人多，有许多品级。比较著名的是“雪舫蒋腿”。更高级的，以竹叶熏成的，谓之“竹叶腿”。宣威火腿似没有这么多讲究，只是笼统地叫作火腿。火腿出在宣威，据说宣威家家腌制，而集中销售地则在昆明。正义路牌坊东侧原来有一家火腿庄，除了卖整只、零切的火腿，还卖火腿骨、火腿油。上海卖金华火腿的南货店有时卖“火腿脚爪”，单卖火腿油，却没有听说过。火腿骨熬汤，火腿油炖豆腐，想来一定很好吃。

火腿作为提味的配料时多，单吃，似只有一种吃法，蒸熟了切片。从前有蜜炙火腿，不知好吃否。金华火腿按部位分油头、上腰、中腰，再以下便是脚爪。昆明人吃火腿特重小腿至肘棒的那一部分，谓之“金钱片腿”，因为切开做圆形，当中是精肉，周围是肥肉，带着一圈薄皮。大西门外有一家本地饭馆，不大，很不整洁，但是菜品不少，金钱片腿是必备的。因为赶马的马锅头最爱吃这道菜——这家饭馆的主要顾客是马锅头。马锅头兄弟一进门，别的菜还没有要，先叫：“切一盘金钱片腿！”

一道昆明菜，不是以火腿为主料，但离开火腿却不成的，是“锅贴乌鱼”。这是东月楼的名菜。乃以乌鱼两片（乌鱼必活杀，鱼片须旋批），中夹兼肥带瘦的火腿一片，在平底铛上，以文火烙成，不加任何别的作料。鲜嫩香美，不可名状。

东月楼在护国路，是一家地道的昆明老馆子。除锅贴乌鱼外，尚有酱鸡腿，也极好。听说东月楼现在也没有了。

昆明吉庆祥的火腿月饼甚佳。今年中秋，北京运到一批，买来一尝，滋味犹似当年。

牛肉

我一辈子没有吃过昆明那样好的牛肉。

昆明的牛肉馆的特别处是只卖牛肉一样——外带米饭、酒，不卖别的菜肴。这样的牛肉馆，据我所知，有三家。有一家在大西门外凤翥街，因为离西南联大很近，我们常去。我是由这家“学会”

吃牛肉的。一家在小东门。而以小西门外马家牛肉馆为最大。楼上楼下，几十张桌子。牛肉馆的牛肉是分门别类地卖的。最常见的是汤片和冷片。白牛肉切薄片，浇滚烫的清汤，为汤片。冷片也是同样旋切的薄片，但整齐地码在盘子里，蘸甜酱油吃（甜酱油为昆明所特有）。汤片、冷片皆极酥软，而不散碎。听说切汤片冷片的肉是整个一边牛蒸熟了的，我有点不相信：哪里有这样大的蒸笼，这样大的锅呢？但切片的牛肉确是很大的大块的。牛肉这样酥软，火候是要很足。有人告诉我，得蒸（或煮？）一整夜。其次是“红烧”。“红烧”不是别的地方加了酱油闷煮的红烧牛肉，也是清汤的，不过大概牛肉曾用红籼染过，故肉呈胭脂红色。“红烧”是切成小块的。这不用牛身上的“好”肉，如胸肉腿肉，带一些“筋头巴脑”，和汤、冷片相较，别是一种滋味。还有几种牛身上的特别部位，也分开卖。却都有代用的别名，不“会”吃的人听不懂，不知道这是什么东西。如牛肚叫“领肝”，牛舌叫“撩青”。很多地方卖舌头都讳言“舌”字，因为“舌”与“蚀”同音。无锡陆稿荐卖猪舌改叫“赚头”。广东饭馆把牛舌叫“牛脷”其实本是“牛利”，只是加了一肉月偏旁，以示这是肉食。这都是反“蚀”之意而用之，讨个吉利。把舌头叫成“撩青”，别处没有听说过。稍想一下，是有道理的。牛吃青草，都是用舌头撩进嘴里的。这一别称很形象，但是太费解了。牛肉馆还有牛大筋卖。我有一次同一个女同学去吃马家牛肉馆，她问我：“这是什么？”我实在不好回答。我在昆明吃过不少次牛大筋，只是因为它好吃，不是为了壮阳。“领肝”“撩青”“大筋”都是带汤的。牛肉馆不卖炒菜。上牛肉馆其实主要是来喝汤的——汤好。

昆明牛肉馆用的牛都是小黄牛，老牛、废牛是不用的。

吃一次牛肉馆是花不了多少钱的，比一般小饭馆便宜，也好吃，实惠。

马家牛肉馆常有人托一搪瓷茶盘来卖小菜，头、腌蒜、腌姜、糟辣椒……有七八样。两三分钱即可买一小碟，极开胃。

马家牛肉店不知还有没有？如果没有了，就太可惜了。

昆明还有牛干巴，乃将牛肉切成长条，腌制晾干。小饭馆有炒牛干巴卖。这东西据说生吃也行。马锅头上路，总要带牛干巴，用刀削成薄片，酒饭均宜。

蒸菜

昆明尚食蒸菜。正义路原来有一家。蒸鸡、蒸骨、蒸肉，都放在直径不到半尺的小蒸笼中蒸熟。小笼层层相叠，几十笼为一摞，一口大蒸锅上蒸着好几摞。蒸菜都酥烂，蒸鸡连骨头都能嚼碎。蒸菜有衬底。别处蒸菜衬底多为红薯、洋芋、白萝卜，昆明蒸菜的衬底却是皂角仁。皂角仁我是认识的。我们那里的少女绣花，常用小瓷碟蒸十数个皂角仁，用来“光”绒，取其滑润，并增光泽。我没有想到这东西能吃，且好吃。样子也好看，莹洁如玉。这么多蒸菜，得用多少皂角仁，得多少皂角才能剥出这样多的仁呢？玉溪街里有一家也卖蒸菜。这家所卖蒸菜中有一色rang小瓜：小南瓜，挖出瓤，塞入肉蒸熟，很别致。很多地方都有rang菜，rang冬瓜，rang茄子，都是塞肉蒸熟的菜。rang不知道怎么写，一般字典查不到这个字。或写成“酿”，则音义都不对。我们到北京后曾做过rang小瓜，终不似玉溪街的味道。大概这家因为是和许多其他蒸菜摆在一起蒸的，鸡、骨、肉的蒸气透入蒸小瓜的笼，故小瓜里的肉有瓜香，而包肉的瓜则带鲜味。单rang一瓜，不能腴美。

诸 菌

有朋友到昆明开会，我告诉他到昆明一定要吃吃菌子。他住在一旧交家里，把所有的菌子都吃了。回北京见到我，说："真是好！"

鸡纵为菌中之王。甬道街有一家专做鸡纵的馆子。这家还卖苦菜汤，是熬在一口大锅里，非常便宜，好吃。外省人说昆明有三怪：姑娘叫老太，粑粑叫饵块，芥菜叫苦菜。听昆明人说苦菜不是芥菜，别是一种。

前月有一直住在昆明的老同学来，说鸡纵出在富民。有一次他们开会，从富民拉了一汽车鸡纵来，吃得不亦乐乎。鸡纵各处皆有，富民可能出得多一些。

青头菌、牛肝菌、干巴菌、鸡油菌，我在别的文章里已写过，不重复。昆明诸菌总宜鲜吃。鸡纵可制成油鸡纵，干巴菌可晾成干，可致远，然而风味减矣。

乳扇、乳饼

乳扇是晾干的奶皮子，乳饼即奶豆腐。这种奶制品我颇怀疑是元朝的蒙古兵传入云南的。然而蒙古人的奶制品只是用来佐奶茶，云南则作为菜肴。这两样其实只能"吃着玩"，不下饭的。

炒鸡蛋

炒鸡蛋天下皆有。昆明的炒鸡蛋特泡。一颠翻面，两颠出锅，动锅不动铲。趁热上桌，鲜亮喷香，逗人食欲。

番茄炒鸡蛋，番茄炒至断生，仍有清香，不疲软，鸡蛋成大块，不发死。番茄与鸡蛋相杂，颜色仍分明，不像北方的西红柿炒鸡蛋，炒得“一塌糊涂”。

映时春有雪花蛋，乃以鸡蛋清、温熟猪油于小火上，不住地搅拌，猪油与蛋清相入，油蛋交融。嫩如鱼脑，洁白而有亮光。入口即已到喉，齿舌都来不及辨别是何滋味，真是一绝。另有桂花蛋，则以蛋黄以同法制成。雪花蛋、桂花蛋上都撒了一层瘦火腿末，但不宜多，多则掩盖鸡蛋香味。鸡蛋这样的做法，他处未见。我在北京曾用此法做一盘菜待客，吹牛说“这是昆明做法”。客人尝后，连说“不错！不错！”且到处宣传。其实我做出的既不是雪花蛋，也不是桂花蛋，简直有点像山东的“假螃蟹”了！

炒青菜

袁子才《随园食单》指出：炒青菜须用荤油，炒荤菜当用素油，很有道理。昆明炒青菜都用猪油。昆明的青菜炒得好，因为：菜新鲜，油多，火爆，慎用酱油，起锅时一般不烹水或烹水极少，不盖锅（饭馆里炒青菜多不盖锅），或盖锅时间甚短。这样炒出来的青菜不失菜味，且不变色，视之犹如从园中初摘出来的一样。

菜花昆明叫椰花菜。北京炒菜花先以水焯过，再炒。这样就不如干脆加水煮成奶油菜花汤了。昆明炒椰花菜皆生炒，脆而不梗，干干净净。如加火腿，尤妙。

炒包谷只有昆明有。每年北京嫩玉米上市时，我都买一些回来抠出玉米粒加瘦肉末炒了吃。有亲戚朋友来，觉得很奇怪："玉米能做菜？"尝了两筷子，都说"好吃"。炒包谷做法简单，在北京的一个很小的范围内已经推广。有一个西南联大的校友请几个老同学上家里聚一聚，特别声明："今天有一道昆明菜！"端上来，是炒包谷。包谷既老，放了太多的肉，大量酱油，还加了很多水咕嘟了！我跟他说："你这样的炒包谷，能把昆明人气死。"

临离昆明前我和朱德熙在一家饭馆里吃了一盘肉炒菠菜，当时叫绝，至今不忘。菠菜极嫩（北京人爱吃长成小树一样的菠菜，真不可解），油极大，火甚匀，味极鲜。炒菠菜要尽量少动铲子。频频翻锅，菠菜就会发黑，且有涩味。

黑芥·韭菜花·茄子酢

昆明谓黑大头菜为黑芥。袁子才以为大头菜偏宜肉炒，很对。大头菜得肉，香味才能发出。我们有时几个人在昆明饭馆里吃饭，一看菜不够了，就赶紧添叫一盘黑芥炒肉。一则这个菜来得快；二则极下饭，且经吃。

韭菜花出曲靖。名为韭菜花，其实主料是切得极细晾干的萝卜丝。这是中国咸菜里的"神品"。这一味小菜按说不用多少成本，但价钱却颇贵，想是因为腌制很费工。昆明人家也有自己腌韭菜花的。这种韭菜花和北京吃涮羊肉做调料的韭菜花不是一回事，北京人万勿误会。

茄子酢是茄子切细丝，风干，封缸，发酵而成。我很怀疑这属于古代的菹。菹，郭沫若以为可能是泡菜。《说文解字》“菹”字下注云：“酢菜也。”我觉得可能就是茄子酢一类的东西。中国以酢为名的小菜别处也有，湖南有“酢辣子”。古书里凡从“酉”的字都跟酒有点关系。茄子酢和酢辣子都是经过酒化了的，吃起来带酒香。

原载一九八七年第一期《滇池》

米线和饵块

/

/

/

未到昆明之前，我没有吃过米线和饵块。离开昆明以后，也几乎没有再吃过米绕和饵块。我在昆明住过将近七年，吃过的米线、饵块可谓多矣。大概每个星期都得吃个两三回。

米线是米粉像压饸饹似的压出来的那么一种东西，粗细也如张家口一带的莜面饸饹。口感可完全不同。米线洁白，光滑，柔软。有个女同学身材细长，皮肤很白，有个外号，就叫米线。这东西从作坊里出来的时候就是熟的，只须放入配料，加一点水，稍煮，即可食用。昆明的米线店都是用带把的小铜锅，一锅只能煮一两碗，多则三碗，谓之“小锅米线”。昆明人认为小锅煮的米线才好吃。米线配料有多种，徐了爨肉之外，都是预先熟制好了的。昆明米线店很多，几乎每条街都有。文林街就有两家。

一家在西边，近大西门，坐南朝北。这家卖的米线花样多，有焖鸡米线、爨肉米线、鳝鱼米线、叶子米线。焖鸡其实不是鸡，是瘦肉，煸炒之后，加酱油香料煮熟。爨肉即鲜肉末。米线煮开，拨入肉末，见两开，即得。昆明人不知道为什么把这种做法叫作爨肉，这是个多么复杂难写的字！云南因有二爨（《爨宝子》《爨龙颜》）碑，很多人能认识这个字，外省人多不识。云南人把荤菜分为两类，大块炖猪肉以及鸡鸭牛羊肉，谓之“大荤”，炒蔬菜而加一点肉丝或肉末，谓之“爨荤”。“爨荤”者零碎肉也。爨肉米线的名称也许是这样引申出来的。鳝鱼米线的鳝鱼是鳝鱼切段，加大蒜闷酥了的。“叶子”即炸猪皮。这东西有的地方叫“响皮”，很多地方叫“假鱼肚”，叫作“叶子”，似只有云南一省。

街东的一家坐北朝南，对面是西南联大教授宿舍，沈从文先生就住在楼上临街的一间里面。这家房屋桌凳比较干净，米线的味道也较清淡，只有焖鸡和爨肉两种，不过备有鸡蛋和西红柿，可以加在米线里。巴金同志在纪念沈先生文中说沈先生经常以两碗米线，加鸡蛋西红柿，就算是一顿饭了，指的就是这一家。沈先生通常吃的是爨肉米线。这家还卖鸡头脚（卤煮）和油炸花生米，小饮极便。

莀忠寺坡有一家卖炬肉米线。白汤。大块臀肩肥瘦肉煮得极炬，放大瓷盘中。米线烫热浇汤后，用包馄饨用的竹片扒下约半两炬肉，堆在米线上面。汤肥，味厚。全城卖炬肉米线者只此一家。

青云街有一家卖羊血米线。大锅两口，一锅开水，一锅煮着生的羊血。羊血并不凝结，只是像一锅嫩豆腐。米线放在漏勺里在开水锅中冒得滚烫，托羊血一大勺盖在米线上，浇芝麻酱，撒上香菜蒜泥，吃辣的可以自己加。有的同学不敢问津，或望望然而去之，因为羊血好像不熟，我则以为是难得的异味。

正义路有一个奎光阁，门面颇大，有楼，卖凉米线。米线，加好酱油、酸甜醋（昆明的醋有两种，酸醋和甜醋，加醋时店伙都要问：“吃酸醋嘛甜醋？”通常都答曰：“酸甜醋。”即两样都要）、五辛、生菜、辣椒。夏天吃凉米线，大汗淋漓，然而浑身爽快。奎光阁在我还在昆明时就关张了。

护国路附近有一条老街，有一家专卖干烧米线，门面甚小，座位靠墙，好像摆在一个半截胡同里，没几张小桌子。干烧米线放大量猪油、酱油、一点儿汤，加大量的辣椒面和川花椒末，烧得之后，无汁水，是盛在盘子里吃的。颜色深红，辣椒和花椒的香气冲鼻子。吃了这种米线得喝大量的茶——最好是沱茶，因为味道极其强烈浓厚，“叫水”；而且麻辣味在舌上久留不去，不用茶水涮一涮，得一直张嘴哈气。

最为名贵的自然是过桥米线。过桥米线和汽锅鸡堪称昆明吃食的代表作。过桥米线以正义路牌楼西侧一家最负盛名。这家也卖别的饭菜，但是顾客多是冲过桥米线来的。入门坐定，叫过菜，堂倌即在每人面前放一盘生菜（主要是豌豆苗）；一盘（九寸盘）生鸡片、腰片、鱼片、猪里脊片、宣威火腿片，平铺盘底，片大，而薄几如纸；一碗白坯米线。随即端来一大碗汤。汤看来似无热气，而汤温高于一百摄氏度，因为上面封了厚厚的一层鸡油。我们初到昆明，就听到不止一个人的警告：这汤万万不能单喝。说有一个下江人司机，汤一上来，端起来就喝，竟烫死了。把生片推入汤中，即刻就都熟了；然后把米线、生菜拨入汤碗，就可以吃起来。鸡片腰片鱼片肉片都极嫩，汤极鲜，真是食品中的尤物。过桥米线有个传说，说是有一秀才，在村外小河对岸书斋中苦读，秀才娘子每天给他送米线充饥，为保持鲜嫩烫热，遂想出此法。娘子送吃的，要过一道桥。秀才问："这是什么米线？"娘子说："过桥米线！""过桥米线"的名称就是这样来的。此恐是出于附会。"过桥"之名我于南宋人笔记中即曾见过，书名偶忘。

饵块有两种。

一种是汤饵块和炒饵块。饵块乃以米粉压成大坨，于大甑内蒸熟，长方形，一坨有七八寸长，五寸来宽，厚约寸许，四角浑圆，如一小枕头。将饵块横切成薄片，再加几刀，切如骨牌大，入汤煮，即汤饵块；亦可加肉片青菜炒，即炒饵块。我们通常吃汤饵块，吃炒饵块时少。炒饵块常在小饭馆里卖，汤饵块则在较大的米线店里与米线同卖。饵块亦可以切成细条，名曰饵丝。米线柔滑，不耐咀嚼，连汤入口，便顺流而下，一直通过喉咙入肚。饵块饵丝较有咬劲。不很饿，吃米线；倘要充腹耐饥，吃饵块或饵丝。汤饵块饵丝，配料与米线同。青莲街逼死坡下，有一家本来是卖甜品的，忽然别出心裁，添卖牛奶饵丝和甜酒饵丝，生意颇好。或曰：饵丝怎么可以吃甜的？然而，饵丝为什么不能吃甜的呢？既然可以有甜酒小汤圆，当然也可以有甜酒饵丝。昆明甜酒味浓，甜酒饵丝香、醇、甜、糯。据本省人说：饵块以腾冲的最好。腾冲炒饵块别名"大救驾"。传南明永历帝朱由榔，败走滇西，至腾冲，饥不得食，土人进炒饵块一器，朱由榔吞食罄尽，说："这可真是救了驾了！"遂有此名。腾冲的炒饵块我吃过，只觉得切得极薄，配料讲究，吃起来与昆明的炒饵块也无多大区别。据云腾冲的饵块乃专用某地出的上等大米舂粉制成，粉质精细，为他处所不及。只有本省人能品尝各地的米质精粗，外省人吃不出所以然。

烧饵块的饵块是米粉制的饼状物，“昆明有三怪，粑粑叫饵块……”指的就是这东西。饵块是椭圆形的，形如北方的牛舌饼而大，比常人的手掌略长一些，边缘稍厚。烧饵块多在晚上卖。远远听见一声吆唤“烧饵块……”，声音高亢，有点悽凉。走近了，就看到一个火盆，置于交脚的架子上，盆中炽着木炭，上面是一个横搭于盆口的铁篦子，饵块平放在篦子上，卖烧饵块的用一柄柿油纸扇煽着木炭，炭火更旺了，通红的。昆明人不用葵扇，煽火多用状如葵扇的柿油纸扇。铁篦子前面是几个搪瓷把缸，内装不同的酱，平列在一片木板上。不大一会，饵块烧得透了，内层绵软，表面微起薄壳，即用竹片从搪瓷缸中刮出芝麻酱、花生酱、甜面酱、泼了油的辣椒面，依次涂在饵块的一面，对折起来，状如老式木梳，交给顾客。两手捏着，边吃边走，咸、甜、香、辣，并入饥肠。四十余年，不忘此味。我也忘不了那一声悽凉而悠远的吆唤：“烧饵块……”

一九八六年，我重回了一趟昆明。昆明变化很大。就拿米线饵块来说，也有了很大的变化。我住在圆通街，出门到青云街、文林街、凤翥街、华山西路、正义路各处走了走。我没有见到焖鸡米线、爨肉米线、鳝鱼米线、叶子米线，问之本地老人，说这些都没有了。代之而起的是到处都卖肠旺米线。“肠”是猪肠子，“旺”是猪血，西南几省都把猪血叫作“血旺”或“旺子”。肠旺米线四十多年前昆明是没有的，这大概是贵州传过来的。什么时候传来的？为什么肠旺米线能把焖鸡爨肉……都打倒，变成肠旺米线的一统天下呢？是焖鸡、爨肉没人爱吃？费工？不赚钱？好像也都不是。我实在百思不得其解。

我没有去吃过桥米线，因为本地人告诉我，现在的过桥米线大大不如从前了。没有那样的鸡片、腰片——没有那样的刀工。没有那样的汤。那样的汤得用肥母鸡才煨得出，现在没有那样的肥母鸡。

烧饵块的饵块倒还有，但是不是椭圆的，变成了圆的。也不像从前那样厚实，镜子样的薄薄一个圆片，大概是机制的。现在还抹那么多种酱么？还用栎炭火来烧么？

这些变化是怎么发生的？为什么会发生？

一九九〇年十一月二十四日

几家老饭馆

东月楼。东月楼在护国路，这是一家地道的云南饭馆。其名菜是锅贴乌鱼。乌鱼两片，去其边皮，大小如云片糕，中夹宣威火腿一片，于平铛上文火烙熟，极香美。宜酒宜饭，也可做点心。我在别处未吃过，在昆明别家饭馆也未吃过，信是人间至味。

东月楼另一名菜是酱鸡腿。入味，而鸡肉不“柴”。

映时春。映时春在武成路东口，这是一家不大不小的饭馆。最受欢迎的菜是油淋鸡。生鸡剁为大块，以热油反复浇灼，至熟，盛以一尺二寸的大盘，蘸花椒盐吃，皮酥肉嫩。一盘上桌，顷刻无余。

映时春还有两道菜为别家所无。一是雪花蛋。乃以温油慢炒鸡蛋清，上撒火腿细末。雪花蛋比北方饭馆的芙蓉鸡片更为细嫩。然无宣腿细末则无以发其香味。如用蛋黄，以同法炒之，则名桂花蛋。

这是一个两层楼的饭馆。楼下散座，卖冷荤小菜，楼上卖热炒。楼上有两张圆桌，六张大八仙桌，座位经常总是满的。招呼那么多客人，却只有一个堂倌。这位堂倌真是能干。客人点了菜，他记得清清楚楚（从前的饭馆是不记菜单的），随即向厨房里大声报出菜名。如果两桌先后点了同一样菜，就大声追加一句"番茄炒鸡蛋一做二"（一锅炒两盘）。听到厨房里锅铲敲炒的声音，知道什么菜已经起锅，就飞快下楼（厨房在楼下，在店堂之里，菜炒得了，由墙上一方窗口递出），转眼之间，又一手托一盘菜，飞快上楼，脚踩楼梯，登登登登，麻溜之至。他这一天上楼下楼，不知道有多少趟。累计起来，他一天所走的路怕有几十里。客人吃完了，他早已在心里把账算好，大声向楼下账桌报出钱数：下来几位，几十元几角。他的手、脚、嘴、眼一刻不停，而头脑清晰灵敏，从不出错，这真是个有过人精力的堂倌。看到一个精力旺盛的人，是叫人高兴的。

过桥米线·汽锅鸡

这似乎是昆明菜的代表作，但是今不如昔了。

原来卖过桥米线最有名的一家，在正义路近文庙街拐角处，一个牌楼的西边。这一家的字号不大有人知道，但只要说去吃过桥米线，就知道指的是这一家，好像"过桥米线"成了这家的店名。

这一家所以有名，一是汤好。汤面一层鸡油，看似毫无热气，而汤温在一百度以上。据说有一个“下江人”司机不懂吃过桥米线的规矩，汤上来了，他咕咚喝下去，竟烫死了。二是片料讲究，鸡片、鱼片、腰片、火腿片，都切得极薄，而又完整无残缺，推入汤碗，即时便熟，不生不老，恰到好处。

专营汽锅鸡的店铺在正义路近金碧路处。这家的字号也不大有人知道，但店堂里有一块匾，写的是“培养正气”，昆明人碰在一起，想吃汽锅鸡，就说：“我们去培养一下正气。”中国人吃鸡之法有多种，其最著名者有广州盐鸡、常熟叫花鸡，而我以为应数昆明汽锅鸡为第一。汽锅鸡的好处在哪里？曰：最存鸡之本味。汽锅鸡须少放几片宣威火腿，一小块三七，则鸡味越“发”。走进“培养正气”，不似走进别家饭馆，五味混杂，只是清清纯纯，一片鸡香。

为什么现在的汽锅鸡和过桥米线不如从前了？从前用的鸡不是一般的鸡，是“武定壮鸡”。“壮”不只是肥壮而已，这是经过一种特殊的技术处理的鸡。据说是把母鸡骟了。我只听说过公鸡有骟了的，没有听说母鸡也能骟。母鸡骟了，就使劲长肉，“壮”了。这种手术只有武定人会做。武定现在会做的人也不多了，如不注意保存，可能会失传的。我对母鸡能骟，始终有点将信将疑。不过武定鸡确实很好。前年在昆明，佧佤族女作家董秀英的爱人，特意买到一只武定壮鸡，做出汽锅鸡来，跟我五十年前在昆明吃的还是一样。

甬道街鸡纵。鸡纵之名甚怪。为什么叫“鸡纵”，到现在还没有人解释清楚。这是一种菌子，它生长的地方也怪，长在田野间的白蚁窝上。为什么专在白蚁窝上生长，到现在也还没有人解释清楚。鸡纵的菌盖不大，而下面的菌把甚长而粗。一般菌子中吃的部分多在菌盖，而鸡纵好吃的地方正在菌把。鸡纵可称菌中之王。鸡纵的味道无法比方。不得已，可以说这是“植物鸡”。味似鸡，而细嫩过之，入口无渣，甚滑，且有一股清香。如果用一个字形容鸡纵的口感，可以说是：腴。甬道街有一家中等本地饭馆，善做鸡纵，极有名。

这家还有一个特别处，用大锅煮了一锅苦菜汤。这苦菜汤是奉送的，顾客可以自己拿了大碗去盛。汤甚美，因为加了一些洗净的小肠同煮。

昆明是菌类之乡。除鸡纵外，干巴菌、牛肝菌、青头菌，都好吃。

小西门马家牛肉馆。马家牛肉馆只卖牛肉一种，亦无煎炒烹炸，所有牛肉都是头天夜里蒸煮熟了的，但分部位卖。净瘦肉切薄片，整齐地在盘子里码成两溜，谓之“冷片”，蘸甜酱油吃。甜酱油我只在云南见过，别处没有。冷片盛在碗里浇以热汤，则为“汤片”，也叫“汤冷片”。牛肉切成骨牌大的块，带点筋头巴脑，以红曲染过，亦带汤，为“红烧”。有的名目很奇怪，外地人往往不知道这是什么部位的。牛肚叫作“领肝”，牛舌叫“撩青”。“撩青”之名甚为形象。牛舌头的用处可不是撩起青草往嘴里送么？不大容易吃到的是“大筋”，即牛鞭也。有一次我陪一位女同学上马家牛肉馆，她问：“这是什么东西？”我真没法回答她。

马家隔壁是一家酱园。不时有人托了一个大搪瓷盘，摆七八样酱菜，放在小碟子里，藠头、韭菜花、腌姜……供人下饭（马家是卖白米饭的）。看中哪几样，即可点要，所费不多。这颇让人想起《东京梦华录》之类的书上所记的南宋遗风。

护国路白汤羊肉。昆明一般饭馆里是不卖羊肉的。专卖羊肉的只有不多的几家，也是按部位卖，如“拐骨”（带骨腿肉）、“油腰”（整羊腰，不切）、“灯笼”（羊眼）……都是用红曲染了的。只有护国路一家卖白汤羊肉，带皮，汤白如牛乳，蘸花椒盐吃。

奎光阁面点。奎光阁在正义路，不卖炒菜米饭，只卖面点，昆明似只此一家。卖葱油饼（直径五寸，葱甚多，猪油煎，两面焦黄）、锅贴、片儿汤（白菜丝、蛋花、下面片）。

玉溪街蒸菜。玉溪街有一家玉溪人开的饭馆，只卖蒸菜，不卖别的。好几摞小笼，一屋子热气腾腾。蒸鸡、蒸骨、蒸肉……“瓤（读去声）小瓜”甚佳。小南瓜挖去瓤（此读平声），塞入切碎的猪肉，蒸熟去笼盖，瓜香扑鼻。这家蒸菜的特点是衬底不用洋芋，白薯，而用皂角仁。皂角仁这东西，我的家乡女人绣花时用来“光”（去声）绒，绒沾皂仁黏液，则易入针，且绣出的花有光泽。云南人都拿来吃，真是闻所未闻。皂仁吃起来细腻软糯，很有意思。皂角仁不可多吃。我们过腾冲时，宴会上有一道皂角仁做的甜菜，一位河北老兄一勺又一勺地往下灌。我警告他：这样吃法不行，他不信。结果是这位老兄才离座席，就上厕所。皂角仁太滑了，到了肠子里会飞流直下。

米线饵块

米线属米粉一类。湖南米粉、广东的沙河粉，都是带状，扁而薄。云南的米线是圆的，粗细如线香，是用压饸饹似的办法压出来的。这东西本来就是熟的，临吃加汤及配料，煮两开即可。昆明讲究“小锅米线”。小铜锅，置炭火上，一锅煮两三碗，甚至只煮一碗。

米线的配料最常见的是“焖鸡”。焖鸡其实不是鸡，而是加酱油花椒大料煮出的小块净瘦肉（可能过油炒过）。本地人爱吃焖鸡米线。我们刚到昆明时，昆明的电影院里放的都是美国电影，有一个略懂英语的人坐在包厢（那时的电影院都有包厢）的一角以意为之的加以译解，叫作“演讲”。有一次在大众电影院，影片中有一个情节，是约翰请玛丽去“开餐”，“演讲”的人说：“玛丽呀，你要哪样？”楼下观众中有一个西南联大的同学大声答了一句：“两碗焖鸡米线！”这本来是开开玩笑，不料“演讲”人立即把电影停住，把全场的灯都开了，厉声问：“是哪个说的？哪个说的！”差一点打了一次群架。“演讲”人认为这是对云南人的侮辱。其实焖鸡米线是很好吃的。

另一种常见的米线是“爨肉米线”，即在米线锅中放入肉末。这个“爨”字实在难写。但是昆明的米线店的价目表上都是这样写的。大概云南有《爨宝子》《爨龙颜》两块名碑，云南人对它很熟悉，觉得这样写很亲切。

巴金先生在写怀念沈从文先生的文章中，说沈先生请巴老吃了两碗米线，加一个鸡蛋，一个西红柿，就算一顿饭。这家卖米线的铺子，就在沈先生住的文林街宿舍的对面。沈先生请我吃过不止一次。他们吃的大概是“爨肉米线”。

米线也还有别的配料。文林街另一家卖米线的就有：鳝鱼米线，鳝鱼切片，酱油汤煮，加很多蒜瓣；叶子米线，猪肉皮晾干油炸过，再用温水发开，切成长片，入汤煮透，这东西有的地方叫“响皮”，有的地方叫“假鱼肚”，昆明叫“叶子”。

荩忠寺坡有一家卖“炟肉米线”。大块肥瘦猪肉，煮极烂，置大瓷盘中，用竹片刮下少许，置米线上，浇以滚开的白汤。

青莲街有一家卖羊血米线。大锅煮羊血，米线煮开后，舀半生羊血一大勺，加芝麻酱、辣椒、蒜泥。这种米线吃法甚“野”，而鄙人照吃不误。

护国路有一家卖炒米线。锅，放很多猪油，少量的汤汁，加大量辣椒炒。甚咸而极辣。

凉米线。米线加一点绿豆芽之类的配菜，浇作料。加作料前堂倌要问：“吃酸醋吗甜醋？”一般顾客都说：“酸甜醋。”即两样醋都要。甜醋别处未见过。

米粉揉成小枕头状的一砣，蒸熟，是为饵块。切成薄片，可加肉丝青菜同炒，为炒饵块；加汤煮，为煮饵块。云南人认为腾冲饵块最好。腾冲人把炒饵块叫作“大救驾”。据说明永历帝被吴三桂追赶，将逃往缅甸，至腾冲，没吃的，饿得走不动了，有人给他送了一盘炒饵块，万岁爷狼吞虎咽，吃得精光，连说：“这可救了驾了！”我在腾冲吃过大救驾，没吃出所以然，大概我那天也不太饿。

饵块切成火柴棍大小的细丝，叫作饵丝。饵丝缅甸也有。我曾在中缅交界线上吃过一碗饵丝。那地方的国界没有山，也没有河，只是在公路上用白粉画一道三寸来宽的线，线以外是缅甸，线以内是中国。紧挨着国境线，有一个缅甸人摆的饵丝摊子。这边把钱（人民币）递过去，那边就把饵丝递过来。手过国界没关系，只要脚不过去，就不算越境。缅甸饵丝与中国饵丝味道一样！

还有一种饵块是米面的饼，形状略似北方的牛舌饼，但大一些，有一点像鞋底子。用一盆炭火，上置铁篦子，将饵块饼摊在篦子上烤，不停地用油纸扇扇着，待饵块起泡发软，用竹片涂上芝麻酱、花生酱、甜酱油、油辣子，对折成半月形，谓之“烧饵块”。入夜之后，街头常见一盆红红的炭火，听到一声悠长的吆唤：“烧饵块！”给不多的钱，一“块”在手，边走边吃，自有一种情趣。

点心和小吃

火腿月饼。昆明吉庆祥火腿月饼天下第一。因为用的是“云腿”（宣威火腿），做工也讲究。过去四个月饼一斤，按老秤说是四两一个，称为“四两砣”。前几年有人从昆明给我带了两盒“四两砣”来，还能保持当年的质量。

破酥包子。油和的发面做的包子。包子的名称中带一个“破”字，似乎不好听。但也没有办法，因为蒸得了皮面上是有一些小小裂口。糖馅肉馅皆有，吃是很好吃的，就是太“油”了。你想想，油和的面，刚揭笼屉，能不“油”么？这种包子，一次吃不了几个，而且必须喝很浓的茶。

玉麦粑粑。卖玉麦粑粑的都是苗族的女孩。玉麦即包谷。昆明的汉人叫包谷，而苗人叫玉麦。新玉麦，才成粒，磨碎，用手拍成烧饼大，外裹玉麦的箨片（粑粑上还有手指的印子），蒸熟，放在漆木盆里卖，上复杨梅树叶。玉麦粑粑微有咸味，有新玉麦的清香。苗族女孩子吆唤："玉麦粑粑……"声音娇娇的，很好听。如果下点小雨，尤有韵致。

洋芋粑粑。洋芋学名马铃薯，山西、内蒙叫山药，东北、河北叫土豆，上海叫洋山芋，云南叫洋芋。洋芋煮烂，捣碎，入花椒盐、葱花，于铁勺中按扁，放在油锅里炸片时，勺底洋芋微脆，粑粑即漂起，捞出，即可拈吃。这是小学生爱吃的零食，我这个大学生也爱吃。

摩登粑粑。摩登粑粑即烤发面饼，不过是用松毛（马尾松的针叶）烤的，有一种松针的香味。这种面饼只有凤翥街一家现烤现卖。西南联大的女生很爱吃。昆明人叫女大学生为"摩登"，这种面饼也就被叫成"摩登粑粑"，而且成了正式的名称。前几年我到昆明，提起这种粑粑，昆明人说：现在还有，不过不在凤翥街了，搬到另外一条街上去了，还叫作"摩登粑粑"。

一九九三年一月十三日
选自一九九三年第三期《随笔》

萝卜

杨花萝卜即北京的小水萝卜。因为是杨花飞舞时上市卖的，我的家乡名之曰："杨花萝卜"。这个名称很富有季节感。我家不远的街口一家茶食店的檐下有一个岁数大的女人摆一个小摊子，卖供孩子食用的便宜的零吃。杨花萝卜下来的时候，卖萝卜。萝卜一把一把地码着。她不时用炊帚洒一点水，萝卜总是鲜红的。给她一个铜板，她就用小刀切下三四根萝卜。萝卜极脆嫩，有甜味，富水分。自离家乡后，我没有吃过这样好吃的萝卜；或者不如说自我长大后没有吃过这样好吃的萝卜——小时候吃的东西都是最好吃的。

除了生嚼，杨花萝卜也能拌萝卜丝。萝卜斜切的薄片，再切为细丝，加酱油、醋、香油略拌，撒一点青蒜，极开胃。小孩子的顺口溜唱道：

人之初，
鼻涕拖；
油炒饭，
拌萝菠。[①]

油炒饭加一点葱花，在农村算是美食，所以拌萝卜丝一碟，吃起来是很香的。

萝卜丝与细切的海蜇皮同拌，在我的家乡是上酒席的，与香干拌荠菜、盐水虾、松花蛋同为凉碟。

北京的拍水萝卜也不错，但宜少入白糖。

北京人用水萝卜切片，汆羊肉汤，味鲜而清淡。

烧小萝卜，来北京前我没有吃过（我的家乡杨花萝卜没有熟吃的），很好。有一位台湾女作家来北京，要我亲自做一顿饭请她吃。我给她做了几个菜，其中一个是烧小萝卜。她吃了赞不绝口。那当然是不难吃的：那两天正是小萝卜最好的时候，都长足了，但还很嫩，不糠；而且我是用干贝烧的。她说台湾没有这种小水萝卜。

我的家乡有一种穿心红萝卜，粗如黄酒盏，长可三四寸，外皮深紫红色，里面的肉有放射形的紫红纹，紫白相间。若是横切开来，正如中药里的槟榔片（卖时都是直切），当中一线贯通，色极深，故名穿心红。卖穿心红萝卜的挑担，与山芋（红薯）同卖，山芋切厚片。都是生吃。

紫萝卜不大，大的如一个大衣扣子，为扁圆形，皮色乌紫。据

①注：我的家乡萝卜为萝菠。

说这是五倍子染的。看来不是本色，因为它掉色，吃了，嘴唇牙肉也是乌紫乌紫的。里面的肉却是嫩白的。这种萝卜非本地所产，产在泰州。每年秋末，就有泰州人来卖紫萝卜，都是女的，挎一个柳条篮子，沿街吆唤："紫萝——卜！"

我在淮安第一回吃到青萝卜。曾在淮安中学借读过一个学期，一到星期日，就买了七八个青萝卜、一堆花生，几个同学，尽情吃一顿。后来我到天津吃过青萝卜，觉得淮安青萝卜比天津的好。大抵一种东西头一回吃，总是最好的。

天津吃萝卜是一种风气。五十年代初，我到天津，一个同学的父亲请我们到天华景听曲艺。座位之前有一溜长案，摆得满满的，除了茶壶茶碗，瓜子花生米碟子，还有几大盘切成薄片的青萝卜。听"玩艺儿"吃萝卜，此风为别处所无。天津谚云："吃了萝卜喝热茶，气得大夫满街爬。"吃萝卜喝茶，此风亦为别处所无。

心里美萝卜是北京特色。一九四八年冬天，我到了北京，街头巷尾，每听到吆唤："嗳——萝卜，赛梨来——辣来换……"声音高亮打远。看来在北京做小买卖的，都得有条好嗓子。卖"萝卜赛梨"的，萝卜都是一个一个挑选过的，用手指头一弹，当当的；一刀切下去，咔嚓嚓地响。

我在张家口沙岭子劳动，曾参加过收获心里美萝卜。张家口土质于萝卜相宜，心里美皆甚大。收萝卜时是可以随便吃的。和我一起收萝卜的农业工人起出一个萝卜，看一看，不怎么样的，随手扔进了大堆。一看，这个不错，往地下一扔，叭嚓，裂成了几瓣，"行！"于是各拿一块啃起来。甜、脆、多汁，难可名状。他们说："吃萝卜，讲究吃'棒打萝卜'。"

张家口的白萝卜也很大。我参加过张家口地区农业展览会的布置工作，送展的白萝卜都奇大。白萝卜有象牙白和露八分。露八分即八分露出土面，露出土面部分外皮淡绿色。

我的家乡无此大白萝卜，只是粗如小儿臂而已。家乡吃白萝卜只是红烧，或素烧，或与臀尖肉同烧。

江南人特重白萝卜炖汤，常与排骨或猪肉同炖。白萝卜耐久炖，久则出味。或入淡菜，味尤厚。沙汀《淘金记》写幺吵吵每天用牙巴骨炖白萝卜，吃得一家脸上都是油光光的。天天吃是不行的，隔几天吃一次，想亦不恶。

四川人用白萝卜炖牛肉，甚佳。

扬州人、广东人制萝卜丝饼，极妙。北京东华门大街曾有外地人制萝卜丝饼，生意极好。此人后来不见了。

北京人炒萝卜条，是家常下饭菜。或入酱炒，则为南方人所不喜。

白萝卜最能消食通气。我们在湖南体验生活，有位领导同志，接连五天大便不通，吃了各种药都不见效，憋得他难受得不行。后来生吃了几个大白萝卜，一下子畅通了。奇效如此，若非亲见，很难相信。

萝卜是腌制咸菜的重要原料。我们那里，几乎家家都要腌萝卜干。腌萝卜干的是红皮圆萝卜。切萝卜时全家大小一齐动手。孩子切萝卜，觉得这个一定很甜，尝一瓣，甜，就放在一边，自己吃。切一天萝卜，每个孩子肚子里都装了不少。萝卜干盐渍后须在芦席上摊晒，水气干后，入缸，压紧、封实，一两个月后取食。我们那里说在商店学徒（学生意）要“吃三年萝卜干饭”，谓油水少也。

学徒不到三年零一节，不满师，吃饭须自觉，筷子不能往荤菜盘里伸。

扬州一带酱园里卖萝卜头，乃甜面酱所腌，口感甚佳。孩子们爱吃，一半也因为它的形状很好玩，圆圆的，比一个鸽子蛋略大。此北地所无，天源、六必居都没有。

北京有小酱萝卜，佐粥甚佳。大腌萝卜咸得发苦，不好吃。

四川泡菜什么萝卜都可以泡，红萝卜、白萝卜。

湖南桑植卖泡萝卜。走几步，就有个卖泡萝卜的摊子。萝卜切成大片，泡在广口玻璃瓶里，给毛把钱即可得一片，边走边吃。峨眉山道边也有卖泡萝卜的，一面涂了一层稀酱。

萝卜原产中国，所以中国的为最好。有春萝卜、夏萝卜、秋萝卜、四季萝卜，一年到头都有。可生食、煮食、腌制。萝卜所惠于中国人者亦大矣。美国有小红萝卜，大如元宵，皮色鲜红可爱，吃起来则淡而无味，异域得此，聊胜于无。爱伦堡小说写几个艺术家吃奶油蘸萝卜，喝伏特加，不知是不是这种红萝卜。我在爱荷华南朝鲜人开的菜铺的仓库里看到一堆心里美，大喜，买回来一吃，味道满不对，形似而已。日本人爱吃萝卜，好像是煮熟蘸酱吃的。

载一九九〇年第三期《十月》

豆腐

/

/

/

豆腐点得比较老的，为北豆腐。听说张家口地区有一个堡里的豆腐能用秤钩钩起来，扛着秤杆走几十里路。这是豆腐么？点得较嫩的是南豆腐。再嫩即为豆腐脑。比豆腐脑稍老一点的，有北京的“老豆腐”和四川的豆花。比豆腐脑更嫩的是湖南的水豆腐。

豆腐压紧成型，是豆腐干。

卷在白布层中压成大张的薄片，是豆腐片。东北叫干豆腐。压得紧而且更薄的，南方叫百页或千张。

豆浆锅的表面凝结的一层薄皮撩起晾干，叫豆腐皮，或叫油皮。我的家乡则简单地叫作皮子。

豆腐最简便的吃法是拌。买回来就能拌。或入开水锅略烫，去豆腥气。不可久烫，久烫则豆腐收缩发硬。香椿拌豆腐是拌豆腐里的上上品。嫩香椿头，芽叶未舒，颜色紫赤，嗅之香气扑鼻，入开水稍烫，梗叶转为碧绿，捞出，揉以细盐，候冷，切为碎末，与豆腐同拌（以南豆腐为佳），下香油数滴。一箸入口，三春不忘。香椿头只卖得数日，过此则叶绿梗硬，香气大减。其次是小葱拌豆腐。北京有歇后语："小葱拌豆腐——一青二白。"可见这是北京人家家都吃的小菜。拌豆腐特宜小葱，小葱嫩，香。葱粗如指，以拌豆腐，滋味即减。我和林斤澜在武夷山，住一招待所。斤澜爱吃拌豆腐，招待所每餐皆上拌豆腐一大盘，但与豆腐同拌的是青蒜。青蒜炒回锅肉甚佳，以拌豆腐，配搭不当。北京人有用韭菜花、青椒糊拌豆腐的，这是侉吃法，南方人不敢领教。而南方人吃的松花蛋拌豆腐，北方人也觉得岂有此理。这是一道上海菜，我第一次吃到却是在香港的一家上海饭馆里，是吃阳澄湖大闸蟹之前的一道凉菜。北豆腐、松花蛋切成小骰子块，同拌，无姜汁蒜泥，只少放一点盐而已。好吃么？用上海话说：蛮崭格！用北方话说：旱香瓜——另一个味儿。咸鸭蛋拌豆腐也是南方菜，但必须用敝乡所产"高邮咸蛋"。高邮咸蛋蛋黄色如朱砂，多油，和豆腐拌在一起，红白相间，只是颜色即可使人胃口大开。别处的咸鸭蛋，尤其是北方的，蛋黄色浅，又无油，却不中吃。

烧豆腐大体可分为两大类：用油煎过再加料烧的；不过油煎的。

北豆腐切成厚二分的长方块，热锅温油两面煎。油不必多，因豆腐不吃油。最好用平底锅煎。不要煎得太老，稍结薄壳，表面发皱，即可铲出，是名"虎皮"。用已备好的肥瘦各半熟猪肉，切大片，下锅略煸，加葱、姜、蒜、酱油、绵白糖，兑入原猪肉汤，将豆腐推入，加盖猛火煮二三开，即放小火咕嘟。约十五分钟，收汤，即可装盘。这就是“虎皮豆腐”。如加冬菇、虾米、辣椒及豆豉即是“家乡豆腐”。或加菌油，即是湖南有名的“菌油豆腐”——菌油豆腐也有不用油煎的。

“文思和尚豆腐”是清代扬州有名的素菜，好几本菜谱著录，但我在扬州一带的寺庙和素菜馆的菜单上都没有见到过。不知道文思和尚豆腐是过油煎了的，还是不过油煎的。我无端地觉得是油煎了的，而且无端地觉得是用黄豆芽吊汤，加了上好的口蘑或香、竹笋，用极好秋油，文火熬成。什么时候材料凑手，我将根据想象，试做一次文思和尚豆腐。我的文思和尚豆腐将是素菜荤做，放猪油，放虾籽。

虎皮豆腐切大片，不过油煎的烧豆腐则宜切块，六七分见方。北方小饭铺里肉末烧豆腐，是常备菜。肉末烧豆腐亦称家常豆腐。烧豆腐里的翘楚，是麻婆豆腐。相传有陈婆婆，脸上有几粒麻子，在乡场上摆一个饭摊，挑油的脚夫路过，常到她的饭摊上吃饭，陈婆婆把油桶底下剩的油刮下来，给他们烧豆腐。后来大人先生也特意来吃她烧的豆腐。于是麻婆豆腐闻名遐迩。陈麻婆是个值得纪念的人物，中国烹饪史上应为她大书一笔，因为麻婆豆腐确实很好吃。做麻婆豆腐的要领是：一要油多。二要用牛肉末。我曾做过多次麻婆豆腐，都不是那个味儿，后来才知道我用的是瘦猪肉末。牛肉末不能用猪肉末代替。三是要用郫县豆瓣。豆瓣须剁碎。四是要用文火，俟汤汁渐渐收入豆腐，才起锅。五是起锅时要撒一层川花椒末。一定得用川花椒，即名为“大红袍”者。用山西、河北花椒，味道即差。六是盛出就吃。如果正在喝酒说话，应该把说话的嘴腾出来。麻婆豆腐必须是：麻、辣、烫。

昆明最便宜的小饭铺里有小炒豆腐。猪肉末，肥瘦，豆腐捏碎，同炒，加酱油，起锅时下葱花。这道菜便宜，实惠，好吃。不加酱油而用盐，与番茄同炒，即为番茄炒豆腐。番茄须烫过，撕去皮，炒至成酱，番茄汁渗入豆腐，乃佳。

砂锅豆腐须有好汤，骨头汤或肉汤，小火炖，至豆腐起蜂窝，方好。砂锅鱼头豆腐，用花鲢（即胖头鱼）头，劈为两半，下冬菇、扁尖（腌青笋）、海米，汤清而味厚，非海参鱼翅可及。

“汪豆腐”好像是我的家乡菜。豆腐切成指甲盖大的小薄片，推入虾子酱油汤中，滚几开，勾薄芡，盛大碗中，浇一勺熟猪油，即得。叫作“汪豆腐”，大概因为上面泛着一层油。用勺舀了吃。吃时要小心，不能性急，因为很烫。滚开的豆腐，上面又是滚开的油，吃急了会烫坏舌头。我的家乡人喜欢吃烫的东西，语云：“一烫抵三鲜。”乡下人家来了客，大都做一个汪豆腐应急。周巷汪豆腐很有名。我没有到过周巷，周巷汪豆腐好，我想无非是虾籽多，油多。近年高邮新出一道名菜：雪花豆腐，用盐，不用酱油。我想给家乡的厨师出个主意：加入蟹白（雄蟹白的油即蟹的精子），这样雪花豆腐就更名贵了。

不知道为什么，北京的老豆腐现在见不着了，过去卖老豆腐的摊子是很多的。老豆腐其实并不老，老，也许是和豆腐脑相对而言。老豆腐的作料很简单：芝麻酱、腌韭菜末。爱吃辣的浇一勺青椒糊。坐在街边摊头的矮脚长凳上，要一碗老豆腐，就半斤旋烙的大饼，夹一个薄脆，是一顿好饭。

四川的豆花是很妙的东西，我和几个作家到四川旅游，在乐山吃饭。几位作家都去了大馆子，我和林斤澜钻进一家只有穿草鞋的乡下人光顾的小店，一人要了一碗豆花。豆花只是一碗白汤，啥都没有。豆花用筷子夹出来，蘸“味碟”里的作料吃。味碟里主要是豆瓣。我和斤澜各吃了一碗热腾腾的白米饭，很美。豆花汤里或加切碎的青菜，则为“菜豆花”。北京的豆花庄的豆花乃以鸡汤煨成，过于讲究，不如乡坝头的豆花存其本味。

北京的豆腐脑过去浇羊肉口蘑渣熬成的卤。羊肉是好羊肉，口蘑渣是碎黑片蘑，还要加一勺蒜泥水。现在的卤，羊肉极少，不放口蘑，只是一锅稠糊糊的酱油黏汁而已。即便是过去浇卤的豆腐脑，我觉得也不如我们家乡的豆腐脑。我们那里的豆腐脑温在紫铜扁钵的锅里，用紫铜平勺盛在碗里，加秋油，滴醋、一点点麻油，小虾米、榨菜末、芹菜（药芹即水芹菜）末。清清爽爽，而多滋味。

中国豆腐的做法多矣，不胜记载。四川作家高缨请我们在乐山的山上吃过一次豆腐宴，豆腐十好几样，风味各别，不相雷同。特点是豆腐的质量极好。掌勺的老师傅从磨豆腐到烹制，都是亲自为之，绝不假手旁人。这一顿豆腐宴可称寰中一绝！

豆腐干南北皆有。北京的豆腐干比较有特点的是熏干。熏干切长片拌芹菜，很好。熏干的烟熏味和芹菜的芹菜香相得益彰。花干、苏州干是从南边传过来的，北京原先没有。北京的苏州干只是用味精取鲜，苏州的小豆腐干是用酱油、糖、冬菇汤煮出后晾得半干的，味长而耐嚼。从苏州上车，买两包小豆腐干，可以一直嚼到郑州。香干亦称茶干。我在小说《茶干》中有较细的描述：

……豆腐出净渣，装在一个一个小蒲包里，包口扎紧，入锅，码好，投料，加上好抽油，上面用石头压实，文火煨煮。要煮很长时间。煮得了，再一块一块从蒲包里倒出来。这种茶干是圆形的，周围较厚、中间较薄，周身有蒲包压出来的细纹……这种茶干外皮是深紫黑色的，掰开了，里面是浅褐色的。很结实，嚼起来很有咬劲，越嚼越香，是佐茶的妙品，所以，叫作“茶干”。

茶干原出界首镇，故称“界首茶干”。据说乾隆南巡，过界首，曾经品尝过。

干丝是淮扬名菜。大方豆腐干，快刀横披为片，刀工好的师傅一块豆腐干能片十六片；再立刀切为细丝。这种豆腐干是特制的，极坚致，切丝不断，又绵软，易吸汤汁。旧本只有拌干丝。干丝入开水略煮，捞出后装高足浅碗，浇麻油酱醋。青蒜切寸段，略焯，五香花生米搓去皮，同拌，尤妙。煮干丝的兴起也就是五六十年的事。干丝母鸡汤煮，加开阳（大虾米）、火腿丝。我很留恋拌干丝，因为味道清爽，现在只能吃到煮干丝了。干丝本不是“菜”，只是吃包子烧卖的茶馆里，在上点心之前喝茶时的闲食。现在则是全国各地淮扬菜系的饭馆里都预备了。我在北京常做煮干丝，成了我们家的保留节目。北京很少遇到大白豆腐干，只能用豆腐片或百页切丝代替。口感稍差，味道却不逊色，因为我的煮干丝里下了干贝。煮干丝没有什么诀窍，什么鲜东西都可往里搁。干丝上桌前要放细切的姜丝，要嫩姜。

臭豆腐是中国人的一大发明。我在上海、武汉都吃过。长沙火宫殿的臭豆腐毛泽东年轻时常去吃。后来回长沙，又特意去吃了一次，说了一句话：“火宫殿的臭豆腐还是好吃。”这就成了“最高指示”，写在照壁上。火宫殿的臭豆腐遂成全国第一。油炸臭豆腐干，宜放辣椒酱、青蒜。南京夫子庙的臭豆腐干是小方块，用竹签像冰糖葫芦似的串起来卖，一串八块。昆明的臭豆腐不用油炸，在炭火盆上搁一个铁篦子，臭豆腐干放在上面烤焦，别有风味。

在安徽屯溪吃过霉豆腐，长条豆腐，长了二寸长的白色的绒毛，在平底锅中煎熟，蘸酱油辣椒青蒜吃。凡到屯溪者，都要去尝尝。

豆腐乳各地都有。我在江西进贤参加土改，那里的农民家家都做腐乳。进贤原来很穷，没有什么菜吃，顿顿都用豆腐乳下饭。做豆腐乳，放大量辣椒面，还放柚子皮，味道非常强烈。广西桂林、四川忠县、云南路南所出豆腐乳都很有名，各有特点。腐乳肉是苏州松鹤楼的名菜，肉味浓醇，入口即化。广东点心很多都放豆腐乳，叫作“南乳××饼”。

南方人爱吃百页。百页结烧肉是宁波、上海人家常吃的菜。上海老城隍庙的小吃店里卖百页结：百页包一点肉馅，打成结，煮在汤里，要吃，随时盛一碗。一碗也就是四五只百页结。北方的百页缺韧性，打不成结，一打结就断。百页可入臭卤中腌臭，谓之“臭千张”。

杭州知味观有一道名菜：炸响铃。豆腐皮（如过干，要少润一点水），瘦肉剁成细馅，加葱花细姜末，入盐，把肉馅包在豆腐皮内，成一卷，用刀剁成寸许长的小段，下油锅炸得馅熟皮酥，即可捞出。油温不可太高，太高豆皮易煳。这菜嚼起来发脆响，形略似铃，故名响铃。做法其实并不复杂。肉剁极碎，成泥状（最好用刀背剁），平摊在豆腐皮上，折叠起来，如小钱包大，入油炸，亦佳。不入油炸，而以酱油冬菇汤煮，豆皮层中有汁，甚美。北京东安市场拐角处解放前有一家肉店宝华春，兼卖南味熟肉，卖一种酒菜：豆腐皮切细条，在酱肉汤中煮透，捞出，晾至微干，很好吃，不贵。现在宝华春已经没有了。豆腐皮可做汤。炖酥腰（猪腰炖汤）里放一点豆腐皮，则汤色雪白。

一九九二年六月二十五日

载一九九二年第五期《小说体》

栗子

/

/

/

栗子的形状很奇怪，像一个小刺猬。栗有“斗”，斗外长了长长的硬刺，很扎手。栗子在斗里围着长了一圈，一颗一颗紧挨着，很团结。当中有一颗是扁的，叫作脐栗。脐栗的味道和其他栗子没有什么两样。坚果的外面大都有保护层，松子有鳞瓣，核桃、白果都有苦涩的外皮，这大概都是为了对付松鼠而长出来的。

新摘的生栗子很好吃，脆嫩，只是栗壳很不好剥，里面的内皮尤其不好去。

把栗子放在竹篮里，挂在通风的地方吹几天，就成了“风栗子”。风栗子肉微有皱纹，微软，吃起来更为细腻有韧性。不像吃生栗子会弄得满嘴都是碎粒，而且更甜。贾宝玉为一件事生了气，袭人给他打岔，说：“我想吃风栗子了。你给我取去。”怡红院的檐下是挂了一篮风栗子的。风栗子入《红楼梦》，身价就高了起来，雅了。这栗子是什么来头，是贾蓉送来的？刘姥姥送来的？还是宝玉自己在外面买的？不知道，书中并未交代。

栗子熟食的较多。我的家乡原来没有炒栗子，只是放在火里烤。冬天，生一个铜火盆，丢几个栗子在通红的炭火里，一会儿，砰的一声，蹦出一个裂了壳的熟栗子，抓起来，在手里来回倒，连连吹气使冷，剥壳入口，香甜无比，是雪天的乐事。不过烤栗子要小心，弄不好会炸伤眼睛。烤栗子外国也有，西方有“火中取栗”的寓言，这栗子大概是烤的。

北京的糖炒栗子，过去讲究栗子是要良乡出产的。良乡栗子比较小，壳薄，炒熟后个个裂开，轻轻一捏，壳就破了，内皮一搓就掉，不“护皮”。据说良乡栗子原是进贡的，是西太后吃的（北方许多好吃的东西都说是给西太后进过贡）。

北京的糖炒栗子其实是不放糖的，昆明的糖炒栗子真的放糖。昆明栗子大，炒栗子的大锅都支在店铺门外，用大如玉米豆的粗砂炒，不时往锅里倒一碗糖水。昆明炒栗子的外壳是黏的，吃完了手上都是糖汁，必须洗手。栗肉为糖汁沁透，很甜。

炒栗子宋朝就有。笔记里提到的“爊栗”，我想就是炒栗子。汴京有个叫李和儿的，爊栗有名。南宋时有一使臣（偶忘其名姓）出使，有人遮道献爊栗一囊，即汴京李和儿也。一囊爊栗，寄托了故国之思，也很感人。

日本人爱吃栗子，但原来日本没有中国的炒栗子。有一年我在广交会的座谈会上认识一个日本商人，他是来买栗子的（每年都来买）。他在天津曾开过一家炒栗子的店，回国后还卖炒栗子，而且把他在天津开的炒栗子店铺的招牌也带到日本去，一直在东京的炒栗子店里挂着。他现在发了财，很感谢中国的炒栗子。

北京的小酒铺过去卖煮栗子。栗子用刀切破小口，加水，入花椒大料煮透，是极好的下酒物。现在不见有卖的了。

栗子可以做菜。栗子鸡是名菜，也很好做，鸡切块，栗子去皮壳，加葱、姜、酱油，加水淹没鸡块，鸡块熟后，下绵白糖，小火焖二十分钟即得。鸡须是当年小公鸡，栗须完整不碎。罗汉斋亦可加栗子。

我父亲曾用白糖煨栗子，加桂花，甚美。

北京东安市场原来有一家卖西式蛋糕、冰点心的铺子卖奶油栗子粉。栗子粉上浇稀奶油，吃起来很过瘾。当然，价钱是很贵的。这家铺子现在没有了。

羊羹的主料是栗子面。“羊羹”是日本话，其实只是潮湿的栗子面压成长方形的糕，与羊毫无关系。

河北的山区缺粮食，山里多栗树，乡民以栗子代粮。栗子当零食吃是很好吃的，但当粮食吃恐怕胃里不大好受。

载一九九三年第八期《家庭》

马铃薯

/
/
/

马铃薯的名字很多。河北、东北叫土豆，内蒙古、张家口叫山药，山西叫山药蛋，云南、四川叫洋芋，上海叫洋山芋。除了搞农业科学的人，大概很少人叫得惯马铃薯。我倒是叫得惯了。我曾经画过一部《中国马铃薯图谱》。这是我一生中的一部很奇怪的作品。图谱原来是打算出版的，因故未能实现。原稿旧存沙岭子农业科学研究所，“文化大革命”中毁了，可惜！

一九五八年，我下放张家口沙岭子农业科学研究所劳动。一九六〇年摘了右派分子帽子，结束了劳动，一时没有地方可去，留在所里打杂。所里要画一套马铃薯图谱，把任务交给了我。所里有一个下属的马铃薯研究站，设在沽源。我在张家口买了一些纸、笔、颜色，乘车往沽源去。

马铃薯是适于在高寒地带生长的作物。马铃薯会退化，在海拔较低、气候温和的地方种一二年，薯块就会变小。因此每年都有很多省市开车到张家口坝上来调种，坝上成为供应全国薯种的基地。沽源在坝上，海拔一千四百米，冬天冷到零下四十度，马铃薯研究站设在这里，很合适。

这里集中了全国的马铃薯品种，分畦种植。正是开花的季节，真是洋洋大观。

我在沽源，究竟是一种什么心情，真是说不清。远离了家人和故友，独自生活在荒凉的绝塞，可以谈谈心的人很少，不免有点寂寞。另外一方面，摘掉了帽子，总有一种轻松感。日子过得非常悠闲。没有人管我，也不需要开会。一早起来，到马铃薯地里（露水很重，得穿了浅靴的胶靴），掐了一把花，几枝叶子，回到屋里，插在玻璃杯里，对着它画。马铃薯的花是很好画的。伞形花序，有一点像复瓣水仙，颜色是白的、浅紫的，紫花有的偏红，有的偏蓝，当中一个高庄小窝头似的黄心。叶子大都相似，奇数羽状复叶，只是有的圆一点，有的尖一点，颜色有的深一点，有的淡一点，如此而已。我画这玩意又没有定额，尽可慢慢地画。不过我画得还是很用心的，尽量画得像。我曾写过一首长诗，记述我的生活，代替书信，寄给一个老同学。原诗已经忘了，只记得两句："坐对一丛花，眸子炯如虎。"画画不是我的本行，但是"工作需要"，我也算起了一点作用，倒是差堪自慰的。沽源是清代的军台，我在这里工作，可以说是"发往军台效力"，我于是用画马铃薯的红颜色在带来的一本《梦溪笔谈》的扉页上画了一方图章："效力军台"——我带来一些书，除《梦溪笔谈》外，有《癸巳类稿》《十驾斋养新录》，还有一套商务印书馆铅印本《四史》。晚上不能作画——灯光下颜色不正，我就读这些书。我自成年后，读书读得最专心的，要算在沽源这一段时候。

我对马铃薯的科研工作有过一点很小的贡献：马铃薯的花都是没有香味的。我发现有一种马铃薯，“麻土豆”的花，却是香的。我告诉研究站的研究人员，他们都很惊奇：“是吗？——真的！我们搞了那么多年马铃薯，还没有发现。”

到了马铃薯逐渐成熟——马铃薯的花一落，薯块就成熟了，我就开始画薯块。那就更好画了，想画得不像都不大容易。画完一种薯块，我就把它放进牛粪火里烤烤，然后吃掉。全国像我一样吃过那么多种马铃薯的人，大概不多！马铃薯的薯块之间的区别比花、叶要明显。最大的要数“男爵”，一个可以当一顿饭。有一种味极甜脆，可以当水果生吃。最好的是“紫土豆”，外皮乌紫，薯肉黄如蒸栗，味道也像蒸栗，入口更为细腻。我曾经扛回一袋，带到北京。春节前后，一家大小，吃了好几天。我很奇怪：“紫土豆”为什么不在全国推广呢？

马铃薯原产南美洲，现在遍布全世界。苏联卫国战争时期的小说，每每写战士在艰苦恶劣的前线战壕中思念家乡的烤土豆，“马铃薯”和“祖国”几乎成了同义字。罗宋汤、沙拉，离开了马铃薯做不成，更不用说奶油烤土豆、炸土豆条了。

马铃薯传入中国，不知始于何时。我总觉得大概是明代，和郑和下西洋有点缘分。现在可以说遍及全国了。沽源马铃薯研究站不少品种是从康藏高原、大小凉山移来的。马铃薯是山西、内蒙、张家口的主要蔬菜。这些地方的农村几乎家家都有山药窖，民歌里都唱“想哥哥想得迷了窍，抱柴火跌进了山药窖”“交城的山里没有好茶饭，只有莜面考老老，还有那山药蛋”。山西的作者群被称为“山药蛋派”。呼和浩特的干部有一点办法的，都能到武川县拉一车山药回来过冬。大笼屉蒸新山药，是待客的美餐。张家口坝上、坝下，山药、西葫芦加几块羊肉爊放在小火上煨熟。爊一锅烩菜，就是过年。

中国的农民不知有没有一天也吃上罗宋汤和沙拉，也许即使他们的生活提高了，也不吃罗宋汤和沙拉，宁可在大烩菜里多加几块肥羊肉。不过也说不定。中国人过去是不喝啤酒的，现在北京郊区的农民喝啤酒已经习惯了。我希望中国农民会爱吃罗宋汤和沙拉，因为罗宋汤和沙拉是很好吃的。

一九八七年二月十六日

载一九八七年第六期《作家》

韭菜花

/
/
/

五代杨凝式是由唐代的颜柳欧褚到宋四家苏黄米蔡之间的一个过渡人物。我很喜欢他的字。尤其是《韭花帖》。不但字写得好，文章也极有风致。文不长，录如下：

昼寝乍兴，朝饥正甚，忽蒙简翰，猥赐盘飧。当一叶报秋之初，乃韭花逞味之始。助其肥羜（zhu音柱）实谓珍馐。充腹之余，铭肌载切，谨修状陈谢，伏维鉴察，谨状。

七月十一日凝式状

使我兴奋的是：

一、韭花见于法帖，此为第一次，也许是唯一的一次。此帖即以“韭花”名，且文字完整，全篇可读，读之如今人语，至为亲切。我读书少，觉韭花见之于“文学作品”，这也是头一回。韭菜花这样的虽说极平常，但极有味的东西，是应该出现在文学作品里的。

二、杨凝式是梁、唐、晋、汉、周五朝元老，官至太子太保，是个“高干”，但是收到朋友赠送的一点韭菜花，却是那样的感激，正儿八经地写了一封信（杨凝式多作草书，黄山谷说：“谁知洛阳杨风子，下笔便到乌丝阑。”《韭花帖》却是行楷），这使我们想到这位太保在口味上和老百姓的离脱不大。彼时亲友之间的馈赠，也不过是韭菜花这样的东西。今天，恐怕是不行的了。

三、这韭菜花不知道是怎样做成的，是清炒的，还是腌制的？但是看起来是配着羊肉一起吃的。“助其肥羜”，“羜”是出生五个月的小羊，杨凝式所吃的未必真是五个月的羊羔子，只是因为《诗·小雅·伐木》有“既有肥羜”的成句，就借用了吧。但是以韭花与羊肉同食，却是可以肯定的。北京现在吃涮羊肉，缺不了韭菜花，或以为这办法来自蒙古或西域回族，原来中国五代时已经有了。杨凝式是陕西人，以韭菜花蘸羊肉吃，盖始于中国西北诸省。

北京的韭菜花是腌了后磨碎了的，带汁。除了是吃涮羊肉必不可少的调料外，就这样单独地当咸菜吃也是可以的。熬一锅虾米皮大白菜，佐以一碟韭菜花，或臭豆腐，或卤虾酱，就着窝头、贴饼子，在北京的小家户，就是一顿不错的饭食。从前在科班里学戏，给饭吃，但没有菜，韭菜花、青椒糊、酱油，拿开水在大木桶里一沏，这就是菜。韭菜花很便宜，拿一只空碗，到油盐店去，三分钱、五分钱，售货员就能拿铁勺子舀给你多半勺。现在都改成用玻璃瓶装，不卖零，一瓶要一块多钱，很贵了。

过去有钱的人家自己腌韭菜花，以韭花和沙果、京白梨一同治为碎齑，那就很讲究了。云南的韭菜花和北方的不一样。昆明韭菜花和曲靖韭菜花不同。昆明韭菜花是用酱腌的，加了很多辣子。曲靖韭菜花是白色的，乃以韭花和切得极细的、风干了的萝卜丝同腌成，很香，味道不很咸而有一股说不出来淡淡的甜味。曲靖韭菜花装在一个浅白色的茶叶筒似的陶罐里。凡到曲靖的，都要带几罐送人。我常以为曲靖韭菜花是中国咸菜里的“神品”。

我的家乡是不懂得把韭菜花腌了来吃的，只是在韭花还是骨朵儿，尚未开放时，连同掐得动的嫩薹，切为寸段，加瘦猪肉，炒了吃，这是“时菜”，过了那几天，菜薹老了，就没法吃了，做虾饼，以爆炒的韭菜骨朵儿衬底，美不可言。

载一九八九年第一期《三月风》

干丝

南京、镇江、扬州、高邮、淮安都有干丝。发源地我想是扬州。这是淮扬菜系的代表作之一，很多菜谱都著录。但其实这不是“菜”。干丝不是下饭的，是佐茶的：

扬州一带人有吃早茶的习惯。人说扬州人“早上皮包水，晚上水包皮”。“水包皮”是洗澡，“皮包水”是喝茶。“扬八属”各县都有许多茶馆。上茶馆不只是喝茶，是要吃包子点心的。这有点像广东的“饮茶”。不过广东的茶楼是由服务员（过去叫“伙计”）推着小车，内置包点，由茶客手指索要，扬州的茶馆是由客人一次点齐，陆续搬上。包点是现做现蒸，总是等一些时候，一般上茶馆的大都要一个干丝。一边喝茶，吃干丝，既消磨时间，也调动胃口。

一种特制的豆腐干，较大而方，用薄刃快刀片成薄片，再切为细丝，这便是干丝。讲究一块豆腐干要片十六片，切丝细如马尾，一根不断。最初似只有烫干丝。干丝在开水锅中烫后，滗去水，在碗里堆成宝塔状，浇以麻油、好酱油、醋，即可下箸。过去盛干丝的碗是特制的，白地青花，碗足稍高，碗腹较深，敞口，这样拌起干丝来好拌。现在则是一只普通的大碗了。我父亲常带了一包五香花生米，搓去外皮，携青蒜一把，嘱堂倌切寸段，稍烫一烫，与干丝同拌，别有滋味。这大概是他的发明。干丝喷香，茶泡两开正好，吃一箸干丝，喝半杯茶，很美！扬州人喝茶爱喝“双拼”，倾龙井、香片各一包，入壶同泡，殊不足取。总算还好，没有把乌龙茶和龙井掺和在一起。

煮干丝不知起于何时，用小虾米吊汤，投干丝入锅，下火腿丝、鸡丝，煮至入味，即可上桌。不嫌夺味，亦可加冬菇丝。有冬笋的季节，可加冬笋丝。总之烫干丝味要清纯，煮干丝则不妨浓厚。但也不能搁螃蟹、蛤蜊、海蛎子、蛏，那样就是喧宾夺主，吃不出干丝的味了。

北京没有适于切干丝的豆腐干。偶有“大白干”，质地松泡，切丝易断。不得已，以高碑店豆腐片代之，细切如扬州方干一样，但要选片薄而有韧性者。这道菜已经成了我偶设家宴的保留节目。

美籍华人女作者聂华苓和她的丈夫保罗·安格尔来北京，指名要在我家吃一顿饭，由我亲自做。我给她配了几个菜。几个什么菜，我已经忘了，只记得有一大碗煮干丝。华苓吃得淋漓尽致，最后端起碗来把剩余的汤汁都喝了。华苓是湖北人，年轻时是吃过煮干丝的。但在美国不易吃到。美国有广东馆子、四川馆子、湖南馆子，但淮扬馆子似很少。我做这个菜是有意逗引她的故国乡情！我那道煮干丝自己也感觉不错，是用干贝吊的汤。前已说过，煮干丝不厌浓厚。

一九九二年九月七日

载一九九三年第二期《家庭》

蚕豆

/
/
/

北京快有新蚕豆卖了。

我小时吃蚕豆，就想过这个问题：为什么叫蚕豆？到了很大的岁数，才明白过来：因为这是养蚕的时候吃的豆。我家附近没有养蚕的，所以联想不起来。四川叫胡豆，我觉得没有道理。中国把从外国来的东西冠之以胡、番、洋，如番茄、洋葱。但是蚕豆似乎是中国本土早就有的，何以也加一“胡”字？四川人也有写作“葫豆”的，也没有道理。葫是大蒜。这种豆和大蒜有什么关系？也许是因为这种豆结荚的时候也正是大蒜结球的时候？这似乎也勉强。小时候读鲁迅的文章，提到罗汉豆，叫我好一阵猜，想象不出是怎样一种豆。后来才知道，嗐，就是蚕豆。鲁迅当然是知道全国大多数地方是叫蚕豆的，偏要这样写，想是因为这样写才有绍兴特点，才亲切。

蚕豆是很好吃的东西，可以当菜，也可以当零食。各种做法，都好吃。

我的家乡，嫩蚕豆连内皮炒。或加一点碎切的咸菜，尤妙。稍老一点，就剥去内皮炒豆瓣。有时在炒红苋菜时加几个绿蚕豆瓣，颜色既鲜明，也能提味。有一个女同志曾在我家乡的乡下落户，说房东给她们做饭时在鸡蛋汤里放一点蚕豆瓣，说是非常好吃。这是乡下做法，城里没有这么做的。蚕豆老了，就连皮煮熟，加点盐，可以下酒，也可以白嘴吃。有人家将煮熟的大粒蚕豆用线穿成一挂佛珠，给孩子挂在脖子上，一颗一颗地剥了吃，孩子没有不高兴的。

江南人吃蚕豆与我们乡下大体相似。上海一带的人把较老的蚕豆剥去内皮，重油炒成蚕豆泥，好吃。用以佐粥，尤佳。

四川、云南吃蚕豆和苏南、苏北人亦相似。云南季节似比江南略早。前年我随作家访问团到昆明，住翠湖宾馆。吃饭时让大家点菜，我点了一个炒豌豆米，一个炒青蚕豆，作家下箸后都说：“汪老真会点菜！”其时北方尚未见青蚕豆，故觉得新鲜。

北京人是不大懂吃新鲜蚕豆的。北京人爱吃扁豆、豇豆，而对蚕豆不赏识。因为北京人很少种蚕豆，蚕豆不能对北京人有鲁迅所说的“蛊惑”。北京的蚕豆是从南方运来的，卖蚕豆的也多是南方人。南豆北调，已失新鲜，但毕竟是蚕豆。

蚕豆到“落而为萁”，晒干后即为老蚕豆。老蚕豆仍可做菜。老蚕豆浸水生芽，江南人谓之为“发芽豆”，加盐及香料煮熟，是酒菜。我的家乡叫“烂蚕豆”。北京人加一个字，叫作“烂和蚕豆”。我在民间文艺研究会工作的时候，在演乐胡同上班，每天下班都见一个老人卖烂和蚕豆。这老人至少有七十大几了，头发和两腮的短髭都已经是雪白的了。他挎着一个腰圆的木盆，慢慢地从胡同这头走到那头，哑声吆喝着：烂和蚕豆……后来老人不知得了什么病，头抬不起来，但还是折倒了颈子，埋着头，卖烂和蚕豆，只是不再吆喝了。又过些日子，老人不见了。我想是死了。不知道为什么，我每次吃烂和蚕豆，总会想起这位老人。我想的是什么呢？人的生活啊……

老蚕豆可炒食。一种是水泡后砂炒的，叫“酥蚕豆”。我的家乡叫“沙蚕豆”。一种是以干蚕豆入锅炒的，极硬，北京叫“铁蚕豆”。非极好牙口，是吃不了铁蚕豆的。北京有句歇后语：老太太吃铁蚕豆——闷了。我想没有哪个老太太会吃铁蚕豆，一颗铁蚕豆焖软和了，得多长时间！我的老师沈从文先生在中老胡同住的时候，每天有一个骑着自行车卖铁蚕豆的从他的后墙窗外经过，吆喝“铁蚕豆”……这人是个中年汉子，是个出色的男高音，他的声音不但高、亮、打远，而且尾音带颤。其时沈先生正因为遭受迫害而精神紧张，我觉得这卖铁蚕豆的声音也会给他一种压力，因此我忘不了铁蚕豆。

蚕豆做零食，有：

入水稍泡，油炸。北京叫“开花豆”。我的家乡叫“兰花豆”，因为炸之前在豆嘴上剁一刀，炸后豆瓣四裂，向外翻开，形似兰花。

上海老城隍庙奶油五香豆。

苏州有油酥豆板，乃以绿蚕豆瓣入油炸成。我记得从前的油酥豆板是撒盐的，后来吃的却是裹了糖的，没有加盐的好吃。

四川北碚的怪味胡豆味道真怪，酥、脆、咸、甜、麻、辣。

蚕豆可做调料。做川味菜离不开郫县豆瓣。我家里郫县豆瓣是周年不缺的。

北京就快有青蚕豆卖了，谷雨已经过了。

载一九九二年第七、八月号《旅潮》

豆汁儿

没有喝过豆汁儿，不算到过北京。

小时看京剧《豆汁记》（即《鸿鸾禧》，又名《金玉奴》，一名《棒打薄情郎》），不知“豆汁”为何物，以为即是豆腐浆。

到了北京，北京的老同学请我吃了烤鸭、烤肉、涮羊肉，问我：“你敢不敢喝豆汁儿？”我是个“有毛的不吃掸子，有腿的不吃板凳，大荤不吃死人，小荤不吃苍蝇”的，喝豆汁儿，有什么不“敢”？他带我去到一家小吃店，要了两碗，警告我说：“喝不了，就别喝。有很多人喝了一口就吐了。”我端起碗来，几口就喝完了。我那同学问：“怎么样？”我说：“再来一碗。”

豆汁儿是制造绿豆粉丝的下脚料，很便宜。过去卖生豆汁儿的，用小车推一个有盖的木桶，串背街、胡同。不用“唤头”（招徕顾客的响器），也不吆唤。因为每天串到哪里，大都有准时候。到时候，就有女人提了一个什么容器出来买。有了豆汁儿，这天吃窝头就可以不用熬稀粥了。这是贫民食物。《豆汁记》的金玉奴的父亲金松是“杆儿上的”（叫花头），所以家里有吃剩的豆汁儿，可以给莫稽盛一碗。

卖熟豆汁儿的，在街边支一个摊子。一口铜锅，锅里一锅豆汁，用小火熬着。熬豆汁儿只能用小火，火大了，豆汁儿一翻大泡，就“澥”了。豆汁儿摊上备有辣咸菜丝——水疙瘩切细丝浇辣椒油、烧饼、焦圈——类似油条，但做成圆圈，焦脆。卖力气的，走到摊边坐下，要几套烧饼焦圈，来两碗豆汁儿，就一点辣咸菜，就是一顿饭。

豆汁儿摊上的咸菜是不算钱的。有保定老乡坐下，掏出两个馒头，问“豆汁儿多少钱一碗？”卖豆汁儿的告诉他。“咸菜呢？”——“咸菜不要钱。”——“那给我来一碟咸菜。”

常喝豆汁儿，会上瘾。北京的穷人喝豆汁儿，有的阔人家也爱喝。梅兰芳家有一个时候，每天下午到外面端一锅豆汁儿，全家大小，一人喝一碗。豆汁儿是什么味儿？这可真没法说。这东西是绿豆发了酵的，有股子酸味。不爱喝的说是像泔水，酸臭。爱喝的说：别的东西不能有这个味儿——酸香！这就跟臭豆腐和“起司”一样，有人爱，有人不爱。

豆汁儿沉底，干糊糊的，是麻豆腐。羊尾巴油炒麻豆腐，加几个青豆嘴儿（刚出芽的青豆），极香。这家这天炒麻豆腐，煮饭时得多量一碗米——每人的胃口都开了。

八月十六日

菌小谱

///

南方的很多地方把冬菇叫香蕈（xùn）。长江以北似不产冬菇。

我小时候常随祖母到观音庵去。祖母吃长斋，杀生日都在庵中过。素席上总有一道菜：香蕈饺子。香蕈汤一大碗先上桌，素馅饺子油炸至酥脆，倾入汤，嗤啦一声，香蕈香气四溢，味殊不恶。这种做法近似口蘑锅巴，只是口蘑锅巴的汤是荤汤。香蕈饺子如用荤汤，当更味重，但饺子似宜仍用素馅，取其有蔬笋气，不压冬菇香味。

冬菇当以凉水发，方能保持香气。如以热水发，味减。

冬菇干制，可以致远。吃过鲜冬菇的人不多。我在井冈山吃过，大井山上有一个五保户老妈妈，生产队特批她砍倒一棵椴树生冬菇。冬菇源源不绝地生长。房东老邹隔两三天就为我们去买半篮。以茶油炒，鲜嫩腴美，不可名状。或以少许腊肉同炒，更香。鲜菇之外，青菜汤一碗，辣腐乳一小碟。红米饭三碗，顷刻下肚，意犹未足。

我在昆明住过七年，离开已四十年，不忘昆明的菌子。

雨季一到，诸菌皆出，空气里一片菌子气味。无论贫富，都能吃到菌子。

常见的是牛肝菌、青头菌。牛肝菌菌盖正面色如牛肝。其特点是背面无菌褶，是平的，只有无数小孔，因此菌肉很厚，可切成片，宜于炒食。入口滑细，极鲜。炒牛肝菌要加大量蒜薄片，否则吃了会头晕。菌香、蒜香扑鼻，直入脏腑，逗人食欲。牛肝菌价极廉，青头菌稍贵。青头菌菌盖正面微带苍绿色，菌褶雪白，烩或炒，宜放盐，用酱油颜色就不好看了。或以为青头菌格韵较高，但也有人偏嗜牛肝菌，以其滋味较为强烈浓厚。

最名贵是鸡㙡，鸡㙡之名甚奇怪。“㙡”字别处少见。为什么叫“鸡㙡”，众说不一。这东西生长地方也奇怪，生在田野间的白蚁窝上。为什么专长在白蚁窝上，这道理连专家也没弄明白。鸡㙡菌菌盖小而菌把粗长，吃的主要便是形似鸡大腿的菌把。鸡㙡是菌中之王。味道如何？真难比方。可以说这是植物鸡。味正似当年的肥母鸡，但鸡肉粗而菌肉细腻，且鸡肉无此特殊的菌子香气。昆明甬道街有一家不大的云南馆子，制鸡㙡极有名。

菌子里味道最深刻（请恕我用了这样一个怪字眼）、样子最难看的，是干巴菌。这东西像一个被踩破的马蜂窝，颜色如半干牛粪，乱七八糟，当中还夹杂了许多松毛、草茎，择起来很费事。择出来也没有大片，只是螃蟹小腿肉粗细的丝丝。洗净后，与肥瘦相间的猪肉、青辣椒同炒，入口细嚼，半天说不出话来。干巴菌是菌子，但有陈年宣威火腿香味、宁波油浸曹白鱼鲞香味、苏州风鸡香味、南京鸭胗肝香味，且杂有松毛清香气味。干巴菌晾干，加辣椒同腌，可以久藏，味与鲜时无异。

样子最好看的是鸡油菌。个个正圆，银元大，嫩黄色，但据说不好吃。干巴菌和鸡油菌，一个中吃不中看，一个中看不中吃！

未有人工培养的“洋蘑菇”之前，北京菜市偶尔有鲜蘑卖，是野生的，大概是柳蘑。肉片烩鲜蘑是一道时菜。五芳斋（旧在东安市场内）烩鲜蘑制作精细，无土腥气。但柳蘑没有多大吃头，只是吃个新鲜而已。

口蘑不像冬菇一样可以人工种植。口蘑生长的秘密，好像到现在还没有揭开。口蘑长在草原上。很怪，只长在“蘑菇圈”上。草原上往往有一个相当大的圆圈，正圆，圈上的草长得特别绿，绿得发黑，这就是蘑菇圈。九月间，雨晴之后，天气潮闷，这是出蘑菇的时候。远远一看，蘑菇圈是固定的。今年这里出蘑菇，明年还出。蘑菇圈的成因，谁也说不明白。有人说这地方曾扎过蒙古包，蒙古人把吃剩的羊骨头、羊肉汤倒在蒙古包的周围，这一圈土特别肥沃，故草色浓绿，长蘑菇。这是想当然耳。有人曾挖取蘑菇圈的土，移之室内，布入口蘑菌丝，希望获得人工驯化的口蘑，没有成功。

口蘑品类颇多。我曾在张家口沙岭子农业科学研究所画过一套《口蘑图谱》，皆以实物置之案前摹写（口蘑颜色差别不大，皆为灰白色，只是形体有异，只须用钢笔蘸炭黑墨水描摹即可，不着色，亦为考虑印制方便故），自信对口蘑略有认识。口蘑主要的品种有：

黑蘑。菌褶棕黑色，此为最常见者。菌行称之为“黑片蘑”，价贱，但口蘑味仍甚浓。北京涮羊肉锅子中、浇豆腐脑的羊肉卤中及“炸丸子开锅”的铜锅里，所放的都是黑片蘑。“炸丸子开锅”所放的只是口蘑渣，无整只者。

白蘑。白蘑较小（黑蘑有大如碗口的），菌盖、菌褶都是白色。白蘑味极鲜。我曾在沽源采到一枚白蘑做了一大碗汤，全家人喝了，都说比鸡汤还鲜——那是“三年困难”时期，若是现在，恐怕就不能那样香美了。

鸡腿子。菌把粗长，近根部鼓起，状如鸡腿。

青腿子。形状似鸡腿子，但微绿——干制后亦是灰白色，几与鸡腿子无异。

鸡腿子、青腿子很少见，即张家口口蘑庄号中也不易买到。

此外还有“庙自行”“蘑菇丁”……那都是商号巧立名目，其实不是特别的品种。

口蘑采得，即须穿线晾干，否则极易生蛆。口蘑干制后方有香味。我吃过自采的鲜口蘑，一点也不香，这也很奇怪。发口蘑当用开水。至少须发一夜。口蘑发涨后，将水滗出，这就是口蘑汤。口蘑菌褶中有沙，不可用手搓洗。以手搓，则沙永远不能清除，吃起来会牙碜。只能把发过的口蘑放人大碗中，满注清水，用筷子像打鸡蛋似的反复打。泥沙沉底后，换水再打。大约得换三四次水，打上千下，至碗内不复再有泥沙后，再用手指抠去泥根。

口蘑宜重荤大油（制素什锦一般只用香菇，少有用口蘑者）。

《老残游记》提到口蘑炖鸭，自是佳品。我曾在沽源吃过口蘑羊肉臊子蘸莜面，三者相得益彰，为平生难忘的一次口福。在呼和浩特一家饭馆吃过一盘炒口蘑，极滑润，油皆透入口蘑片中，盖以慢火炒成，虽名为炒，实是油焖。即口蘑煨南豆腐，亦须荤汤，方出味。

湖南极重菌油。秋凉时，长沙饭馆多卖菌油豆腐、菌油面，味道很好，但不知是何种菌耳。

中国种植“洋蘑菇”的历史不久。最初引进的是平蘑，即圆蘑菇。这东西种起来也很简单，但要花一笔“基本建设”的钱。马粪、铡细的稻草，拌匀，即为培养基土，装入无盖的木箱中，布入菌丝，一箱一箱逐层置在木架上，用不了几天，就会出蘑。平蘑在室内栽培，露地不能生长。室内须保持一定的湿度和温度。平蘑生长甚快。我在沙岭子农科所画口蘑谱，在蘑菇房外面的一间小办公室里。我在外面画，它在里面长。我画完一张，进去看看，每只木箱中都已经长出白白的一层蘑菇。平蘑一茬接一茬，每天可采。

春节加菜：新采未开伞的平蘑切成薄片，加大量蒜黄、瘦猪肉同炒，一大盘，很解馋。平蘑片炒蒜黄，各种菜谱皆未载。这种搭配是很好的。平蘑要现采的，罐头平蘑不中吃。

北京近年菜市上平蘑少，但有大量的凤尾菇。乍出时，北京人觉得很新鲜，现在有点卖不动了。看来北京郊区洋蘑菇生产有点过剩了。

载一九八八年第二期《中国烹饪》

狮子头

狮子头是淮安菜。猪肉肥瘦各半，爱吃肥的亦可肥七瘦三，要“细切粗斩”，如石榴米大小（绞肉机绞的肉末不行），荸荠切碎，与肉末同拌，用手抟成招柑大的球，入油锅略炸，至外结薄壳，捞出，放进水锅中，加酱油、糖，慢火煮，煮至透味，收汤放入深腹大盘。

狮子头松而不散，入口即化，北方的“四喜丸子”不能与之相比。

周总理在淮安住过，会做狮子头，曾在重庆红岩八路军办事处做过一次，说：“多年不做了，来来来，尝尝！”想必做得很成功，因为语气中流露出得意。

我在淮安中学读过一个学期，食堂里有一次做狮子头，一大锅油，狮子头像炸麻团似的在油里翻滚，捞出，放在碗里上笼蒸，下衬白菜。一般狮子头多是红烧，食堂所做却是白汤，我觉最能存其本味。

镇江肴蹄

镇江肴蹄，盐渍，加硝，放大盆中，以巨大石块压之，至肥瘦肉都已板实，取出，煮熟，晾去水汽，切厚片，装盘。瘦肉颜色殷红，肥肉白如羊脂玉，入口不腻。

吃肴肉，要蘸镇江醋，加嫩姜丝。

乳腐肉

乳腐肉是苏州松鹤楼的名菜，制法未详。我所做乳腐肉乃以意为之。猪肋肉一块，煮至六七成熟，捞出，俟冷，切大片，每片须带肉皮，肥瘦肉，用煮肉原汤入锅，红乳腐碾烂，加冰糖、黄酒，小火焖。乳腐肉嫩如豆腐，颜色红亮，下饭最宜。汤汁可蘸银丝卷。

腌笃鲜

上海菜。鲜肉和咸肉同炖，加扁尖笋。

东坡肉

浙江杭州、四川眉山，全国到处都有东坡肉。苏东坡爱吃猪肉，见于诗文。东坡肉其实就是红烧肉，功夫全在火候。先用猛火攻，大滚几开，即加作料，用微火慢炖，汤汁略起小泡即可。东坡论煮肉法，云须忌水，不得已时可以浓茶烈酒代之。完全不加水是不行的，会焦煳粘锅，但水不能多。要加大量黄酒。扬州炖肉，还要加一点高粱酒。加浓茶，我试过，也吃不出有什么特殊的味道。

传东坡有一首诗："无竹令人俗，无肉令人瘦，若要不俗与不瘦，除非天天笋烧肉。"未必可靠，但苏东坡有时是会写这种打油体的诗的。冬笋烧肉，是很好吃。我的大姑妈善做这道菜，我每次到姑妈家，她都做。

霉干菜烧肉

这是绍兴菜，全国各处皆有，但不似绍兴人三天两头就要吃一次，鲁迅一辈子大概都离不开霉干菜。《风波》里所写的蒸得乌黑的霉干菜很诱人，那大概是不放肉的。

黄鱼鲞烧肉

宁波人爱吃黄鱼鲞（黄鱼干）烧肉，广东人爱吃咸鱼烧肉，这都是外地人所不能理解的口味，其实这种搭配是很有道理的。近几年因为违法乱捕，黄鱼产量锐减，连新鲜黄鱼都很难吃到，更不用说黄鱼鲞了。

火腿

浙江金华火腿和云南宣威火腿风格不同。金华火腿味清，宣威火腿味重。

昆明过去火腿很多，哪一家饭铺里都能吃到火腿。昆明人爱吃肘棒的部位，横切成圆片，外裹一层薄皮，里面一圈肥肉，当中是瘦肉，叫作“金钱片腿”。正义路有一家火腿庄，专卖火腿，除了整只的、零切的火腿，还可以买到火腿脚爪，火腿油。火腿油炖豆腐很好吃。护国路原来有一家本地馆子，叫“东月楼”，有一道名菜“锅贴乌鱼”，乃以乌鱼片两片，中夹火腿一片，在平底铛上烙熟，味道之鲜美，难以形容。前年我到昆明去，向本地人问起东月楼，说是早就没有了，“锅贴乌鱼”遂成《广陵散》。

华山南路吉庆祥的火腿月饼，全国第一。一个重旧秤四两，名曰“四两砣”。吉庆祥还在，而且有了分号，所制四两砣不减当年。

腊肉

湖南人爱吃腊肉。农村人家杀了猪，大部分都腌了，挂在厨灶房梁上，烟熏成腊肉。我不怎样爱吃腊肉，有一次在长沙一家大饭店吃了一回蒸腊肉，这盘腊肉真叫好。通常的腊肉是条状，切片不成形，这盘腊肉却是切成颇大的整齐的方片，而且蒸得极烂，我没有想到腊肉能蒸得这样烂！入口香糯，真是难得。

夹沙肉·芋泥肉

夹沙肉和芋泥肉都是甜的，夹沙肉是川菜，芋泥肉是广西菜。厚膘豚肩肉，煮半熟，捞出，沥去汤，过油灼肉皮起泡，候冷，切大片，两片之间不切通，夹入豆沙，装碗笼蒸，蒸至四川人所说“烂而不烂”倒扣在盘里，上桌，是为夹沙肉。芋泥肉做法与夹沙肉相似，芋泥较豆沙尤为细腻，且有芋香，味较夹沙肉更胜一筹。

白肉火锅

白肉火锅是东北菜。其特点是肉片极薄，是把大块肉冻实了，用刨子刨出来的，故入锅一涮就熟，很嫩。白肉火锅用海蛎子（蚝）做锅底，加酸菜。

烤乳猪

烤乳猪原来各地都有，清代满汉餐席上必有这道菜，后来别处渐渐没有，只有广东一直盛行，大饭店或烧腊摊上的烤乳猪都很好。烤乳猪如果抹一点甜面酱卷薄饼吃，一定不亚于北京烤鸭。可惜广东人不大懂得吃饼，一般烤乳猪只作为冷盘。

一九九二年九月九日

载一九九三年第三期《家庭》

石斑

我第一次吃石斑鱼是一九四七年，在越南海防一家华侨开的饭馆里。那吃法很别致。一条很大的石斑，红烧，同时上一大盘生的薄荷叶。我仿照邻座人的办法，吃一口石斑鱼，嚼几片薄荷叶。这薄荷可把口中残余的鱼味去掉，再吃第二口，则鱼味常新。这种吃法，国内似没有。越南人爱吃薄荷，华侨饭馆这样的搭配，盖受越南人之影响。

石斑鱼有红斑，青斑——即灰鼠斑。灰鼠斑尤为名贵，清蒸最好。

鳜鱼

可以和石斑相媲美的淡水鱼，其谓鳜鱼乎？张志和《渔父》词："西塞山前白鹭飞，桃花流水鳜鱼肥。"一经品题，身价十倍。我的家乡是水乡，产鱼，而以"鳊、白、鯚"为三大名鱼："鯚"是鯚花鱼，即鳜鱼。徐文长以为"鯚"字应作"罽"。"罽"是古代的花毯。鯚花鱼身上有黄黑的斑点，似"罽"。但"罽"字今人多不识，如果饭馆的菜单上出现这个字，顾客将不知道这是什么东西。鳜鱼肉细，是蒜瓣肉，刺少，清蒸、汆汤、红烧、糖醋皆宜。苏南饭馆做"松鼠鳜鱼"，甚佳。

一九三八年，我在淮安吃过干炸鯚花鱼。活鳜鱼，重三斤，加花刀，在大油锅中炸熟，外皮酥脆，鱼肉白嫩，蘸花椒盐吃，极妙。和我一同吃的有小叔父汪兰生、表弟董受申。汪兰生、董受申都去世多年了。

鲥鱼·刀鱼·鮰鱼

这都是江鱼。

鲥鱼现在卖到二百多块钱一斤，成了走后门送礼的东西，"吃的人不买，买的人不吃"。

刀鱼极鲜、肉极细，但多刺。金圣叹尝以刀鱼刺多是人生恨事之一。不会吃刀鱼的人是很容易卡到嗓子的。镇江人以刀鱼煮至稀烂，用纱布滤去细刺，以做汤、下面，即谓"刀鱼面"，很美。

我在江阴读南菁中学时，常常吃到鮰鱼，学校食堂里常做这东西。在江阴是很便宜的。鮰鱼本名鮠鱼，但今人只叫它鮰鱼。鮰鱼大概也能红烧。但我在中学时吃的鮰鱼都是白烧。后来在汉口的璇宫饭店吃的，也是白烧。鮰鱼肉厚，切块放在碗里，没有吃过的人会以为这是鸡块。鮰鱼几乎无刺，大块入口，吃起来很过瘾，宜于馋而懒的人。或说鮰鱼是吃死人的。江里哪有那么多的死人？！鮰鱼吃鱼，是确实的。凡吃鱼的鱼都好吃。鳜鱼也是吃鱼的。养鱼的池塘里是不能有鳜鱼的，见鳜鱼，即捕去。

黄河鲤鱼

我不爱吃鲤鱼，因为肉粗，且有土腥气，但黄河鲤鱼除外。在河南开封吃过黄河鲤鱼，后来在山东水泊梁山下吃过黄河鲤鱼，名不虚传。辨黄河鲤鱼与非黄河鲤鱼，只须看鲤鱼剖开后内膜是白的还是黑的。白色者是真黄河鲤，黑色者是假货。梁山一带人对鲤鱼很重视，酒席上必须有鲤鱼，“无鱼不成席”。婚宴尤不可少。梁山一带人对即将结婚的青年男女，不说是“等着吃你的喜酒”，而说“等着吃你的鱼”！鲤鱼要吃三斤左右的，价也最贵。《水浒传·吴学究说三阮撞筹》中，吴用说他“在一个大财主家做门馆教学，今来要对付十数尾金色鲤鱼，要重十四五斤的”。鲤鱼大到十四五斤，不好吃了，写《水浒》的施耐庵、罗贯中对吃鲤鱼外行。

虎头鲨和昂嗤鱼

虎头鲨和昂嗤鱼原来都是贱鱼，在我的家乡是上不得席的，现在都变得名贵了。

苏州人特重塘鳢鱼，谈起来眉飞色舞。我到苏州一看：嗐，原来就是我们那里的虎头鲨。虎头鲨头大而硬，鳞色微紫，有小黑斑，样子很凶恶，而肉极嫩。我们家乡一般用来氽汤，汤里加醋。昂嗤鱼嘴阔有须，背黄腹白，无背鳍，背上有一根硬骨，捏住硬骨，它会昂嗤昂嗤地叫。过去也是氽汤、不放醋，汤白如牛乳。近年家乡兴起炒昂嗤鱼片，谓之“炒金银片”，亦佳。

鳝 鱼

淮安人能做全鳝席，一桌子菜，全是鳝鱼。除了烤鳝背、炝虎尾等等名堂，主要的做法一是炒，二是烧。鳝鱼烫熟切丝再炒，叫作“软兜”；生炒叫炒脆鳝。红烧鳝段叫“火烧马鞍桥”，更粗的鳝段叫“闷张飞”。制鳝鱼都要下大量姜蒜，上桌后洒胡椒，不厌其多。

一九九二年九月十四日

载一九九三年第一期《家庭》

手把肉

蒙古人从小吃惯羊肉，几天吃不上羊肉就会想得慌。蒙古族舞蹈家斯琴高娃（蒙古族女的叫斯琴高娃的很多，跟那仁花一样的普遍）到北京来，带着她的女儿。她的女儿对北京的饭菜吃不惯。我们请她在晋阳饭庄吃饭，这小姑娘对红烧海参、脆皮鱼……统统不感兴趣。我问她想吃什么，“羊肉！”我把服务员叫来，问他们这儿有没有羊肉，说只有酱羊肉。“酱羊肉也行，咸不咸？”“不咸。”端上来，是一盘羊腱子。小姑娘白嘴把一盘羊腱子都吃了。问她：“好吃不好吃？”“好吃！”她妈说：“这孩子！真是蒙古人！她到北京几天，头一回说‘好吃’。”

蒙古人非常好客，有人骑马在草原上漫游，什么也不带，只背了一条羊腿。日落黄昏，看见一个蒙古包，下马投宿。主人把他的羊腿解下来，随即杀羊。吃饱了，喝足了，和主人一家同宿在蒙古包里，酣然一觉。第二天主人送客上路，给他换了一条新的羊腿背上。这人在草原上走了一大圈，回家的时候还是背了一条羊腿，不过已经不知道换了多少次了。

“四人帮”肆虐时期，我们奉江青之命，写一个剧本，搜集素材，曾经四下内蒙古。我在内蒙古学会了两句蒙古话。蒙古族同志说，会说这两句话就饿不着。一句是“不达一的”——要吃的；一句是“莫哈一的”——要吃肉。“莫哈”泛指一切肉，特指羊肉。（元杂剧有一出很特别，汉话和蒙古话搀和在一起唱。其中有一句是“莫哈整斤吞”，意思是整斤地吃羊肉。）果然，我从伊克昭盟到呼伦贝尔大草原，走了不少地方，吃了多次手把肉。

八九月是草原最美的时候。经过一夏天的雨水，草都长好了，草原一片碧绿。阿格长好了，灰背青长好了，阿格和灰背青是牲口最爱吃的草。草原上的草在我们看起来都是草，牧民却对每一种草都叫得出名字。草里有野葱、野韭菜（蒙古人说他们那里的羊肉不膻，是因为羊吃野葱，自己把味解了）。到处开着五颜六色的花。羊这时也都上了膘了。

内蒙古的作家、干部爱在这时候下草原，体验生活，调查工作，也是为去“贴秋膘”。进了蒙古包，先喝奶茶。内蒙古的奶茶制法比较简单，不像西藏的酥油茶那样麻烦。只是用铁锅坐一锅水，水开后抓入一把茶叶，滚几滚，加牛奶，放一把盐，即得。我没有觉得有太大的特点，但喝惯了会上瘾的。（蒙古人一天也离不开奶茶。很多人早起不吃东西，喝两碗奶茶就去放羊。）摆了一桌子奶食，奶皮子、奶油（是稀的）、奶渣子……还有月饼、桃酥。

客人喝着奶茶，蒙古包外已经支起大锅，坐上水，杀羊了。

蒙古人杀羊真是神速，不是用刀子捅死的，是掐断羊的主动脉。羊挣扎都不挣扎，就死了。马上开膛剥皮，工具只是一把比水果刀略大的一点的折刀。一会儿的工夫，羊皮就剥下来，抱到稍远处晒着去了。看看杀羊的现场，连一滴血都不溅出，草还是干干净净的。

“手把肉”即白水煮切成大块的羊肉。一手“把”着一大块肉，用一柄蒙古刀自己割了吃。蒙古人用刀子割肉真有功夫。一块肉吃完了，骨头上连一根肉丝都不剩。有小孩子割剔得不净，妈妈就会说：“吃干净了，别像那干部似的！”干部吃肉，不像牧民细心，也可能不大会使刀子。牧民对奶、对肉都有一种近似宗教情绪似的敬重，正如汉族的农民对粮食一样，糟蹋了，是罪过。吃手把肉过去是不预备作料的，顶多放一碗盐水，蘸了吃。现在也有一点作料，酱油、韭菜花之类。因为是现杀、现煮、现吃，所以非常鲜嫩。在我一生中吃过的各种做法的羊肉中，我以为手把羊肉第一。如果要我给它一个评语，我将毫不犹豫地说：无与伦比！

吃肉，一般是要喝酒的。蒙古族极爱喝酒，而且几乎每饮必醉。我在呼和浩特听一个土默特旗的汉族干部说：“骆驼见了柳，蒙古人见了酒。”意思说就走不动了——骆驼爱吃柳条。我以为这是一句现代俗语。偶读一本宋人笔记，见有“骆驼见柳，蒙古见酒”之说，可见宋代已有此谚语，已经流传几百年了。可惜我把这本笔记的书名忘了。宋朝的蒙古人喝的大概是武松喝的那种煮酒，不会是白酒——蒸馏酒。白酒是元朝的时候才从阿拉伯传进来的。

在达茂旗吃过一次“羊贝子”，即煮全羊。整只羊放在大锅里煮。据说蒙古人吃只煮三十分钟，因为我们是汉族，怕太生了不敢吃，多煮了十五分钟。整羊，剁去四蹄，趴在一个大铜盘里。羊头已经切下来，但仍放在脖子后面的腔子上，上桌后再搬走。吃羊贝子有规矩，先由主客下刀，切下两条脖子后面的肉（相当于北京人所说的“上脑”部位），交叉斜搭在肩背上，然后其他客人才动刀，各自选取自己爱吃的部位。羊贝子真是够嫩的，一刀切下去，会有血水滋出来。同去的编剧、导演，有的望而生畏，有的浅尝即止，鄙人则吃了个不亦乐乎。羊肉越嫩越好。蒙古族人认为煮久了的羊肉不好消化，诚然诚然。我吃了一肚子半生的羊肉，太平无事。

蒙古族人真能吃肉。海拉尔有两位书记到北京东来顺吃涮羊肉，两个人要了十四盘肉，服务员问：“你们吃得完吗？”一个书记说：“前几天我们在呼伦贝尔，五个人吃了一只羊！”

蒙古族人不是只会吃手把肉，他们也会各种吃法。呼和浩特的烧羊腿，烂、嫩、鲜，入味。我尤其喜欢吃清蒸羊肉。我在四子王旗一家不大的饭馆中吃过一次“拔丝羊尾”。我吃过拔丝山药、拔丝土豆、拔丝苹果、拔丝香蕉，从来没听说过羊尾可以拔丝。外面有一层薄薄的脆壳，咬破了，里面好像什么也没有，一包清水，羊尾油已经化了。这东西只宜供佛，人不能吃，因为太好吃了！

我在新疆唐巴拉牧场吃过哈萨克的手抓羊肉。做法与内蒙古的手把肉略似，也是大锅清水煮，但切的肉块较小，煮的时间稍长。肉熟后，下面条，然后装在大瓷盘里端上来。下面是面，上面是肉。主人以刀把肉切成小块，客人以手抓肉及面同吃。吃之前，由一个孩子执铜壶注水于客人之手。客人手上浇水后不能向后甩，只能待其自干，否则即是对主人不敬。铜壶颈细而长，壶身镂花，有中亚风格。

载一九九三年第二、三期《新苑》

贴秋膘

/

/

/

人到夏天，没有什么胃口，饭食清淡简单，芝麻酱面（过水，抓一把黄瓜丝，浇点花椒油）；烙两张葱花饼，熬点绿豆稀粥……两三个月下来，体重大都要减少一点。秋风一起，胃口大开，想吃点好的，增加一点营养，补偿补偿夏天的损失，北方人谓之“贴秋膘”。

北京人所谓“贴秋膘”有特殊的含意，即吃烤肉。

烤肉大概源于少数民族的吃法。日本人称烤羊肉为“成吉思汗料理”（青木正儿《中华腌菜谱》里提到），似乎这是蒙古人的东西。但我看《元朝秘史》，并没有看到烤肉。成吉思汗当然是吃羊肉的，“秘史”里几次提到他到了一个什么地方，吃了一只“双母乳的羊羔”。羊羔而是“双母乳”（两只母羊喂奶）的，想必十分肥嫩。一顿吃一只羊羔，这食量是够可以的。但似乎只是白煮，即便是烤，也会是整只地烤，不会像北京的烤肉一样。如果是北京的烤肉，他吃起来大概也不耐烦，觉得不过瘾。我去过内蒙古几次，也没有在草原上吃过烤肉。那么，这是不是蒙古料理，颇可存疑。北京卖烤肉的，都是回民馆子。“烤肉宛”原来有齐白石写的一块小匾，写得明白：“清真烤肉宛”，这块匾是写在宣纸上的，嵌在镜框里，字写得很好，后面还加了两行注脚：“诸书无烤字，应人所请自我作古”。我曾写信问过语言文字学家朱德熙，是不是古代没有“烤”字，德熙复信说古代字书上确实没有这个字。看来“烤”字是近代人造出来的字了。这是不是回民的吃法？我到过回民集中的兰州，到过新疆的乌鲁木齐、伊犁、吐鲁番，都没有见到如北京烤肉一样的烤肉。烤羊肉串是到处有的，但那是另外一种。北京的烤肉起源于何时，原是哪个民族的，已不可考。反正它已经在北京生根落户，成了北京“三烤”（烤肉，烤鸭，烤白薯）之一，是“北京吃儿”的代表作了。

北京烤肉是在“炙子”上烤的。“炙子”是一根一根铁条钉成的圆板，下面烧着大块的劈柴，松木或果木。羊肉切成薄片（也有烤牛肉的，少），由堂倌在大碗里拌好作料——酱油、香油、料酒、大量的香菜，加一点水，交给顾客，由顾客用长筷子平摊在炙子上烤。“炙子”的铁条之间有小缝，下面的柴烟火气可以从缝隙中透上来，不但整个“炙子”受火均匀，而且使烤着的肉带柴木清香；上面的汤卤肉屑又可填入缝中，增加了烤炙的焦香。过去吃烤肉都是自己烤。因为炙子颇高，只能站着烤，或一只脚踩在长凳上。大火烤着，外面的衣裳穿不住，大都脱得只穿一件衬衫。足蹬长凳，解衣盘礴，一边大口地吃肉，一边喝白酒，很有点剽悍豪霸之气。满屋子都是烤炙的肉香，这气氛就能使人增加三分胃口。平常食量，吃一斤烤肉，问题不大。吃斤半，二斤，二斤半的，有的是。自己烤，嫩一点，焦一点，可以随意。而且烤本身就是个乐趣。

北京烤肉有名的三家：烤肉季，烤肉宛，烤肉刘。烤肉宛在宣武门里，我住在国会街时，几步就到了，常去。有时懒得去等炙子（因为顾客多，炙子常不得空），就派一个孩子带个饭盒烤一饭盒，买几个烧饼，一家子一顿饭，就解决了。烤肉宛去吃过的名人很多。除了齐白石写的一块匾，还有张大千写的一块。梅兰芳题了一首诗，记得第一句是“宛家烤肉旧驰名”，字和诗当然是许姬传代笔。烤肉季在什刹海，烤肉刘在虎坊桥。

从前北京人有到野地里吃烤肉的风气。玉渊潭就是个吃烤肉的地方。一边看看野景，一边吃着烤肉，别是一番滋味。听玉渊潭附近的老住户说，过去一到秋天，老远就闻到烤肉香味。

北京现在还能吃到烤肉，但都改成由服务员代烤了端上来，那就没劲了。我没有去过。内蒙古也有“贴秋膘”的说法，我在呼和浩特就听到过。不过似乎只是汉族干部或说汉语的蒙古族干部这样说。蒙语有没有这说法，不知道。呼市的干部很愿意秋天“下去”考察工作或调查材料。别人就会说：“哪里是去考察、调查，是去‘贴秋膘’去了。”呼市干部所说“贴秋膘”是说下去吃羊肉去了。但不是去吃烤肉，而是去吃手把羊肉。到了草原，少不了要吃几顿羊肉。有客人来，杀一只羊，这在牧民实在不算什么。关于手把羊肉，我曾写过一篇文章，收入《蒲桥集》，兹不重述。那篇文章漏了一句很重要的话，即羊肉要秋天吃才好，大概要到阴历九月，羊才上膘，才肥。羊上了膘，人才可以去“贴”。

载一九九三年《中国美食家》试刊号

面茶

面茶和茶汤是两回事，虽然原料可能是一样的，都是糜子面。茶汤是把糜子面炒熟，放在碗里，从烧得滚开的大铜壶嘴里倒出开水，浇在碗里，即得。卖茶汤的“茶汤李”“茶汤陈”……的摊子上都有一把很大的紫铜大壶，擦得锃亮，即“茶汤壶”。有的铜壶嘴是龙头的，龙头上还缀了两个鲜红的小绒球，称为“龙嘴大茶汤壶”。大茶汤壶常是传了几代的，制作精工，是摊主的骄傲。茶汤有什么好吃？有点糜子香，如此而已。有的在茶汤加了核桃仁、青梅、葡萄干、青红丝……称为“八宝茶汤”，也只是如此而已。北京人、天津人爱喝茶汤，我对他们的感情不能理解。只能说这是一种文化积淀。面茶是糊糊状的，颜色嫩黄，盛满一碗，撒芝麻盐，以手托碗，转着圈儿喝——会喝面茶的不使勺筷，都是转着碗喝。

这东西有什么好喝的？有一点芝麻盐的香味，如此而已。熬面茶的锅也是铜锅，也都是擦得锃亮的。这种锅就叫作“面茶锅”。

面茶锅里是不能煮什么别的东西的，但是北京人却于想象中在面茶锅里煮各种东西。

“面茶锅里煮元宵——浑蛋”。

我在昆明时曾在一中学教学，这中学是西南联大同学办的，主持校务的是两个同学，他们自任为校长和教导主任。教员也都是联大同学。学校无经费，学期开始时收的一点学生交的学费，很快就叫他们折腾光了，教员的薪水发不出。他们二位四处活动，仍是没有办法，只能弄到一点买米的钱，能使教员开出饭来。菜，实在对不起，于是我们就挖野菜——灰菜、野苋菜、扫帚苗……用一点油滑锅，哗啦一声把野菜倒在锅里，半生不熟，即以就饭。有时他们说是有办法了，等他们进城活动活动，回来就可以发一点钱。不料回来时依旧两手空空。教员生气了，骂他们是浑蛋，是面茶锅里煮的球：一个是“面茶锅里煮铁球——浑蛋到底带砸锅”；一个是“面茶锅里煮皮球——说你浑蛋你还一肚子气”！当然面茶锅里是不能煮球的，不论是皮球还是铁球，教员们不过是于无可奈何之中用此形象的语言以泄愤耳。

如果单说“面茶”，不煮什么东西，意思是糊涂。

“文化大革命”来了，谁都不知道是怎么回事。剧团尤其是这样。演员队党小组开会，有一个党员说外面有些单位已经夺权，咱们也应该夺权。他以为党委应该把权交出来，主动下台。另一党员，党小组组长，认为不对，指着主张夺权的党员的鼻子说：“群众面茶，你也面茶？！”其实他自己倒真面茶。他领导小组学习，读报，读到：“美帝国主义陷于一片癞疮……”大家有些奇怪。拿过报纸看看，原来不是“一片癞疮”，而是“一片瘫痪”。又有一次，他读毛主席诗词，把“战士指看南粤，更加郁郁葱葱”读成“更加悠悠忽忽”。

然而他是共产党员。

一九九七年三月七日

载一九九七年九月五日《南方周末》

烟赋

/

/

/

中国人抽烟，大概开始于明朝，是从外国传入的。从前的中国书里称烟草为“淡巴菰”，是“Tobacco”的译音。我年轻时，上海人还把雪茄叫作“吕宋”。吸烟成风，盖在清代。现存的几种烟草谱，都是清人的著作。纪晓岚就是“嗜食淡巴菰”的。我的高中国文老师史先生说，纪晓岚总纂四库全书时，叫人把书页平摊在一个长案上，他一边吸烟，一边校读，围着大案走一圈，一篇《四库全书总目提要》就出来了。这可能是传闻，但乾隆年间，抽烟的人已经颇多，是可以肯定的。

小说《异秉》里的张汉轩说，烟有五种：水、旱、鼻、雅、潮。雅（鸦片）不是烟草所制，潮州烟其实也是旱烟之一种，中国人以前抽的烟实只有旱烟、水烟两大类。旱烟，南方多切成丝，北方则是揉碎了，都是用烟袋，摁在烟锅里抽的。北方人把烟叶都称为关东烟。关东烟里的上品是蛟河烟。这是贡品。据说西太后抽的即是蛟河烟。真正的蛟河烟只产在那么一两亩地里。我在吉林抽过真蛟河烟，名不虚传！其次则“亚布力”也还可以，这是从苏联引进的品种。河北省过去种“易县小叶”。旱烟袋，讲究白铜锅、乌木杆、翡翠嘴。烟袋有极长的。南方老太太用的烟袋，银嘴五寸，乌木杆长至八尺，抽烟时得由别人点火，自己是够不着的，有极短的。可以插在靴掖里，称为“京八寸”。这种烟袋亦称“骚胡子”，说是公公抽烟，叫儿媳妇点火，瞅着没人看见，可以乘机摸一下儿媳妇的手。潮州的烟袋是用竹根做的，在一头挖一窟窿，嵌一小铜胎，以装烟，不另安锅。我一九五〇年在江西土改，那里的农民抽的就是这种烟，谓之“吃黄烟”。山西、内蒙人用羊腿骨做烟袋。抽这种烟得点一盏灯，因为一次只装很小的一撮烟，抽一口就把烟灰吹掉，叫作“一口香”，要不停地点火。云、贵、川抽叶子烟，烟叶剪成二寸许长，裹成小指粗细的烟支，可以说是自制小雪茄，但多数是插在烟锅里抽，也可算是旱烟类。我在鄂温克族地区抽过达斡尔人用香蒿籽窨制的烟，一层烟叶，一层香蒿子；阴干，烟味极佳。是用纸卷了抽的。广东的“生切”也是用纸卷了抽的。新疆的“莫合烟”，即苏联翻译小说里常常见到的“马霍烟”，也是用纸卷了抽的。莫合烟是用烟梗磨碎制成的，不用烟叶。抽水烟应该是最卫生的，烟从水里滤过，有害物质减少了。但抽水烟很麻烦。每天涮水烟袋就很费事。水烟袋要保持洁净，抽起来才香。我有个远房舅舅，到人家做客，都由他的车夫一次带了五支水烟袋去，换着抽，此人真是个会享福的人！水烟的烟丝极细，叫作“皮丝”，出在甘肃的兰州和福建的福州，一在西北，一在东南，制法质量也极相似，奇怪！云南人抽水烟筒，那得会抽，否则嘬不出烟来。若论过瘾，应当首推水烟筒。旱烟、水烟，吸时都要在口腔内打一回旋，烟筒的烟则是直灌入肺，毫无缓冲。

卷烟，或称纸烟，北京人叫作烟卷儿，上海一带人叫作香烟。也有少数地方叫作洋烟的。早年的东北评剧《雷雨》里的四凤夸赞周萍的唱词道：“穿西服，抽洋烟，梳的本是那个偏分。”可以为证。大概在东北人眼中这些都是很时髦的。东北是“十八岁的大姑娘叼着大烟袋”的地方，卷烟曾经是稀罕东西。现在卷烟已经通行全国。抽旱烟的还有，大都是上了年纪的人，但也相对地减少了。抽水烟的就更少了，白铜镂花的水烟袋已经成为古玩，年轻人都不知道这玩意是干什么用的了。说卷烟是洋烟，是有道理的。因为它本是从外国（主要是英国）输入的。上海一带流行的上等烟茄立克、白炮台、555……销行最广的中等烟红锡包（北方叫小粉包）、老刀牌（北方叫强盗牌）都是英国货。世界上的烟卷原分两大系。一类是海洋型，英国烟为其代表。英国烟的烟丝很细，有些烟如白炮台的烟盒上标明是NAVY CUT，大概和海军有点关系。一类是大陆型，典型的代表是埃及烟、法国烟、苏联的白海牌（东北人叫它“大白杆”），以及阿尔巴尼亚等烟属之。抽大陆型烟的人数不多。现在卷烟分为两大派系，一类是烤烟型，即英国烟型，一类是混合型。是一半海洋型、一半大陆型的烟丝的混合，美国烟大都是混合型。英国型的烟烟丝金黄，比较柔和，有烟草的自然的香味，比较为中国人所喜欢。

后来有外商和华侨在中国设厂制烟，比较重要的是英美烟草有限公司和南洋兄弟烟草公司。大前门为南洋兄弟烟草公司所出，美丽牌好像就是英美烟草公司出的。也有较小的厂出烟，大联珠、紫金山……大概是本国的烟厂所出。

我到昆明后抽过很多种杂牌烟。有一种烟叫仙岛牌，不记得是什么地方出的，烟味极好，是英国烤烟型，价钱也不贵。后来就再不见了，可能是因为日本兵占领了越南，滇越铁路一断，没有来源了。有一种烟，叫“白姑娘”，硬盒扁支的，烟味很冲。有一种从湖南来的烟，抽起来有牙粉味。最便宜的烟是鹦鹉牌，十支装，呛得不得了，不知是什么树叶或草叶做的，肯定不是烟叶！

从陈纳德的飞虎队至美国空军到昆明后，昆明市面上到处是美国烟，多是从美国军用物资仓库中流出的。骆驼牌、老金、LUCKY STRIKE CHESTERFIELD、PHILIP MORRIS……一时抽美国烟的人很多，因为并不太贵。

云南烟业的兴起盖在四十年代初。那里的农业专家和实业家，经过研究，认为云南土壤、气候适于种烟，于是引进美国弗吉尼亚的大金叶，试种成功。随即建厂生产卷烟。所出的牌子有两种：重九和七七。重九当时算是高档烟，这个牌子沿用至今。七七是中档烟，后来不生产了。

五十年代后，云南制烟业得到很大发展，云南烟的质量得到全国公认，把许多省市的卷烟都甩到后面去了。云南卷烟的三大名牌：云烟牌、红山茶、红塔山。最近几年，红塔山的声誉日隆，俨然夺得云南名烟的首席。说它已经是国产烟的第一，也不为过分。

对于抽烟，我可以说是个内行。

打开烟盒，抽出一支，用手指摸一摸，即可知道工艺水平如何。要松紧合度。既不是紧得吸不动，也不是松得跺一跺就空了半截，没有挺硬的烟梗，抽起来不会“放炮”，溅出火星，烧破衣裤。

放在鼻子底下闻一闻，就知道是什么香型。若是烤烟型，即应有微甜略酸的自然烟香。

最重要的当然就是入口、经喉、进肺的感觉。抽烟，一要过瘾，二要绵软。这本来是一对矛盾，但是配方得当，却可以兼顾。如果要对卷烟加以评品，我于“红塔山”得一字，曰“醇”。

当年生产的烟叶，不能当年就用，得存放一个时期，这样杂质异味才会挥发掉。据闻英国的名牌烟的烟叶都要存放三年。第二次世界大战，存烟用尽，质量也不如以前了。玉溪烟厂的烟叶都要存放二年至二年半。这是像中药店配制丸散一样：“修合虽无人见，存心自有天知”的事。这个“天”就是抽烟的人。烟叶存放了多久，抽烟的人是看不到的，但是抽得出来。他们不知其所以然，但是知其然，能分辨出烟的好坏。

对烟的评价是最具群众性的，最公平的。卷烟不能像酒一样搞评比。我们国家是不允许卷烟做广告的。现在既不能像过去的美丽牌在《申报》和《新闻报》上做整幅的广告“有美皆备，无丽弗臻”；也不能像克莱文.A一样借重梅兰芳的声誉，宣传这种烟对嗓音无害。卷烟的声誉，全靠质量，靠“烟民”们的口碑。北京人有言：“人叫人千声不语，货叫人点手就来。”这是假不得的。桃李不言，下自成蹊；红塔山之赢得声誉，岂虚然哉！

我十八岁开始抽烟，今年七十一岁，从来没有戒过，可谓老烟民矣。到了玉溪烟厂，坚定一个信念，一抽到底，决不戒烟。吸烟是有害的。有人甚至说吸一支烟，少活五分钟，不去管它了！写了一首五言诗：

玉溪好风日，
兹土偏宜烟。
宁减十年寿，
不忘红塔山。

诗是打油诗，话却是真话，在家人也不打诳语。

一九九一年五月二十一日北京

载一九九一年第四期《十月》

泡茶馆

/

/

/

“泡茶馆”是联大学生特有的语言。本地原来似无此说法，本地人只说“坐茶馆”。“泡”是北京话。其含义很难准确地解释清楚。勉强解释，只能说是持续长久地沉浸其中，像泡泡菜似的泡在里面。“泡蘑菇”“穷泡”，都有长久的意思。北京的学生把北京的“泡”字带到了昆明，和现实生活结合起来，便创造出一个新的语汇。“泡茶馆”，即长时间地在茶馆里坐着。本地的“坐茶馆”也含有时间较长的意思。到茶馆里去，首先是坐，其次才是喝茶（云南叫吃茶）。不过联大的学生在茶馆里坐的时间往往比本地人长，长得多，故谓之“泡”。

有一个姓陆的同学，是一怪人，曾经徒步旅行半个中国。这人真是一个泡茶馆的冠军。他有一个时期，整天在一家熟识的茶馆里泡着。他的盥洗用具就放在这家茶馆里。一起来就到茶馆里去洗脸刷牙，然后坐下来，泡一碗茶，吃两个烧饼，看书。一直到中午，起身出去吃午饭。吃了饭，又是一碗茶，直到吃晚饭。晚饭后，又是一碗，直到街上灯火阑珊，才夹着一本很厚的书回宿舍睡觉。

昆明的茶馆共分几类，我不知道。大别起来，只能分为两类，一类是大茶馆，一类是小茶馆。

正义路原先有一家很大的茶馆，楼上楼下，有几十张桌子。都是荸荠紫漆的八仙桌，很鲜亮。因为在热闹地区，坐客常满，人声嘈杂。所有柱子上都贴着一张很醒目的字条——“莫谈国事”。时常进来一个看相的术士，一手捧一个六寸来高的硬纸片，上书该术士的大名（只能叫作大名，因为往往不带姓，不能叫“姓名”；又不能叫“法名”“艺名”，因为他并未出家，也不唱戏），一只手捏着一根纸媒子，在茶桌间绕来绕去，嘴里念说着“送看手相不要钱”“送看手相不要钱”——他手里这根媒子即是看手相时用来指示手纹的。

这种大茶馆有时唱围鼓。围鼓即由演员或票友清唱。我很喜欢“围鼓”这个词。唱围鼓的演员、票友好像不是取报酬的。只是一群有同好的闲人聚拢来唱着玩。但茶馆却可借来招揽顾客，所以茶馆便于闹市张贴告条：“某月日围鼓。”到这样的茶馆里来一边听围鼓，一边吃茶，也就叫作“吃围鼓茶”。“围鼓”这个词大概是从四川来的，但昆明的围鼓似多唱滇剧。我在昆明七年，对滇剧始终没有入门。只记得不知什么戏里有一句唱词“孤王头上长青苔”。孤王的头上如何会长青苔呢？这个设想实在是奇，因此一听就永不能忘。

我要说的不是那种“大茶馆”。这类大茶馆我很少涉足，而且有些大茶馆，包括正义路那家兴隆鼎盛的大茶馆，后来大都陆续停闭了。我所说的是联大附近的茶馆。

从西南联大新校舍出来，有两条街，凤翥街和文林街，都不长。这两条街上至少有不下十家茶馆。

从联大新校舍，往东，折向南，进一座砖砌的小牌楼式的街门，便是凤翥街。街头右手第一家便是一家茶馆。这是一家小茶馆，只有三张茶桌，而且大小不等，形状不一的茶具也是比较粗糙的，随意画了几笔兰花的盖碗。除了卖茶，檐下挂着大串大串的草鞋和地瓜（即湖南人所谓的凉薯），这也是卖的。张罗茶座的是一个女人。这女人长得很强壮，皮色也颇白净。她生了好些孩子。身边常有两个孩子围着她转，手里还抱着一个孩子。她经常敞着怀，一边奶着那个早该断奶的孩子，一边为客人冲茶。她的丈夫，比她大得多，状如猿猴，而目光锐利如鹰。他什么事情也不管，但是每天下午却捧了一个大碗喝牛奶。这个男人是一头种畜。这情况使我们颇为不解。这个白皙强壮的妇人，只凭一天卖几碗茶，卖一点草鞋、地瓜，怎么能喂饱了这么多张嘴，还能供应一个懒惰的丈夫每天喝牛奶呢？怪事！中国的妇女似乎有一种天授的惊人的耐力，多大的负担也压不垮。

由这家往前走几步，斜对面，曾经开过一家专门招徕大学生的新式茶馆。这家茶馆的桌椅都是新打的，涂了黑漆。堂倌系着白围裙。卖茶用细白瓷壶，不用盖碗（昆明茶馆卖茶一般都用盖碗）。除了清茶，还卖沱茶、香片、龙井。本地茶客从门外过，伸头看看这茶馆的局面，再看看里面坐得满满的大学生，就会挪步另走一家了。这家茶馆没有什么值得一记的事，而且开了不久就关了。联大学生至今还记得这家茶馆是因为隔壁有一家卖花生米的。这家似乎没有男人，站柜卖货是姑嫂两人，都还年轻，成天涂脂抹粉。尤其是那个小姑子，见人走过，辄作媚笑。联大学生叫她花生西施。这西施卖花生米是看人行事的。好看的来买，就给得多。难看的给得少。因此我们每次买花生米都推选一个挺拔英俊的“小生”去。

再往前几步，路东，是一个绍兴人开的茶馆。这位绍兴老板不知怎么会跑到昆明来，又不知为什么在这条小小的凤翥街上来开一爿茶馆。他至今乡音未改。大概他有一种独在异乡为异客的情绪，所以对待从外地来的联大学生异常亲热。他这茶馆里除了卖清茶，还卖一点芙蓉糕、萨其玛、月饼、桃酥，都装在一个玻璃匣子里。我们有时觉得肚子里有点缺空而又不到吃饭的时候，便到他这里一边喝茶一边吃两块点心。有一个善于吹口琴的姓王的同学经常在绍兴人茶馆喝茶。他喝茶，可以欠账。不但喝茶可以欠账，我们有时想看电影而没有钱，就由这位口琴专家出面向绍兴老板借一点。绍兴老板每次都是欣然地打开钱柜，拿出我们需要的数目。我们于是欢欣鼓舞，兴高采烈，迈开大步，直奔南屏电影院。

再往前，走过十来家店铺，便是凤翥街口，路东路西各有一家茶馆。

路东一家较小，很干净，茶桌不多。掌柜的是个瘦瘦的男人，有几个孩子。掌柜的事情多，为客人冲茶续水，大都由一个十三四岁的大儿子担任，我们称他这个儿子为“主任儿子”。街西那家又脏又乱，地面坑洼不平，一地的烟头、火柴棍、瓜子皮。茶桌也是七大八小，摇摇晃晃，但是生意却特别好。从早到晚，人坐得满满的。也许是因为风水好。这家茶馆正在凤翥街和龙翔街交接处，门面一边对着凤翥街，一边对着龙翔街，坐在茶馆，两条街上的热闹都看得见。到这家吃茶的全部是本地人，本街的闲人、赶马的“马锅头”、卖柴的、卖菜的。他们都抽叶子烟。要了茶以后，便从怀里掏出一个烟盒——圆形，皮制的，外面涂着一层黑漆，打开来，揭开覆盖着的菜叶，拿出剪好的金堂叶子，一支一支地卷起来。茶馆的墙壁上张贴、涂抹得乱七八糟。但我却于西墙上发现了一首诗，一首真正的诗：

记得旧时好，
跟随爹爹去吃茶。
门前磨螺壳，
巷口弄泥沙。

是用墨笔题写在墙上的。这使我大为惊异了。这是什么人写的呢？

每天下午，有一个盲人到这家茶馆来说唱。他打着扬琴，说唱着。照现在的说法，这应是一种曲艺，但这种曲艺该叫什么名称，我一直没有打听着。我问过“主任儿子”，他说是“唱扬琴的”，我想不是。他唱的是什么？我有一次特意站下来听了一会儿，是：

……
良田美地卖了，
高楼大厦拆了，

娇妻美妾跑了，

狐皮袍子当了……

我想了想，哦，这是一首劝戒鸦片的歌，他这唱的是鸦片烟之为害。这是什么时候传下来的呢？说不定是林则徐时代某一忧国之士的作品。但是这个盲人只管唱他的，茶客们似乎都没有在听，他们仍然在说话，各人想自己的心事。到了天黑，这个盲人背着扬琴，点着马杆，踽踽地走回家去。我常常想：他今天能吃饱么？

进大西门，是文林街，挨着城门口就是一家茶馆。这是一家最无趣味的茶馆。茶馆墙上的镜框里装的是美国电影明星的照片，蓓蒂·黛维丝、奥丽薇·德·哈苐兰、克拉克·盖博、泰伦宝华……除了卖茶，还卖咖啡、可可。这家的特点是：进进出出的除了穿西服和麂皮夹克的比较有钱的男同学外，还有把头发卷成一根一根香肠似的女同学。有时到了星期六，还开舞会。茶馆的门关了，从里面传出《蓝色的多瑙河》和《风流寡妇》舞曲，里面正在“嘣嚓嚓”。

和这家斜对着的一家，跟这家截然不同。这家茶馆除卖茶，还卖煎血肠。这种血肠是牦牛肠子灌的，煎起来一街都闻见一种极其强烈的气味，说不清是异香还是奇臭。这种西藏食品，那些把头发卷成香肠一样的女同学是绝对不敢问津的。

由这两家茶馆往东，不远几步，面南便可折向钱局街。街上有一家老式的茶馆，楼上楼下，茶座不少。说这家茶馆是“老式”的，是因为茶馆备有烟筒，可以租用。一段青竹，旁安一个粗如小指半尺长的竹管，一头装一个带爪的莲蓬嘴，这便是“烟筒”。在莲蓬嘴里装了烟丝，点以纸媒，把整个嘴埋在筒口内，尽力猛吸，筒内的水咚咚作响，浓烟便直灌肺腑，顿时觉得浑身通泰。吸烟筒要有点功夫，不会吸的吸不出烟来。茶馆的烟筒比家用的粗得多，高齐桌面，吸完就靠在桌腿边，吸时尤须底气充足。这家茶馆门前，有一个小摊，卖酸角（不知什么树上结的，形状有点像皂荚，极酸，入口使人攒眉）、拐枣（也是树上结的，应该算是果子，状如鸡爪，一疙瘩一疙瘩的，有的地方即叫作鸡脚爪，味道很怪，像红糖，又有点像甘草）和泡梨（糖梨泡在盐水里，梨味本是酸甜的，昆明人却偏于盐水内泡而食之。泡梨仍有梨香，而梨肉极脆嫩）。过了春节则有人于门前卖葛根。葛根是药，我过去只在中药铺见过，切成四方的棋子块，是已经经过加工的了，原物是什么样子，我是在昆明才见到的。这种东西可以当零食来吃，我也是在昆明才知道。一截葛根，粗如手臂，横放在一块板上，外包一块湿布。给很少的钱，卖葛根的便操起有点像北京切涮羊肉的肉片用的那种薄刃长刀，切下薄薄的几片给你。雪白的。嚼起来有点像干瓤的生白薯片，而有极重的药味。据说葛根能清火。联大的同学大概很少人吃过葛根。我是什么奇奇怪怪的东西都要买一点尝一尝的。

大学二年级那一年，我和两个外文系的同学经常一早就坐在这家茶馆靠窗的一张桌边，各自看自己的书，有时整整坐一上午，彼此不交语。我这时才开始写作，我的最初几篇小说，即是在这家茶馆里写的。茶馆离翠湖很近，从翠湖吹来的风里，时时带有水浮莲的气味。

回到文林街。文林街中，正对府甬道，后来新开了一家茶馆。这家茶馆的特点一是卖茶用玻璃杯，不用盖碗，也不用壶。不卖清茶，卖绿茶和红茶。红茶色如玫瑰，绿茶苦如猪胆。第二是茶桌较少，且覆有玻璃桌面。在这样桌子上打桥牌实在是再适合不过了，因此到这家茶馆来喝茶的，大都是来打桥牌的，这茶馆实在是一个桥牌俱乐部。联大打桥牌之风很盛。有一个姓马的同学每天到这里打桥牌。解放后，我才知道他是老地下党员，昆明学生运动的领导人之一。学生运动搞得那样热火朝天，他每天都只是很闲在、很热衷地在打桥牌，谁也看不出他和学生运动有什么关系。

文林街的东头，有一家茶馆，是一个广东人开的，字号就叫“广发茶社”——昆明的茶馆我记得字号的只有这一家，原因之一，是我后来住在民强巷，离广发很近，经常到这家去。原因之二是——经常聚在这家茶馆里的，有几个助教、研究生和高年级的学生。这些人多多少少有一点玩世不恭。那时联大同学常组织什么学会，我们对这些俨乎其然的学会微存嘲讽之意。有一天，广发的茶友之一说：“咱们这也是一个学会——广发学会！”这本是一句茶余的笑话，不料广发的茶友之一，解放后，在一次运动中被整得不可开交，胡乱交代问题，说他曾参加过“广发学会”。这就惹下了麻烦。几次有人专程到北京来外调“广发学会”问题。被调查的人心里想笑，又笑不出来，因为来外调的政工人员态度非常严肃。广发茶馆代卖广东点心。所谓广东点心，其实只是包了不同味道的甜馅的小小的酥饼，面上却一律贴了几片香菜叶子，这大概是这一家饼师的特有的手艺。我在别处吃过广东点心，就没有见过面上贴有香菜叶子的——至少不是每一块都贴。

或问：泡茶馆对联大学生有些什么影响？答曰：第一，可以养其浩然之气。联大的学生自然也是贤愚不等，但多数是比较正派的。那是一个污浊而混乱的时代，学生生活又穷困得近乎潦倒，但是很多人却能自许清高，鄙视庸俗，并能保持绿意葱茏的幽默感，用来对付恶浊和穷困，并不颓丧灰心，这跟泡茶馆是有些关系的。第二，茶馆出人才。联大学生上茶馆，并不是穷泡，除了瞎聊，大部分时间都是用来读书的。联大图书馆座位不多，宿舍里没有桌凳，看书多半在茶馆里。联大同学上茶馆很少不夹着一本乃至几本书的。不少人的论文、读书报告，都是在茶馆写的。有一年一位姓石的讲师的《哲学概论》期终考试，我就是把考卷拿到茶馆里去答好了再交上去的。联大八年，出了很多人才。研究联大校史，搞“人才学”，不能不了解了解联大附近的茶馆。第三，泡茶馆可以接触社会。我对各种各样的人、各种各样的生活都发生兴趣，都想了解了解，跟泡茶馆有一定关系。如果我现在还算一个写小说的人，那么我这个小说家是在昆明的茶馆里泡出来的。

一九八四年五月十三日

载一九八四年第九期《滇池》

寻常茶话

///

袁鹰编《清风集》约稿。我对茶实在是个外行。茶是喝的，而且喝得很勤，一天换三次叶子。每天起来第一件事，便是坐水、沏茶；但是毫不讲究。对茶叶不挑剔。青茶、绿茶、花茶、红茶、沱茶、乌龙茶，但有便喝。茶叶多是别人送的，喝完了一筒，再开一筒。喝完了碧螺春，第二天就可以喝蟹爪水仙。但是不论什么茶，总得是好一点的。太次的茶叶，便只好留着煮茶叶蛋。《北京人》里的江泰认为喝茶只是“止渴生津利小便”，我以为还有一种功能，是：提神。《陶庵梦忆》记闵老子茶，说得神乎其神。我则有点像董日铸，以为“浓、热、满三字尽茶理”。我不喜欢喝太烫的茶，沏茶也不爱满杯。我的家乡说为客人斟茶斟酒：“酒要满，茶要浅。”茶斟得太满是对客人不敬，甚至是骂人。于是就只剩下一个字：浓。我喝茶是喝得很酽的。曾在机关开会，有女同志尝了我的一口茶，说是“跟药一样”。因此，写不出关于茶的文章。要写，也只是些平平常常的话。

我读小学五年级那年暑假，我的祖父不知怎么忽然高了兴，要教我读书。“穿堂”的右侧有两间空屋。里间是佛堂，挂了一幅丁云鹏画的佛像，佛的袈裟是朱红的。佛像下，是一尊乌斯藏铜佛。我的祖母每天早晚来烧一炷香。外间本是个贮藏室，房梁上挂着干菜，干的粽叶，靠墙有一坛“臭卤”，面筋、百叶、笋头、苋菜秸都放在里面臭。临窗设一方桌，便是我的书桌。祖父每天早晨来讲《论语》一章，剩下的时间由我自己写大小字各一张。大字写《圭峰碑》，小字写《闲邪公家传》，都是祖父从他的藏帖里拿来给我的。隔日作文一篇，还不是正式的八股，是一种叫作“义”的文体，只是解释《论语》的内容。题目是祖父出的。我共做了多少篇“义”，已经不记得了；只记得有一题是“孟之反不伐义”。

祖父生活俭省，喝茶却颇考究。他是喝龙井的，泡在一个深栗色的扁肚子的宜兴砂壶里，用一个细瓷小杯倒出来喝。他喝茶喝得很酽，一次要放多半壶茶叶。喝得很慢，喝一口，还得回味一下。

他看看我的字、我的“义”，有时会另拿一个杯子，让我喝一杯他的茶。真香。从此我知道龙井好喝，我的喝茶浓酽，跟小时候的熏陶也有点关系。

后来我到了外面，有时喝到龙井茶，会想起我的祖父，想起孟之反。

我的家乡有“喝早茶”的习惯，或者叫作“上茶馆”。上茶馆其实是吃点心，包子、蒸饺、烧卖、千层糕……茶自然是要喝的。

在点心未端来之前，先上一碗干丝。我们那里原先没有煮干丝，只有烫干丝。干丝在一个敞口的碗里堆成塔状，临吃，堂倌把装在一个茶杯里的作料——酱油、醋、麻油浇入。喝热茶、吃干丝，一绝！

抗日战争时期，我在昆明住了七年，几乎天天泡茶馆。“泡茶馆”是西南联大学生特有的说法。本地人叫作“坐茶馆”，“坐”，本有消磨时间的意思，“泡”则更胜一筹。这是从北京带过去的一个字，“泡”者，长时间地沉溺其中也，与“穷泡”“泡蘑菇”的“泡”是同一语源。联大学生在茶馆里往往一泡就是半天。干什么的都有。聊天、看书、写文章。有一位教授在茶馆里读梵文。有一位研究生，可称泡茶馆的冠军。此人姓陆，是一怪人。他曾经徒步旅行了半个中国，读书甚多，而无所著述，不爱说话。他简直是“长”在茶馆里。上午、下午、晚上，要一杯茶，独自坐着看书。他连漱洗用具都放在一家茶馆里，一起来就到茶馆里洗脸刷牙。听说他后来流落在四川，穷困潦倒而死，悲夫！

昆明茶馆里卖的都是青茶，茶叶不分等次，泡在盖碗里。文林街后来开了一家“摩登”茶馆，用玻璃杯卖绿茶、红茶——滇红、滇绿。滇绿色如生青豆，滇红色似“中国红”葡萄酒，茶味都很厚。滇红尤其经泡，三开之后，还有茶色。我觉得滇红比祁（门）红、英（德）红都好，这也许是我的偏见。当然比斯里兰卡的“利普顿”要差一些——有人喝不来“利普顿”，说是味道很怪。人之好恶，不能勉强。

我在昆明喝过烤茶。把茶叶放在粗陶的烤茶罐里，放在炭火上烤得半焦，倾入滚水，茶香扑人。几年前在大理街头看到有烤茶罐卖，犹豫一下，没有买。买了，放在煤气灶上烤，也不会有那样的味道。

一九四六年冬，开明书店在绿杨邨请客。饭后，我们到巴金先生家喝功夫茶。几个人围着浅黄色的老式圆桌，看陈蕴珍（萧珊）“表演”：濯器、炽炭、注水、淋壶、筛茶。每人喝了三小杯。我第一次喝功夫茶，印象深刻。这茶太酽了，只能喝三小杯。在座的除巴先生夫妇，有靳以、黄裳。一转眼，四十三年了。靳以、萧珊都不在了。巴老衰病，大概没有喝一次功夫茶的兴致了。那套紫砂茶具大概也不在了。

我在杭州喝过一杯好茶。

一九四七年春，我和几个在一个中学教书的同事到杭州去玩。除了“西湖景”，使我难忘的有两样方物，一是醋鱼带把。所谓“带把”，是把活草鱼的脊肉剔下来，快刀切为薄片，其薄如纸，浇上好秋油，生吃。鱼肉发甜，鲜脆无比。我想这就是中国古代的“切脍”。一是在虎跑喝的一杯龙井。真正的狮峰龙井雨前新芽，每蕾皆一旗一枪，泡在玻璃杯里，茶叶皆直立不倒，载浮载沉，茶色颇淡，但入口香浓，直透脏腑，真是好茶！只是太贵了。一杯茶，一块大洋，比吃一顿饭还贵。狮峰茶名不虚传，但不得虎跑水不可能有这样的味道。我自此方知道，喝茶，水是至关重要的。

我喝过的好水有昆明的黑龙潭泉水。骑马到黑龙潭，疾驰之后，下马到茶馆里喝一杯泉水泡的茶，真是过瘾。泉就在茶馆檐外地面，一个正方的小池子，看得见泉水咕嘟咕嘟往上冒。井冈山的水也很好，水清而滑。有的水是“滑”的，“温泉水滑洗凝脂”并非虚语。井冈山水洗被单，越洗越白；以泡“狗古脑”茶，色味俱发，不知道水里含了什么物质。天下第一泉、第二泉的水，我没有喝出什么道理。济南号称泉城，但泉水只能供观赏，以泡茶，不觉得有什么特点。

有些地方的水真不好，比如盐城。盐城真是“盐城”，水是咸的。中产以上人家都吃“天落水”。下雨天，在天井上方张了布幕，以接雨水，存在缸里，备烹茶用。最不好吃的水是菏泽，菏泽牡丹甲天下，因为菏泽土中含碱，牡丹喜碱性土。我们到菏泽看牡丹，牡丹极好，但茶没法喝。不论是青茶、绿茶，沏出来一会儿就变成红茶了，颜色深如酱油，入口咸涩。由菏泽往梁山，住进招待所后，第一件事便是赶紧用不带碱味的甜水沏一杯茶。

老北京早起都要喝茶，得把茶喝“通”了，这一天才舒服。无论贫富，皆如此。一九四八年我在午门历史博物馆工作，馆里有几位看守员，岁数都很大了。他们上班后，都是先把带来的窝头片在炉盘上烤上，然后轮流用水汆坐水沏茶。茶喝足了，才到午门城楼的展览室里去坐着。他们喝的都是花茶。

北京人爱喝花茶，以为只有花茶才算是茶（北京很多人把茉莉花叫作“茶叶花”）。我不太喜欢花茶，但好的花茶例外。比如老舍先生家的花茶。

老舍先生一天离不开茶。他到莫斯科开会，苏联人知道中国人爱喝茶，倒是特意给他预备了一个热水壶。可是，他刚沏了一杯茶，还没喝几口，一转脸，服务员就给倒了。老舍先生很愤慨地说：“他妈的！他不知道中国人喝茶是一天喝到晚的！”一天喝茶喝到晚，也许只有中国人如此。外国人喝茶都是论“顿”的，难怪那位服务员看到多半杯茶放在那里，以为老先生已经喝完了，不要了。

龚定庵以为碧螺春天下第一。我曾在苏州东山的“雕花楼”

喝过一次新采的碧螺春。“雕花楼”原是一个华侨富商的住宅，楼是进口的硬木造的，到处都雕了花，八仙庆寿、福禄寿三星、龙、凤、牡丹……真是集恶俗之大成。但碧螺春真是好。不过茶是泡在大碗里的，我觉得这有点煞风景。后来问陆文夫，文夫说碧螺春就是讲究用大碗喝的。茶极细，器极粗，亦怪！

我还在湖南桃源喝过一次擂茶。茶叶、老姜、芝麻、米，加盐放在一个擂钵里，用硬木的擂棒“擂”成细末，用开水冲开，便是擂茶。我在《湘行二记》中对擂茶有较详细的叙述，为省篇幅，不再抄引。

茶可入馔，制为食品。杭州有龙井虾仁，想不恶。裘盛戎曾用龙井茶包饺子，可谓别出心裁。日本有茶粥。《俳人的食物》说俳人小聚，食物极简单，但“唯茶粥一品，万不可少”。茶粥是啥样的呢？我曾用粗茶叶煎汁，加大米熬粥，自以为这便是“茶粥”了。有一阵子，我每天早起喝我所发明的茶粥，自以为很好喝。四川的樟茶鸭子乃以柏树枝、樟树叶及茶叶为熏料，吃起来有茶香而无茶味。曾吃过一块龙井茶心的巧克力，这简直是恶作剧！用上海人的话说：巧克力与龙井茶实在完全“弗搭界”。

一九八九年九月十六日

载一九九〇年三月二十日《光明日报》

王磐的《野菜谱》

我对王西楼很感兴趣。他是明代的散曲大家。我的家乡会出一个散曲作家，我总觉得是奇怪的事。王西楼写散曲，在我的家乡可以说是空前绝后，在他以前，他的同时和以后，都不曾听说有别的写散曲的。西楼名磐，字鸿渐，少时薄科举，不应试，在高邮城西筑楼居住，与当时文士谈咏其间，自号西楼。高邮城西濒临运河，王西楼的名曲《朝天子·咏喇叭》："官船来往乱如麻，全仗你，抬身价"，正是运河堤上所见。我小时还在堤上见过接送官船的"接官厅"。高邮很多人知道王西楼，倒不是因为他写散曲。我在亲戚家的藏书中没有见过一本《西楼乐府》，不少人甚至不知"散曲"为何物。大多数市民知道王西楼是个画家。高邮到现在还流传一句歇后语："王西楼嫁女——画（话）多银子少"。关于王西楼的画，有一些近乎神话似的传说，但是他的画一张也没有留下来。早就听说他还著了一部《野菜谱》，没有见过，深以为憾。近承朱延庆君托其友人于扬州师范学院图书馆所藏陶珽重编《说郛》中查到，影印了一册给我，快读一过，对王西楼增加了一份了解。

留心可以度荒的草木，绘成图谱，似乎是明朝人的一种风气。朱元璋的第五个儿子朱橚就曾搜集了可以充饥的草木四百余种，在自己的园圃里栽种，叫画工依照实物绘图，加了说明，编了一部《救荒本草》。王磐是个庶民，当然不能像朱橚那样雇人编绘了那样卷帙繁浩的大书。编了，也刻不起。他的《野菜谱》只收了五十二种，不过那都是他目验、亲尝、自题、手绘的。而且多半是自己掏钱刻印的——谁愿意刻这种无名利可图的杂书呢？他的用心是可贵的，也是感人的。

《野菜谱》卷首只有简单的题署：

野菜谱

高邮王鸿渐

无序跋，亦无刊刻的年月。我以为这书是可信的，这种书不会有人假冒。

五十二种野菜中，我所认识的只有：白鼓钉（蒲公英）、蒲儿根、马栏头、青蒿儿（即茵陈蒿）、枸杞头、野菜豆、蒌蒿、荠菜儿、马齿苋、灰条。其余的不但不识，连听都没听过，如“燕子不来春”“油灼灼”……

《野菜谱》上文下图。文约占五分之三，图占五分之二。“文”，在菜名后有两三行说明，大都是采食的时间及吃法，如：

白鼓钉

名蒲公英，四时皆有，唯极寒天小而可用，采之熟食。

后面是近似谣曲的通俗的乐府短诗，多是以菜名起兴，抒发感慨，嗟叹民生的疾苦。穷人吃野菜是为了度荒，没有为了尝新而挑菜的。我的家乡很穷，因为多水患，《野菜谱》几处提及，如：

眼子菜

眼子菜，如张目，年年盼春怀布谷，犹向秋来望时熟。何事频年倦不开，愁看四野波漂屋。

猫耳朵

猫耳朵，听我歌，今年水患伤田禾，仓廪空虚鼠弃窝，猫兮猫兮将奈何！

灾荒年月，奔家逃亡，卖儿卖女，是常见的事。《野菜谱》有一些小诗，写得很悲惨，如：

江荠

江荠青青江水绿，江边挑菜女儿哭。爷娘新死兄趁熟，止存我与妹看屋。

抱娘蒿

抱娘蒿，结根牢，解不散，如漆胶。君不见昨朝儿卖客船上，儿抱娘哭不肯放。

读了这样的诗，我们可以理解王磐为什么要写《野菜谱》，他和朱橚编《救荒本草》的用意是不相同的。同时也让我们知道，王磐为什么会写出《朝天子·咏喇叭》那样的散曲。我们不得不想到一个多年来人们不爱用的一个词语：人民性。我觉得王磐和他被并称为“南曲之冠”的陈大声有所不同。陈大声不免油滑，而王磐的感情是诚笃的。

《野菜谱》的画不会作为艺术作品来画的，只求形肖。但是王磐是画家，昔人评其画品“天机独到”，原作绝不会如此的毫无笔力。《说郛》本是复刻的，刻工不佳，我非常希望能看到初刻本。

我觉得对王西楼的评价应该调高一些，这不是因为我是高邮人。

一九八九年七月三日

载一九九〇年第二期《中国文化》

吃食和文学

/

/

/

口味·耳音·兴趣

我有一次买牛肉。排在我前面的是一个中年妇女，看样子是个知识分子，南方人。轮到她了，她问卖牛肉的："牛肉怎么做？"我很奇怪，问："你没有做过牛肉？"——"没有。我们家不吃牛羊肉。"——"那您买牛肉——？"——"我的孩子大了，他们会到外地去。我让他们习惯习惯，出去了好适应。"这位做母亲的用心良苦。我于是尽了一趟义务，把她请到一边，讲了一通牛肉做法，从清炖、红烧、咖喱牛肉，直到广东的蚝油炒牛肉、四川的水煮牛肉、干煸牛肉丝……

有人不吃羊肉。我们到内蒙去体验生活。有一位女同志不吃羊肉，——闻到羊肉味都恶心，这可苦了。她只好顿顿吃开水泡饭，吃咸菜。看见我吃手抓羊贝子(全羊)吃得那样香，直生气！

有人不吃辣椒。我们到重庆去体验生活。有几个女演员去吃汤圆，进门就嚷嚷：“不要辣椒！”卖汤圆的冷冷地说：“汤圆没有放辣椒的！”

许多东西不吃，“下去”，很不方便。到一个地方，听不懂那里的话，也很麻烦。

我们到湘鄂赣去体验生活。在长沙，有一个同志的鞋坏了去修鞋，鞋铺里不收，“为什么？”——“修鞋的不好过。”——“什么？”——“修鞋的不好过！”我只得给他翻译一下，告诉他修鞋的今天病了，他不舒服。上了井冈山，更麻烦了：井冈山说的是客家话。我们听一位队长介绍情况，他说这里没有人肯当干部，他挺身而出，他老婆反对，说是“辣子毛补，两头秀腐”——“什么什么？”我又得给他翻译：“辣椒没有营养，吃下去两头受苦。”这样一翻译可就什么味道也没有了。

我去看昆曲，“打虎游街”“借茶活捉”……好戏。小丑的苏白尤其传神，我听得津津有味，不时发出笑声。邻座是一个唱花旦的京剧女演员，她听不懂，直着急，老问：“他说什么？说什么？”我又不能逐句翻译，她很遗憾。

我有一次到民族饭店去找人，身后有几个少女在叽叽呱呱地说很地道的苏州话。一边的电梯来了，一个少女大声招呼她的同伴：“乖面乖面（这边这边）！”

我回头一看：说苏州话的是几个美国人！

我们那位唱花旦的女演员在语言能力上比这几个美国少女可差

多了。

一个文艺工作者、一个作家、一个演员的口味最好杂一点，从北京的豆汁到广东的龙虱都尝尝（有些吃的我也招架不了，比如贵州的鱼腥草）；耳音要好一些，能多听懂几种方言，四川话、苏州话、扬州话（有些话我也一句不懂，比如温州话）。否则，是个损失。

口味单调一点、耳音差一点，也还不要紧，最要紧的是对生活的兴趣要广一点。

一九八六年八月十二日

苦瓜是瓜吗?

昨天晚上，家里吃白兰瓜。我的一个小孙女，还不到三岁，一边吃，一边说：“白兰瓜、哈密瓜、黄金瓜、华莱士瓜、西瓜，这些都是瓜。”我很惊奇了：她已经能自己经过归纳，形成“瓜”的概念了（没有人教过她）。这表示她的智力已经发展到了一个重要的阶段。凭借概念，进行思维，是一切科学的基础。她奶奶问她：“黄瓜呢？”她点点头。“苦瓜呢？”她摇了摇头，并且说明她的理由：“苦瓜不像瓜。”我于是进一步想：我对她的概念的分析是不完全的。原来在她的“瓜”概念里除了好吃不好吃，还有一个像不像的问题（苦瓜的表皮疙里疙瘩的，也确实不大像瓜）。我翻了翻《辞海》，看到苦瓜属葫芦科。那么，我的孙女认为苦瓜不是瓜，是有道理的。我又翻了翻《辞海》的“黄瓜”条：黄瓜也是属葫芦科。苦瓜、黄瓜习惯上都叫做瓜；而另一种很“像”瓜的东西，在北方却称之为："西葫芦"。瓜乎？葫芦乎？苦瓜是不是瓜呢？我倒糊涂起来了。

前天有两个同乡因事到北京，来看我 。吃饭的时候，有一盘炒苦瓜。同乡之一问："这是什么？"我告诉他是苦瓜。他说："我倒要尝尝。"夹了一小片入口："乖乖！真苦啊！——这个东西能吃？为什么的要吃这种东西？"我说："酸甜苦辣咸，苦也是五味之一。"他说："不错！"我告诉他们这就是癞葡萄。另一同乡说："'癞葡萄'，那我知道的。癞葡萄能这个吃法？"。

"苦瓜"之名，我最初是从石涛的画上知道的。我家里有不少有正书局珂罗版印的画集，其中石涛的画不少。我从小喜石涛的画。石涛的别号甚多，除石涛外有释济、清湘道人、大涤子、瞎尊者和苦瓜和尚。但我不知道苦瓜为何物。到了昆明，一看：哦，原来就是癞葡萄！我的大伯父每年都要在后园里种几棵癞葡萄，不是为了吃，是为了成熟之后摘下来装在盘子里看着玩的。有时也剖开一两个，挖出籽儿来尝尝。有一点甜味，并不好吃。而且颜色鲜红，如同一个一个血饼子，看起来很刺激，也使人不敢吃它。当作菜，我没有吃过。有一个西南联大的同学，是个诗人，他整了我一下子。我曾经吹牛，说没有我不吃的东西。他请我到一个小饭馆吃饭，要了三个菜：凉拌苦瓜、炒苦瓜、苦瓜汤！我咬咬牙，全吃了。从此，我就吃苦瓜了。

苦瓜是瓜吗？

苦瓜原产于印度尼西亚，中国最初种植是广东、广西。现在云南、贵州都有。据我所知，最爱吃苦瓜的似是湖南人。有一盘炒苦瓜——加青辣椒、豆豉，少放点猪肉，湖南人可以吃三碗饭。石涛是广西全州人，他从小就是吃苦瓜的，而且一定很爱吃。“苦瓜和尚”这别号可能有一点禅机，有一点独往独来，不随流俗的傲气，正如他叫“瞎尊者”，其实并不瞎；但也可能是一句实在话。石涛中年流寓南京，晚年久住扬州。南京人、扬州人看见这个和尚拿癞葡萄炒了吃，一定会觉得非常奇怪的。

北京人过去是不吃苦瓜的。菜市场偶尔有苦瓜卖，是从南方远来的，买的人也都是南方人。近二年来北京人也有吃苦瓜的了，有人还很爱吃。农贸市场卖的苦瓜都是本地的菜农种的，所以格外鲜嫩。看来人的口味是可以改变的。

由苦瓜我想到几个有关文学创作的问题：

一、应该承认苦瓜也是一道菜。谁也不能把苦从五味里开除出去。我希望评论家、作家——特别是老作家，口味要杂一点，不要偏食，不要对自己没有看惯的作品轻易地否定、排斥。不要像我的那位同乡一样，问道：“这个东西能吃？为什么要吃这种东西？”提出“这样的作品能写？为什么要写这样的作品？”我希望们能习惯类似苦瓜一样的作品，能吃出一点味道来，如现在的某些北京人。

二、《辞海》说苦瓜“未熟嫩果作蔬菜，成熟果瓤可生食”。对于苦瓜，可以各取所需，愿吃皮的吃皮，愿吃瓤的吃瓤。对于一个作品，也可以见仁见智。可以探索其哲学意蕴，也可以踪迹其美学追求。北京人吃凉拌芹菜，只取嫩茎，西餐馆做罗宋汤则专要芹菜叶。人弃人取，各随尊便。

三、 一个作品算是现实主义的也可以，算是现代主义的也可以，只要它真是一个作品。作品就是作品。正如苦瓜，说它是瓜也行,说它是葫芦也行，只要它是可吃的。苦瓜就是苦瓜。——如果不是苦瓜，而是狗尾巴草，那就另当别论。截至现在为止，还没有人认为狗尾巴草很好吃。

一九八六年九月六日

咸菜和文化

偶然和高晓声谈起“文化小说”，晓声说:“什么叫文化?——吃东西也是文化。”我同意他的看法。这两天自己在家里腌韭菜花，想起咸菜和文化。

咸菜可以算是一种中国文化。西方似乎没有咸菜。我吃过“洋泡菜”，那不能算咸菜。日本有咸菜，但不知道有没有中国这样盛行。“文革”前福建日报登过一则猴子腌咸菜的新闻，一个新华社归侨记者用此材料写了一篇对外的特稿:“猴子会腌咸菜吗?”被批评为“资产阶级新闻观点”。——为什么这就是资产阶级新闻观点呢?猴子腌咸菜，大概是跟人学的，于此可以证明咸菜在中国是极为常见的东西。中国不出咸菜的地方大概不多。各地的咸菜各有特点，互不雷同。北京的水疙瘩、天津的津冬菜、保定的春不老。“保定有三宝:铁球、面酱、春不老”。我吃过苏州的春不老，是用带缨子的很小的萝卜腌制的，腌成后寸把长的小缨子还是碧绿的，极嫩，微甜，好吃，名字也起得好。保定的春不老想也是这样的。周作人曾说他的家乡经常吃的是咸极了的咸鱼和咸极了的咸菜。鲁迅《风波》里写的蒸得乌黑的干菜很诱人。腌雪里蕻南北皆有。上海人爱吃咸菜肉丝面和雪笋汤。云南曲靖的韭菜花风味绝佳。曲靖韭菜花的主料其实是细切晾干的萝卜丝，与北京作为吃涮羊肉的调料的韭菜花不同。贵州有冰糖酸，乃以芥菜加醪糟、辣子腌成。四川咸菜种类极多，据说必以自贡井的粗盐腌制乃佳。行销全国，远至海外，堪称咸菜之王的，应数榨菜。朝鲜辣菜也可以算是咸菜。延边的腌蕨菜北京偶有卖的，人多不识。福建的黄萝卜很有名，可惜未曾吃过。我的家乡每到秋末冬初，多数人家都腌萝卜干。到店铺里学徒，要“吃三年萝卜干饭”，言其缺油水也。中国咸菜多矣，此不能备载。如果有人写一本《咸菜谱》，将是一本非常有意思的书。

咸菜起于何时，我一直没有弄清楚。古书里有一个“菹”字，我少时曾以为是咸菜。后来看《说文解字》，菹字下注云:“酢菜也”，不对了。汉字凡从酉者，都和酒有点关系。酢菜现在还有。昆明的“茄子酢”、湖南乾城的“酢辣子”，都是密封在坛子里使酒化了的，吃起来都带酒香。这不能算是咸菜。有一个虀字，则确乎是咸菜了。这是切碎了腌的。这东西的颜色是发黄的故称“黄虀”。腌制得法，“色如金钗股”云。我无端地觉得，这恐怕就是酸雪里蕻。虀似乎不是很古的东西。这个字的大量出现好象是在宋人的笔记和元人的戏曲里。这是穷秀才和和尚常吃的东西。“黄虀”成了嘲笑秀才和和尚，亦为秀才和和尚自嘲的常用的话头。中国咸菜之多，制作之精，我以为跟佛教有一点关系。佛教徒不茹荤，又不一定一年四季都能吃到新鲜蔬菜，于是就在咸菜上打主意。我的家乡腌咸菜腌得最好的是尼姑庵。尼姑到相熟的施主家去拜年，都要备几色咸菜。关于咸菜的起源，我在看杂书时还要随时留心，并希望博学而好古的馋人有以教我。

和咸菜相伯仲的是酱菜。中国的酱菜大别起来，可分为北味的与南味的两类。北味的以北京为代表。六必居、天源、后门的“大葫芦”都很好。——“大葫芦”门悬大葫芦为记，现在好象已经没有了。保定酱菜有名，但与北京酱菜区别实不大。南味的以扬州酱菜为代表，商标为“三和”“四美”。北方酱菜偏咸，南则偏甜。中国好象什么东西都可以拿来酱。萝卜、瓜、莴苣、蒜苗、甘露、藕，乃至花生、核桃、杏仁，无不可酱。北京酱菜里有酱银苗，我到现在还不知道究竟是什么东西。只有荸荠不能酱。我的家乡不兴到酱园里开口说买酱荸荠，那是骂人的话。

酱菜起于何时，我也弄不清楚。不会很早。因为制酱菜有个前提，必得先有酱——豆制的酱。酱——酱油是中国一大发明。“柴米油盐酱醋茶”，酱是开门七事之一。中国菜多数要放酱油。西方没有。有一个京剧演员出国，回来总结了一条经验，告诫同行，以后若有出国机会，必须带一盒固体酱油，没有郫县豆瓣，就做不出“正宗川味”。但是中国古代的酱和现在的酱不是一回事。《说文》酱字注云从肉、从酉、爿声。这是加盐、加酒、经过发酵的肉酱。《周礼·天官·膳夫》:“凡王之馈，酱用百有二十瓮”，郑玄注:“酱，谓醯醢也”。醯、醢，都是肉酱。大概较早出现的是豉，其后才有现在的酱。汉代著作中提到的酱，好像已是豆制的。东汉王充《论衡》:“作豆酱恶闻雷”，明确提到豆酱。《齐民要术》提到酱油，但其时已到北魏，距现在1500多年——当然，这也相当古了。酱菜的起源，我现在还没有查出来，俟诸异日吧。

考查咸菜和酱菜的起源，我不反对，而且颇有兴趣。但是，也不一定非得寻出它的来由不可。

“文化小说”的概念颇含糊。小说重视民族文化，并从生活的深层追寻某种民族文化的“根”，我以为是未可厚非的。小说要有浓郁的民族色彩，不在民族文化里腌一腌、酱一酱，是不成的，但是不一定非得追寻得那么远，非得追寻到一种苍苍莽莽的古文化不可。古文化荒邈难稽(连咸菜和酱菜的来源我们还不清楚)。寻找古文化，是考古学家的事，不是作家的事。从食品角度来说，与其考察太子丹请荆轲吃的是什么，不如追寻一下“春不老”；与其查究楚辞里的“蕙肴蒸”，不如品味品味湖南豆豉；与其追溯断发文身的越人怎样吃蛤蜊，不如蒸一碗霉干菜，喝两杯黄酒。我们在小说里要表现的文化，首先是现在的，活着的；其次是昨天的，消逝不久的。理由很简单，因为我们可以看得见，摸得着，尝得出，想得透。

一九八六年九月十一日

载一九八七年第一期《作品》

颜色的世界

/

/

/

鱼肚白

珍珠母

珠灰

葡萄灰（以上皆天色）

大红

朱红

牡丹红

玫瑰红

胭脂红

干红（《水浒》等书动辄言“干红”，不知究竟是怎样的红）

浅红

粉红

水红

单衫杏子红

霁红（釉色）

豇豆红（粉绿地泛出豇豆红，釉色，极娇美）

天蓝

湖蓝

春水碧于蓝

雨过天青云破处（釉色）

鸭蛋青

葱绿

鹦哥绿

孔雀绿

松耳石

“嘎巴绿”

明黄

赭黄

土黄

藤黄（出柬埔寨者佳）

梨皮黄（釉色）

杏黄

鹅黄

老僧衣

茶叶末

芝麻酱（以上皆釉色，甚肖）

世界充满了颜色

一九九六年三月二十七日

载一九九六年第四期《小说》

昆明的花

茶花

张岱的文章里不止一次提到“滇茶一本”，云南茶花驰名久矣。茶花曾被选为云南省花。曾见过一本《云南茶花》照相画册，印制得很精美，大概就是那一年编印的。茶花品种很多，颜色、花形各异。滇茶为全国第一，在全世界也是有数的。这大概是因为云南的气候土壤都于茶花特别相宜。

西山某寺（偶忘寺名）有一棵很大的红茶花。一棵茶花，占了大雄宝殿前的院子的一多半——寺庙的庭院都是很大的。花开时，至少有上百朵，花皆如汤碗口大。碧绿的厚叶子，通红的花头，使人不暇仔细观赏，只觉得烈烈轰轰的一大片，真是壮观。寺里的和尚怕树身负担不了那么多花头的重量，用杉木搭了很大的架子，支撑着四面的枝条。我一生没有看见过这样高大的茶花。

茶花的花期很长。我似乎没有见过一朵凋败在树上的茶花。这也是茶花的可贵处。

汤显祖把他的居室名为“玉茗堂”。俞平伯先生在一篇文章里说，玉茗是一种名贵的白茶花。我在《云南茶花》那本画册里好像没有发现“玉茗”这一名称。不过我相信云南是一定有玉茗的，也许叫作什么别的名字。

樱 花

春雨既足，风和日暖，圆通公园樱花盛开。花开时，游人很多，蜜蜂也很多。圆通公园多假山，樱花就开在假山的上上下下。樱花无姿态，花形也平常，不耐细看，但是当得一个“盛”字。那么多花，如同明霞绛雪，真是热闹！身在耀眼的花光之中，满耳是嗡嗡的蜜蜂声音，使人觉得有点晕晕乎乎的。此时人与樱花已经融为一体。风和日暖，人在花中，不辨为人为花。

兰 花

曾到一位绅士家做客——他的女儿是我们的同学。这位绅士曾经当过一任教育总长，多年闲居在家，每天除了看看报纸，研究在很远的地方进行的战争，谈谈中国的线装书和法国小说，剩下的嗜好是种兰花。他的客厅里摆着几十盆兰花。这间屋子仿佛已为兰花的香气所窨透，纱窗竹帘，无不带有淡淡的清香。屋里屋外都静极了。坐在这间客厅里，用细瓷盖碗喝着“滇绿”，看看披拂的兰叶，清秀素雅的兰花箭子，闻嗅着兰花的香气，真不知身在何世。

我的一位老师曾在呈贡桃园住过几年。他的房东也是爱种兰花的。隔了差不多四十年，这位先生还健在，已经是一位老者了。经过“文化大革命”，他的兰花居然能保存下来。他的女儿要到北京来玩，劝说她父亲也到北京走走，老人不同意，他说：“我的这些兰花咋个整？”

缅桂花

昆明缅桂花多，树大，叶茂，花繁。每到雨季，一城都是缅桂花的浓香，我已于《昆明的雨》中说及，不复赘。

粉团花

粉团花即绣球。昆明人谓之“粉团”，亦有理致。

云南民歌：“阿妹好像粉团花。”用绣球花来比拟少女，别处的民歌里好像还未见过。于此可见云南绣球甚多，遍布城乡，所以歌手们能近取譬。

康乃馨·菖兰·夜来香

康乃馨昆明人谓之洋牡丹，菖兰即剑兰，夜来香在有的地方叫作晚香玉。这都是插瓶的花。康乃馨有红的、粉的、白的。菖兰的颜色更多，粉色的、白色的、黄色的、紫得发黑的。夜来香洁白如玉。昆明近日楼有一个很大的花市，卖花的把水灵灵的鲜花摊在一片芭蕉叶上。鲜花皆烂贱，买一大把鲜花和称二斤青菜的价钱差不多。

美人蕉和波斯菊

波斯菊叶子极细碎轻柔，花粉紫色，单瓣，瓣极薄。微风吹拂，花叶动摇，如梦如烟。

我原以为波斯菊只有南方有，后来在张家口坝上沽源县的街头也看见了这种花，只是塞北少雨水，花开得不如昆明滋润。在沽源看见波斯菊使我非常惊喜，因为它使我一下子想起了昆明。

波斯菊真是从波斯传来的么？那么你是一位远客了。

昆明的美人蕉皆极壮大，花也大，浓红如鲜血。红花绿叶，对比鲜明。我曾到郊区一中学去看一个朋友，未遇。学校已经放了暑假，一个人没有，安安静静的，校园的花圃里一大片美人蕉赫然地开着鲜红鲜红的大花。我感到一种特殊的，颜色强烈的寂寞。

叶子花

叶子花别处好像是叫作三角梅，昆明人就老实不客气地叫它叶子花，因为它的花瓣和叶子完全一样，只是枝条的顶端的十几撮花的颜色是紫红的，而下边的叶子是深绿的。青莲街拐角有一家很大的公馆，围墙的墙头上种的都是叶子花。墙头上种花，少有。

报春花

我想查一查报春花的资料。家里只有一本《辞海》。我相信《辞海》里是不会收这一条的。报春花不是名花。但我还是抱着姑且查查看的心情翻开了《辞海》，不料竟有!

> 报春花……一年生草本。叶基生，长卵形，顶端圆钝，基部楔形或心形，边缘有不整齐缺裂，缺裂具细锯齿，上面被纤毛，下面有白粉或疏毛。秋季开花，花高脚碟状，红色或淡紫色，伞形花序2~4轮，蒴果球形。多生于荒野、田边。原产我国云南、贵州。各地栽培，供观赏。

不错，不错！就是它，就是它！难得是它把报春花描写得这样仔细。尤其使我欢喜的，是它告诉我云南是报春花的家。

我在北京的一家花店里重遇报春花，栽在花盆里，标价一元一盆。我不禁冷笑了：这种东西也卖钱！我们在昆明，到田边散步，一扯就是一大把!

一九八五年六月九日

载一九八六年第三期《滇池》

蜡梅花

/

/

/

蜡梅花

“雪花、冰花、蜡梅花……”我的小孙女这一阵老是唱这首儿歌。其实她没有见过真的蜡梅花，只是从我画的画上见过。

周紫芝《竹坡诗话》云：“东南之有蜡梅，盖自近时始。余为儿童时，犹未之见。元祐间，鲁直诸公方有诗，前此未尝有赋此诗者。政和间，李端叔在姑溪，元夕见之僧舍中，尝作两绝，其后篇云：‘程氏园当尺五天，千金争赏凭朱栏。莫因今日家家有，便作寻常两等看。’观端叔此诗，可以知前日之未尝有也。”看他的意思，蜡梅是从北方传到南方去的。但是据我的印象；现在倒是南方多，北方少见，尤其难见到长成大树的。我在颐和园藻鉴堂见过一棵，种在大花盆里，放在楼梯拐角处。因为不是开花的时候，绿叶披纷，没有人注意。和我一起住在藻鉴堂的几个搞剧本的同志，都不认识这是什么。

我的家乡有蜡梅花的人家不少。我家的后园有四棵很大的蜡梅。这四棵蜡梅，从我记事的时候，就已经是那样大了。很可能是我的曾祖父在世的时候种的。这样大的蜡梅，我以后在别处没有见过。主干有汤碗口粗细，并排种在一个砖砌的花台上。这四棵蜡梅的花心是紫褐色的，按说这是名种，即所谓“檀心磬口”。蜡梅有两种，一种是檀心的，一种是白心的。我的家乡偏重白心的，美其名曰“冰心蜡梅”，而将檀心的贬为“狗心蜡梅”。蜡梅和狗有什么关系呢？真是毫无道理！因为它是狗心的，我们也就不大看得起它。

不过凭良心说，蜡梅是很好看的。其特点是花极多，——这也是我们不太珍惜它的原因。物稀则贵，这样多的花，就没有什么稀罕了。每个枝条上都是花，无一空枝。而且长得很密，一朵挨着一朵，挤成了一串。这样大的四棵大蜡梅，满树繁花，黄灿灿地吐向冬日的晴空，那样地热热闹闹，而又那样地安安静静，实在是一个不寻常的境界。不过我们已经司空见惯，每年都有一回。

每年腊月，我们都要折蜡梅花。上树是我的事。蜡梅木质疏松，枝条脆弱，上树是有点危险的。不过蜡梅多枝杈，便于登踏，而且我年幼身轻，正是“一日上树能千回”的时候，从来也没有掉下来过。我的姐姐在下面指点着：“这枝，这枝——哎，对了，对了！”我们要的是横斜旁出的几枝，这样的不蠢；要的是几朵半开，多数是骨朵的，这样可以在瓷瓶里养好几天——如果是全开的，几天就谢了。

下雪了，过年了。大年初一，我早早就起来，到后园选摘几枝全是骨朵的蜡梅，把骨朵都剥下来，用极细的铜丝——这种铜丝是穿珠花用的，就叫作“花丝”，把这些骨朵穿成插鬓的花。我们县北门的城门口有一家穿珠花的铺子，我放学回家路过，总要钻进去看几个女工怎样穿珠花，我就用她们的办法穿成各式各样的蜡梅珠花。我在这些蜡梅珠子花当中嵌了几粒天竺果，——我家后园的一角有一棵天竺。黄蜡梅、红天竺，我到现在还很得意：那是真很好看的。我把这些蜡梅珠花送给我的祖母，送给大伯母，送给我的继母。她们梳了头，就插戴起来。然后，互相拜年。我应该当一个工艺美术师的，写什么屁小说！

一九八七年二月十八日

载一九八七年第六期《作家》

紫薇

唐朝人也不是都能认得紫薇花的。《韵语阳秋》卷第十六："白乐天诗多说别花，如《紫薇花诗》云'除却微之见应爱，世间少有别花人'……今好事之家，有奇花多矣，所谓别花人，未之见也。鲍溶作《仙檀花诗》寄袁德师侍御，有'欲求御史更分别'之句，岂谓是邪？"这里所说的"别"是分辨的意思。白居易是能"别"紫薇花的，他写过至少三首关于紫薇的诗。

《韵语阳秋》云：

> 白乐天作中书舍人，入直西省，对紫薇花而有咏曰："丝纶阁下文章静，钟鼓楼中刻漏长。独坐黄昏谁是伴，紫薇花对紫薇郎。"后又云："紫薇花对紫薇翁，名目虽

> 同貌不同，则此花之珍艳可知矣。”爪其本则枝叶俱动，俗谓之“不耐痒花”。自五月开至九月尚烂漫，俗又谓之“百日红”。唐人赋咏，未有及此二事者。本朝梅圣俞时注意此花。一诗赠韩子华，则曰：“薄肤痒不胜轻爪，嫩干生宜近禁庐”；一诗赠王景彝，则曰：“薄薄嫩肤搔鸟爪，离离碎叶剪城霞”，然皆著不耐痒事，而未有及百日红者。胡文恭在西掖前亦有三诗，其一云：“雅当翻药地，繁极曝衣天”，注云：“花至七夕犹繁”，似有百日红之意，可见当时此花之盛。省吏相传，咸平中，李昌武自别墅移植于此。晏元献尝作赋题于省中，所谓“得自羊墅，来从召园，有昔日之绛老，无当时之仲文”是也。

对于年轻的读者，需要做一点解释，“紫薇花对紫薇郎”是什么意思。紫薇郎亦作紫微郎，唐代官名，即中书侍郎。《新唐书·百官志二》注“开元元年，改中书省曰紫薇省，中书令曰紫薇令。”白居易曾为中书侍郎，故自称紫薇郎。中书侍郎是要到宫里值班的，独自坐在办公室里，不免有些寂寞，但是这也不是一般人所能谋得到的差事，诗里又透出几分得意。“紫薇花对紫薇郎”，使人觉得有点罗曼蒂克，其实没有。不过你要是有一点罗曼蒂克的联想，也可以。石涛和尚画过一幅紫薇花，题的就是白居易的这首诗。紫薇颜色很娇，画面很美，更易使人产生这是一首情诗的错觉。

从《韵语阳秋》的记载，我们可以知道两件事。一是“爪其本则枝叶俱动”。紫薇的树干的外皮易脱落，露出里面的“嫩肤”，嫩肤上留下外皮脱落后留下的一片一片的青色和白色的云斑。用指甲搔搔树干的嫩肤，确实是会枝叶俱动的。宋朝人叫它“不耐痒花”，现在很多地方叫它“怕痒痒树”或“痒痒树”。这到底是什么道理，好像没有人解释过。二是花期甚长。这是夏天的花。胡文恭说它“繁极曝衣天”，白居易说它“独占芳菲当夏景，不将颜色托春风”。但是它“花至七夕犹繁”。我甚至在飘着小雪的天气，还看见一棵紫薇依然开着仅有的一穗红花！

我家的后园有一棵紫薇。这棵紫薇有年头了，主干有茶杯口粗，高过屋檐。一到放暑假，它开起花来，真是“繁”得不得了。紫薇花是六瓣的，但是花瓣皱缩，瓣边还有很多不规则的缺刻，所以根本分不清它是几瓣，只是碎碎叨叨的一球，当中还射出许多花须、花蕊。一个枝子上有很多朵花。一棵树上有数不清的枝子。真是乱。乱红成阵。乱成一团。简直像一群幼儿园的孩子放开了又高又脆的小嗓子一起乱嚷嚷。在乱哄哄的繁花之间还有很多赶来凑热闹的黑蜂。这种蜂不是普通的蜜蜂，个儿很大，有指头顶那样大，黑的，就是齐白石爱画的那种。我到现在还叫不出这是什么蜂。这种大黑蜂分量很重。它一落在一朵花上，抱住了花须，这一穗花就叫它压得沉了下来。它起翅飞去，花穗才挣回原处，还得哆嗦两下。

大黑蜂不像马蜂那样会做窠。它们也不像马蜂一样地群居，是单个生活的。在人家房檐的椽子下面钻一个圆洞，这就是它的家。我常常看见一个大黑蜂飞回来了，一收翅膀，钻进圆洞，就赶紧用一根细细的帐竿竹子捅进圆洞，来回地拧，它就在洞里嗯嗯地叫。我把竹竿一拔，啪的一声，它就掉到了地上。我赶紧把它捉起来，放进一个玻璃瓶里，盖上盖——瓶盖上用洋钉凿了几个窟窿。瓶子里塞了好些紫薇花。大黑蜂没有受伤，它只是摔晕过去了。过了一会，它缓醒过来了，就在花瓣之间乱爬。大黑蜂生命力很强，能活几天。我老幻想它能在瓶里呆熟了，放它出去，它再飞回来。可是不知什么时候，它仰面朝天，死了。

紫薇原产于中国中部和南部。白居易诗云“浔阳官舍双高树，兴善僧庭一大丛。何似苏州安置处，花堂栏下月明中”，这些都是偏南的地方。但是北方很早就有了，如长安。北京过去也有，但很少（北京人多不识紫薇）。近年北京大量种植，到处都是。街心花园几乎都有。选择这种花木来美化城市环境是很有道理的，因为它花繁盛，颜色多（多为胭脂红，也有紫色和白色的），花期长。但是似乎生长得很慢。密云水库大坝下的通道两侧，隔不远就有一棵紫薇。我每年夏天要到密云开一次会，年年到坝下散步，都看到这些紫薇。看了四年，它们好像还是那样大。

比起北京雨后春笋一样耸立起来的高楼，北京的花木的生长就显得更慢。因此，对花木要倍加爱惜。

一九八七年二月廿一日

载一九八七年第六期《作家》

桂 花

桂花以多为胜。《红楼梦》薛蟠的老婆夏金桂家“单有几十顷地种桂花”，人称“桂花夏家”。“几十顷地种桂花”，真是一个大观！四川新都桂花甚多。杨升庵祠在桂湖，环湖植桂花，白山坡至水湄，层层叠叠，都是桂花。我到新都谒升庵祠，曾作诗：

桂湖老桂发新枝，
湖上升庵旧有祠。
一种风流谁得似，
状元词曲罪臣诗。

杨升庵是才子，以一甲一名中进士，著作有七十种。他因“议大礼”获罪，充军云南，七十余岁，客死于永昌。陈老莲曾画过他的像，“醉则簪花满头”，面色酡红，是喝醉了的样子。从陈老莲的画像看，升庵是个高个儿的胖子。但陈老莲恐怕是凭想象画的，未必即像升庵。新都人为他在桂湖建祠，升庵死若有知，亦当欣慰。

北京桂花不多，且无大树。颐和园有几棵，没有什么人注意。我曾在藻鉴堂小住，楼道里有两棵桂花，是种在盆里的，不到一人高！

我建议北京多种一点桂花。桂花美荫，叶坚厚，入冬不凋。开花极香浓，干制可以做元宵馅、年糕。既有观赏价值，也有经济价值，何乐而不为呢?

菊 花

秋季广交会上摆了很多盆菊花。广交会结束了，菊花还没有完全开残。有一个日本商人问管理人员：“这些花你们打算怎么处理？”答云：“扔了！”——“别扔，我买。”他给了一点钱，把开得还正盛的菊花全部包了，订了一架飞机，把菊花从广州空运到日本，张贴了很大的海报：“中国菊展”。卖门票，参观的人很多。他捞了一大笔钱。这件事叫我有两点感想：一是日本商人真有商业头脑，任何赚钱的机会都不放过，我们的管理人员是老爷，到手的钱也抓不住。二是中国的菊花好，能得到日本人的赞赏。

中国人长于艺菊，不知始于何年，全国有几个城市的菊花都负盛名，如扬州、镇江、合肥，黄河以北，当以北京为最。

菊花品种甚多，在众多的花卉中也许是最多的。

首先，有各种颜色。最初的菊大概只有黄色的。“鞠有黄华”“零落黄花满地金”，“黄华”和菊花是同义词。后来就发展到什么颜色都有了。黄色的、白色的、紫的、红的、粉的，都有。挪威的散文家别伦·别尔生说各种花里只有菊花有绿色的，也不尽然，牡丹、芍药、月季都有绿的，但像绿菊那样绿得像初新的嫩蚕豆那样，确乎是没有。我几年前回乡，在公园里看到一盆绿菊，花大盈尺。

其次，花瓣形状多样，有平瓣的、卷瓣的、管状瓣的。在镇江焦山见过一盆“十丈珠帘”，细长的管瓣下垂到地，说“十丈”当然不会，但三四尺是有的。

北京菊花和南方的差不多，狮子头、蟹爪、小鹅、金背大红……南北皆相似，有的连名字也相同。如一种浅红的瓣，极细而卷曲如一头乱发的，上海人叫它“懒梳妆”，北京人也叫它“懒梳妆”，因为得其神韵。

有些南方菊种北京少见。扬州人重“晓色”，谓其色如初日晓云，北京似没有。“十丈珠帘”，我在北京没见过。“枫叶芦花”，紫平瓣，有白色斑点，也没有见过。

我在北京见过的最好的菊花是在老舍先生家里。老舍先生每年要请北京市文联、文化局的干部到他家聚聚，一次是腊月，老舍先生的生日（我记得是腊月二十三）；一次是重阳节左右，赏菊。老舍先生的哥哥很会莳弄菊花。花很鲜艳；菜有北京特点（如芝麻酱炖黄花鱼、“盒子菜”）；酒“敞开供应”，既醉既饱，至今不忘。

我不赞成搞菊山菊海，让菊花都按部就班，排排坐，或挤成一堆，闹闹嚷嚷。菊花还是得一棵一棵地看，一朵一朵地看。更不赞成把菊花缚扎成龙、成狮子，这简直是糟蹋了菊花。

秋葵·鸡冠·凤仙·秋海棠

秋葵我在北京没有见过，想来是有的。秋葵是很好种的，在篱落、石缝间随便丢几个种子，即可开花。或不烦人种，也能自己开落。花瓣大、花浅黄，淡得近乎没有颜色，瓣有细脉，瓣内侧近花心处有紫色斑。秋葵风致楚楚，自甘寂寞。不知道为什么，秋葵让我想起女道士。秋葵亦名鸡脚葵，以其叶似鸡爪。

我在家乡县委招待所见一大丛鸡冠花，高过人头，花大如扫地笤帚，颜色深得吓人一跳。北京鸡冠花未见有如此之粗野者。

凤仙花可染指甲，故又名指甲花。凤仙花捣烂，少入矾，敷于指尖，即以凤仙叶裹之，隔一夜，指甲即红。凤仙花茎可长得很粗，湖南人或以入臭坛腌渍，以佐粥，味似臭苋菜秆。

秋海棠北京甚多，齐白石喜画之。齐白石所画，花梗颇长，这在我家那里叫作“灵芝海棠”。诸花多为五瓣，唯秋海棠为四瓣。北京有银星海棠，大叶甚坚厚，上洒银星，杆亦高壮，简直近似木本。我对这种孙二娘似的海棠不大感兴趣。我所不忘的秋海棠总是伶仃瘦弱的。我的生母得了肺病，怕“过人”——传染别人，独自卧病，在一座偏房里，我们都叫那间小屋为“小房”。她不让人去看她，我的保姆要抱我去让她看看，她也不同意。因此我对我的母亲毫无印象。她死后，这间“小房”成了堆放她的嫁妆的储藏室，成年锁着。我的继母偶尔打开，取一两件东西，我也跟了进去。“小房”外面有一个小天井，靠墙有一个秋叶形的小花坛，不知道是谁种了两三棵秋海棠，也没有人管它，它在秋天竟也开花。花色苍白，样子很可怜。不论在哪里，我每看到秋海棠，总要想起我的母亲。

黄栌·爬山虎

霜叶红于二月花。

西山红叶是黄栌，不是枫树。我觉得不妨种一点枫树，这样颜色更丰富些。日本枫娇红可爱，可以引进。

近年北京种了很多爬山虎，入秋，爬山虎叶转红。

沿街的爬山虎红了，

北京的秋意浓了。

一九九六年中秋

载一九九六年十月二十八日《北京晚报》

果园杂记

涂白

一个孩子问我：干嘛把树涂白了？

我从前也非常反对把树涂白了，以为很难看。

后来我到果园干了两年活，知道这是为了保护树木过冬。

把牛油石灰在一个大铁锅里熬得稠稠的，这就是涂白剂。我们拿了棕刷，担了一桶一桶的涂白剂，给果树涂白。要涂得很仔细，特别是树皮有伤损的地方、坑坑洼洼的地方，要涂到，而且要涂得厚厚的，免得来年存留雨水，窝藏虫蚁。

涂白都是在冬日的晴天。男的、女的，穿了各种颜色的棉衣，在脱尽了树叶的果林里劳动着。大家的心情都很开朗，很高兴。

涂白是果园一年最后的农活了。涂完白，我们就很少到果园里来了。这以后，雪就落下来了。果园一冬天埋在雪里。

从此，我就不反对涂白了。

粉蝶

我曾经做梦一样在一片盛开的茼蒿花上看见成千上万的粉蝶——在我童年的时候。那么多的粉蝶，在深绿的蒿叶和金黄的花瓣上乱纷纷地飞着，看得我想叫，想把这些粉蝶放在嘴里嚼，我醉了。

后来我知道这是一场灾难。

我知道粉蝶是菜青虫变的。

菜青虫吃我们的圆白菜。那么多的菜青虫！而且它们的胃口那么好，食量那么大。它们贪婪地、迫不及待地、不停地吃，吃得菜地里沙沙地响。一上午的工夫，一地的圆白菜就叫它们咬得全是窟窿。

我们用DDT喷它们，使劲地喷它们。DDT的激流猛烈地射在菜青虫身上，它们滚了几滚，僵直了，扑的一声掉在了地上，我们的心里痛快极了。我们是很残忍的，充满了杀机。

但是粉蝶还是挺好看的。在散步的时候，草丛里飞着两个粉蝶，我现在还时常要停下来看它们半天。我也不反对国画家用它们来点缀画面。

波尔多液

喷了一夏天的波尔多液，我的所有的衬衫都变成浅蓝色的了。

硫酸铜、石灰，加一定比例的水，这就是波尔多液。波尔多液是很好看的，呈天蓝色。过去有一种浅蓝的阴丹士林布，就是那种颜色。这是一个果园的看家的农药，一年不知道要喷多少次。不喷波尔多液，就不成其为果园。波尔多液防病，能保证水果的丰收。果农都知道，喷波尔多液虽然费钱，却是划得来的。

这是个细致的活。把喷头绑在竹竿上，把药水压上去，喷在梨树叶子上、苹果树叶子上、葡萄叶子上。要喷得很均匀，不多，也不少。喷多了，药水的水珠糊成一片，挂不住，流了；喷少了，不管用。树叶的正面、反面都要喷到。这活不重，但是干完了，眼睛脖颈，都是酸的。

我是个喷波尔多液的能手。大家叫我总结经验。我说：一、我干不了重活，这活我能胜任；二、我觉得这活有诗意。

为什么叫它波尔多液呢？——中国的老果农说这个外国名字已经说得很顺口了。这有个故事。

波尔多是法国的一个小城，出马铃薯。有一年，法国的马铃薯都得了晚疫病——晚疫病很厉害，得了病的薯地像火烧过一样，只有波尔多的马铃薯却安然无恙。大伙捉摸，这是什么道理呢？原来波尔多城外有一个铜矿，有一条小河从矿里流出来，河床是石灰石的。这水蓝蓝的，是不能吃的，农民用它来浇地。莫非就是这条河，使波尔多的马铃薯不得疫病？

于是世界上就有了波尔多液。

中国的老农现在说这个法国名字也说得很顺口了。

去年，有一个朋友到法国去，我问他到过什么地方，他很得意地说：波尔多！

我也到过波尔多，在中国。

载一九八〇年第五期《新观察》

木芙蓉

浙江永嘉多木芙蓉。市内一条街边有一棵，干粗如电线杆，高近二层楼，花多而大，他处少见。楠溪江边的村落，村外、路边的茶亭(永嘉多茶亭，供人休息、喝茶、聊天)檐下，到处可以看见芙蓉。芙蓉有一特别处，红白相间。初于白色，渐渐一边变红，终至整个的花都是桃红的。花期长，掩映于手掌大的浓绿的叶丛中，欣然有生意。

我曾向永嘉市领导建议，以芙蓉为永嘉市花，市领导说永嘉已有市花，是茶花。后来听说温州选定茶花为温州市花，那么永嘉恐怕得让一让。永嘉让出茶花，永嘉市花当另选。那么，芙蓉被选中，还是有可能的。

永嘉为什么种那么多木芙蓉呢？问人，说是为了打草鞋。芙蓉的树皮很柔韧结实，剥下来撕成细条，打成草鞋，穿起来很舒服，且耐走长路，不易磨通。

现在穿树皮编的草鞋的人很少了，大家都穿塑料凉鞋、旅游鞋。但是到处都还在种木芙蓉，这是一种习惯。于是芙蓉就成了永嘉城乡一景。

南瓜子豆腐和皂角仁甜菜

在云南腾冲吃了一道很特别的菜。说豆腐脑不是豆腐脑，说鸡蛋羹不是鸡蛋羹。滑、嫩、鲜，色白而微微带点浅绿，入口清香。这是豆腐吗?是的，但是用鲜南瓜子去壳磨细“点”出来的。很好吃。中国人吃菜真能别出心裁，南瓜子做成豆腐，不知是什么朝代，哪一位美食家想出来的!

席间还有一道甜菜，冰糖皂角米。皂角，我的家乡颇多。一般都用来泡水，洗脸洗头，代替肥皂。皂角仁蒸熟，妇女绣花，把绒在皂仁上“光”一下，绒不散，且光滑，便于入针。没有吃它的。到了昆明，才知道这东西可以吃。昆明过去有专卖蒸菜的饭馆，蒸鸡、蒸排骨，都放小笼里蒸，小笼垫底的是皂角仁，蒸得了晶莹透亮，嚼起来有韧劲，好吃。比用红薯、土豆衬底更有风味。但知道可以做甜菜，却是在腾冲。这东西很滑，进口略不停留，即入肠胃。我知道皂角仁的“物性”，警告大家不可多吃。一位老兄吃得口爽，弄了一饭碗，几口就喝了。未及终席，他就奔赴厕所，飞流直下起来。

皂角仁卖得很贵，比莲子、桂圆、西米都贵，只有卖干果、山珍的大食品店才有的卖，普通的副食店里是买不到的。

近几年时兴“皂角洗发膏”，皂角恢复了原来的功能，这也算是“以故为新”吧。

车前子

车前子的样子很有趣。叶贴地而长，近卵形，有长柄。在自由伸向四面的叶丛中央抽出细长的花梗，顶端有穗形花序，直立着。穗不多，少的只有一穗。画家常画之为点缀。程十发即喜画。动画片中好像少不了它。不知道为什么，这东西有一种童话情趣。

车前子可利小便，这是很多农民都知道的。

张家口的山西梆子剧团有一个唱“红”(老生)的演员，经常在几县的“堡”(张家口人称镇为“堡”)演唱，不受欢迎，农民给他起了个外号：“车前子”。怎么给他起了这么个外号呢?因为他一出台，农民观众即纷纷起身上厕所，这位“红”利小便。

这位唱“红”的唱得起劲，观众就大声喊叫：“快去，快，赶紧拿咸菜!”这又是怎么回事呢?吃白薯吃得太多了，烧心反胃，嚼一块咸菜就好了。这位演员的嗓音叫人听起来烧心。

农民有时是很幽默的。

搞艺术的人千万不能当“车前子”，不能叫人烧心反胃。

紫穗槐

在戴了“右派分子”的帽子以后，我曾经被发到西山种树。在石多土少的山头用镢头刨坑。实际上是在石头上硬凿出一个一个的树坑来，再把凿碎的砂石填入，用九齿耙搂平。山上寸土寸金，树坑就山势而凿，大小形状不拘。这是个非常重的活。我成了“右派”后所从事的劳动，以修十三陵水库和这次西山种树的活最重。那真是玩了命。

一早，就上山，带两个干馒头、一块大腌萝卜。顿顿吃大腌萝卜，这不是个事。已经是秋天了，山上的酸枣熟了，我们摘酸枣吃。草里有蝈蝈，烧蝈蝈吃!蝈蝈得是三尾的，腹大，多子。一会儿就能捉半土筐。点一把火，把蝈蝈往火里一倒，劈劈剥剥，熟了。咬一口大腌萝卜，嚼半个烧蝈蝈，就馒头，香啊。人不管走到哪一步，总得找点乐子，想一点办法，老是愁眉苦脸的，干吗呢!

我们刨了坑，放着，当时不种，得到明年开了春，再种。据说要种的是紫穗槐。

紫穗槐我认识，枝叶近似槐树，抽条甚长，初夏开紫花，花似紫藤而颜色较紫藤深，花穗较小，瓣亦稍小。风摇紫穗，姗姗可爱。

紫穗槐的枝叶皆可为饲料，牲口爱吃，上膘。条可编筐。

刨了约二十多天树坑，我就告别西山八大处回原单位等候处理，从此再也没有上过山。不知道我们刨的那些坑里种上紫穗槐了没有。再见，紫穗槐!再见，大腌萝卜!再见，蝈蝈!

阿格头子灰背青

敕勒川，
阴山下。
天似穹庐，
笼盖四野。
天苍苍，
野茫茫，
风吹草低见牛羊。

北齐斛律金这首用鲜卑语唱的歌公认是北朝乐府的杰作，写草原诗的压卷之作，苍茫雄浑，前无古人，后无来者。一千多年以来，不知道有多少“南人”，都从“风吹草低见牛羊”一句诗里感受到草原景色，向往不置。

但是这句诗有夸张成分，是想象之词。真到草原去，是看不到这样的景色的。我曾四下内蒙，到过呼伦贝尔草原、达茂旗的草原、伊克昭盟的草原，还到过新疆的唐巴拉牧场，都不曾见过“风吹草低见牛羊”。张家口坝上沽源的草原的草，倒是比较高，但也藏不住牛羊。论好看，要数沽源的草原好看。草很整齐，叶细长，好像梳过一样，风吹过，起伏摇摆如碧浪。这种草是什么草?问之当地人，说是“碱草”，我怀疑这可能是“草菅人命”的“菅”。“碱草”的营养价值不是很高。

营养价值高的牧草有阿格头子、灰背青。

陪同我们的老曹唱他的爬山调：

阿格头子灰背青，
四十五天到新城。

他说灰背青，叶子青绿而背面是灰色的。“阿格头子”是蒙古话。他拔起两把草叫我们看，且问一个牧民：

“这是阿格头子吗?”

“阿格!阿格!”

这两种草都不高，也就三四寸，几乎是贴地而长。叶片肥厚而多汁。

“阿格头子灰背青，四十五天到新城。”老曹年轻时拉过骆驼，从呼和浩特驮货到新疆新城，一趟得走四十五天。那么来回就得三个月。在多见牛羊少见人的大草原上，拉着骆驼一步一步地走，这滋味真难以想象。

老曹是个有趣的人。他的生活知识非常丰富，大青山的药材、草原上的草，他没有不认识的。他知道很多故事，很会说故事。单是狼，他就能说一整天。都是实在经验过的，并非道听途说。狼怎样逗小羊玩，小羊高了兴，跳起来，过了圈羊的荆笆，狼一口就把小羊叼走了；狼会出痘，老狼把出痘子的小狼用沙埋起来，只露出几个小脑袋；有一个小号兵掏了三只小狼羔子，带着走，母狼每晚上跟着部队，哭，后来怕暴露部队目标，队长说服小号兵把小狼放了……老曹好说，能吃，善饮，喜交游。他在大青山打过游击，山里的堡垒户都跟他很熟，我们的吉普车上下山，他常在路口叫司机停一下，找熟人聊两句，帮他们买拖拉机，解决孩子入学……我们后来拜访了布赫同志，提起老曹，布赫同志说："他是个红火人。""红火人"这样的说法，我在别处没有听见过。但是用之于老曹身上，很合适。

老曹后来在呼市负责林业工作。他曾到大兴安岭调查，购买树种，吃过犴鼻子(他说犴鼻子黏性极大，吃下一块，上下牙粘在一起，得使劲张嘴，才能张开。他做了一个当时使劲张嘴的样子，很滑稽)、飞龙。他负责林业时，主要的业绩是在大青山山脚至市中心的大路两侧种了杨树，长得很整齐健旺。但是他最喜爱的是紫穗槐，是个紫穗槐迷，到处宣传紫穗槐的好处。

"文化大革命"，内蒙大搞"内人党"问题，手段极其野蛮残酷，是全国少有的重灾区。老曹在劫难逃。他被捆押吊打，打断了踝骨。后经打了石膏，幸未致残，但是走起路来一拐一拐的。他还是那么"红火"，健谈豪饮。

老曹从小家贫，"成分"不高。他拉过骆驼，吃过很多苦。他在大青山打过游击，无历史问题，为什么要整他，要打断他的踝骨？为什么？

阿格头子灰背青，
四十五天到新城。

花和金鱼

从东珠市口经三里河、河舶厂，过马路一直往东，是一条横街。这是北京的一条老街了。也说不上有什么特点，只是有那么一种老北京的味儿。有些店铺是别的街上没有的。有一个每天卖豆汁儿的摊子，卖焦圈儿、马蹄烧饼，水疙瘩丝切得细得像头发。这一带的居民好像特别爱喝豆汁儿，每天晌午，有一个人推车来卖，车上搁一个可容一担水的木桶，木桶里有多半桶豆汁儿。也不吆喝，到时候就来了，老太太们准备好了坛坛罐罐等着。马路东有一家卖鞭哨、皮条、纲绳等等骡车马车上用的各种配件。北京现在大车少了，来买的多是河北人。看了店堂里挂着的挺老长的白色的皮条、两股坚挺的竹子拧成的鞭哨，叫人有点说不出来的感动。有一家铺子在一个高台阶上，门外有一块小匾，写着“惜阴斋”。这是卖什么的呢?我特意上了台阶走进去看了看：是专卖老式木壳自鸣钟、怀表的，兼营擦洗钟表油泥，修配发条、油丝。“惜阴”用之于钟表店，挺有意思，不知是哪位一方名士给写的匾。有一个茶叶店，也有一块匾：“今雨茶庄”(好几个人问过我这是什么意思)。其实这是一家夫妻店，什么“茶庄”！

两口子，有五十好几了，经营了这么个“茶庄”。他们每天的生活极其清简。大妈早起擞炉子、生火、坐水、出去买菜。老爷子扫地，擦拭柜台，端正盆花金鱼。老两口都爱养花、养鱼。鱼是龙睛，两条大红的，两条蓝的(他们不爱什么红帽子、绒球……)。鱼缸不大，飘着荇草。花四季更换。夏天，茉莉、珠兰(熟人来买茶叶，掌柜的会摘几朵鲜茉莉花或一小串珠兰和茶叶包在一起)；秋天，九花(老北京人管菊花叫“九花”)；冬天，水仙、天竺果。我买茶叶都到“今雨茶庄”买，近。我住河舶厂，出胡同口就是。我每次买茶叶，总爱跟掌柜的聊聊，看看他的花。花并不名贵，但养得很有精神。他说："我不瞧戏，不看电影，就是这点爱好。"

我打成了"右派"，就离开了河舶厂。过了十几年，偶尔到三里河去，想看"今雨茶庄"还在不在，没找到。问问老住户，说："早没有了!"——"茶叶店掌柜的呢?"——"死了!叫红卫兵打死了!"——"干吗打他?"——"说他是小业主；养花养鱼是'四旧'。老伴没几天也死了，吓死的！——这他妈的'文化大革命'！这叫什么事儿！"

一九九六年十月二十八日

载一九九七年第一期《收获》

夏天

夏天的早晨真舒服。空气很凉爽，草尖上还挂着露水（细蛛网上也挂着露水）。写大字一张，读古文一篇。夏天的早晨真舒服。

凡花大都是五瓣，栀子花却是六瓣。山歌云：“栀子花开六瓣头”。栀子花粗粗大大，色白，近蒂处微绿，极香，香气简直有点叫人受不了，我的家乡人说是：“碰鼻子香”。栀子花粗粗大大，又香得掸都掸不开，于是为文雅人不取，以为品格不高。栀子花说：“去你妈的，我就是要这样香，香得痛痛快快，你们他妈妈的管得着嘛！”

人们往往把栀子花和白兰花相比。苏州姑娘串街卖花，娇声叫卖：“栀子花！白兰花！”白兰花花朵半开，娇娇嫩嫩，如象牙白玉，香气文静，但有点甜俗，为上海长三堂子的“倌人”所喜，因为听说白兰花要到夜间枕上才格外地香。我觉得红“倌人”的枕上之花，不如船娘髻边之花更为刺激。

夏天的花里最为幽静的是珠兰。

牵牛花短命。早晨沾露才开，午时即已萎谢。

秋葵也命薄，瓣淡黄，白心，心外有紫晕。风吹薄瓣，楚楚可怜。

凤仙花有单瓣者，有重瓣者。重瓣者如小牡丹。凤仙花茎粗肥，湖南人用以腌“臭咸菜”，此吾乡所未有。

马齿苋、狗尾巴草、益母草，都长得非常旺盛。

淡竹叶开浅蓝色小花，如小蝴蝶，很好看。叶片微似竹叶而较柔软。

“万把钩”即苍耳。因为结的小果上有许多小钩，碰到它就会挂在衣服上，得小心摘去，所以孩子叫它“万把钩”。

我们那里有一种“巴根草”，贴地而长，见缝扎根，一棵草蔓延开来，长了很多根，横的，竖的，一大片。而且非常顽强，拉扯不断。很小的孩子就会唱：

巴根草，
绿茵茵，
唱个歌，
把狗听。

最讨厌的是“臭芝麻”。掏蟋蟀、捉金铃子，常常沾了一裤腿。其臭无比，很难除净。

西瓜以绳络悬之井中，下午剖食，一刀下去，喀嚓有声，凉气四溢，连眼睛都是凉的。

天下皆重“黑籽红瓤”，吾乡独以“三白”为贵：白皮、白瓤、白籽。“三白”以东墩产者最佳。

香瓜有：牛角酥，状似牛角，瓜皮淡绿色，刨去皮，则瓜内浓绿，籽赤红，味浓而肉脆，北京亦有，谓之“羊角蜜”；蛤蟆酥，不甚甜而脆，嚼之有黄瓜香；梨瓜，大如拳，白皮，白瓤，生脆有梨香；有一种较大，皮色如虾蟆，不甚甜，而极“面”，孩子们称之为“奶奶哼”，说奶奶一边吃，一边“哼”。

蝈蝈，我的家乡叫做“叫蚰子”。叫蚰子有两种。一种叫“侉叫蚰子”，那真是“侉”，跟一个小驴子似的，叫起来“咶咶咶咶”很吵人。喂它一点辣椒，更吵得厉害。一种叫“秋叫蚰子”，全身碧绿如玻璃翠，小巧玲珑，鸣声亦柔细。

别出声，金铃子在小玻璃盒子里爬哪！它停下来，吃两口食——鸭梨切成小子块。它叫了：丁铃铃铃……

乘凉。

搬一张大竹床放在天井里，横七竖八一躺，浑身爽利，暑气全消。看月华。月华五色晶莹，变幻不定，非常好看。月亮周围有了一个模模糊湖的大圆圈，谓之“风圈”，近几天会刮风。“乌猪子过江了”——黑云漫过天河，要下大雨。

一直到露水下来，竹床子的栏杆都湿了，才回去，这时已经很困了，才沾藤枕（我们那里夏天都枕藤枕或漆枕），已入梦乡。

鸡头米老了，新核桃下来了，夏天就快过去了。

载一九九四年第六期《大家》

秋葵·凤仙花·秋海棠

秋葵叶似鸡脚，又名鸡脚葵、鸡爪葵。花淡黄色，淡若无质。花瓣内侧近蒂处有檀色晕斑。花心浅白，柱头深紫。秋葵不是名花，然而风致楚楚。古人诗说秋葵似女道士，我觉得很像，虽然我从未见过一个女道士。

凤仙花有单瓣、复瓣。单瓣者多为水红色。复瓣者为深红、浅红、白色。复瓣者花似小牡丹，只是看不见花蕊。花谢，结小房如玉搔头。凤仙花极易活，子熟，花房裂破，子实落在泥土、砖缝里，第二年就会长出一棵一棵的凤仙花，不烦栽种。凤仙花可染指甲。凤仙花捣烂，少加矾，用花叶包于指尖，历一夜，第二天指甲就成了浅浅的红颜色。北京人即谓凤仙为“指甲花”。现在大概没有用凤仙花染指甲的了，除非偏远山区的女孩子。

我们那里的秋海棠只有一种，矮矮的草本，开浅红色四瓣的花，中缀黄色的花蕊如小绒球。像北京的银星海棠那样硬杆、大叶、繁花的品种是没有的。

我母亲生肺病后（那年我才三岁）移居在一小屋中，与家人隔离。她死后，这间小屋就成了堆放她生前所用家具什物的贮藏室。有时需要取用一件什么东西，我的继母就打开这间小屋，我也跟着进去看过。这间小屋外面有一小天井，靠墙有一个秋叶形的小花坛。花坛里开着一丛秋海棠。也没有人管它，它自开自落。我母亲没有给我留下什么记忆。我记得的只有两件事。一件是我父亲陪母亲乘船到淮安去就医，把我带在身边。船篷里挂了好些船家自腌的大头菜（盐腌的，白色，有点像南浔大头菜，不像云南的“黑芥”），我一直记着这大头菜的气味。另一件便是这丛秋海棠。我记住这丛秋海棠的时候，我母亲去世已经有两三年了。我并没有感伤情绪，不过看见这丛秋海棠，总会想到母亲去世前是住在这里的。

香橼·木瓜·佛手

我家的“花园”里实在没有多少花。花园里有一座“土山”。这“土山”不知是怎么形成的，是一座长长的隆起的土丘。“山”上只有一棵龙爪槐，旁枝横出，可以倚卧。我常常带了一块带筋的酱牛肉或一块榨菜，半躺在横枝上看小说，读唐诗。“山”的东麓有两棵碧桃，一红一白，春末开花极繁盛。“山”的正面却种了四棵香橼。我不知道我的祖父在开园堆山时为什么要栽了这样几棵树。这玩意就是“橘逾淮南则为枳”的枳（其实这是不对的，橘与枳自是两种），这是很结实的树。木质坚硬，树皮紧细光滑。叶片经冬不凋，深绿色。树枝有硬刺。春天开白色的花。花后结圆球形的果，秋后成熟。香橼不能吃，瓤极酸涩，很香，不过香得不好闻。凡花果之属有香气者，总要带点甜味才好，香橼的香气里却带有苦味。香橼很肯结，树上累累的都是深绿色的果子。香橼算是我家的“特产”，可以摘了送人。但似乎不受欢迎。没有什么用处，只好听它自己碧绿地垂在枝头。到了冬天，皮色变黄了，放在盘子里，摆在水仙花旁边，也还有点意思，其时已近春节了。总之，香橼不是什么佳果。

香橼皮晒干，切片，就是中药里的枳壳。

花园里有一棵木瓜，不过不大结。我们所玩的木瓜都是从水果摊上买来的。所谓“玩”，就是放在衣口袋里。不时取出来，凑在鼻子跟前闻闻——那得是较小的，没有人在口袋里揣一个茶叶罐大小的木瓜的。木瓜香味很好闻。屋子里放几个木瓜，一屋子随时都是香的，使人心情恬静。

我们那里木瓜是不吃的。这东西那么硬，怎么吃呢？华南切为小薄片，制为蜜饯——厦门人是什么都可以做蜜饯的，加了很多味道奇怪的药料。昆明水果店将木瓜切为大片，泡在大玻璃缸里。有人要买，随时用筷子夹出两片。很嫩，很脆，很香。泡木瓜的水里不知加了什么，否则这木头一样的瓜怎么会变得如此脆嫩呢？中国人从前是吃木瓜的。《东京梦华录》载“木瓜水”，这大概是一种饮料。

佛手的香味也很好。不过我真不知道一个水果为什么要长得这么奇形怪状！佛手颜色嫩黄可爱。《红楼梦》贾母提到一个蜜蜡佛手，蜜蜡雕为佛手，颜色、质感都近似，设计这件摆设的工匠是个聪明人。蜜蜡不是很珍贵的玉料，但是能够雕成一个佛手那样大的蜜蜡却少见，贾府真是富贵人家。

佛手、木瓜皆可泡酒。佛手洭微有黄色，木瓜酒却是红色的。

橡栗

橡栗即“狙公赋茅”的茅，不知道为什么我们小时候却叫它“茅栗子”。这是“形近而讹”么？不过我小时候根本不认得这个“茅”字。橡即栎。我们也不认得“栎”字，只是叫它“茅栗子树”。我们那里茅栗子树极少，只有西门外小校场的西边有一棵，很大。到了秋天，茅栗子熟了，落在地下，我们就去捡茅栗子玩。茅栗子有什么好玩的？形状挺有趣，有一点像一个小坛子，不过底是尖的。皮色浅黄，很光滑。如此而已。我们有时在它的像个小盖子似的蒂部扎一个小窟窿，插进半截火柴棍，成了一个“捻捻转”。用手一捻，它就在桌面上旋转，像一个小陀螺。如此而已。

小校场是很偏僻的地方，附近没有什么人家。有一回，我和几个女同学去捡茅栗子，天黑下来了，我们忽然有些害怕，就赶紧往城里走。路过一家孤零零的人家门外，门前站着一个岁数不大的人，说：“你们要茅栗子么？我家里有！”我们立刻感到：这是个坏人。我们没有搭理他，只是加快了脚步，拼命地走。我是同学里的唯一的男子汉，便像一个勇士似的走在最后。到了城门口，发现这个坏人没有跟上来，才松了一口气。当时的紧张心情，我过了很多年还记得。

梧 桐

一叶落而知天下秋，梧桐是秋的信使。梧桐叶大，易受风。叶柄甚长，叶柄与树枝连接不很结实，好像是粘上去的。风一吹，树叶极易脱落。立秋那天，梧桐树本来好好的，碧绿碧绿，忽然一阵小风，欻的一声，飘下一片叶子，无事的诗人吃了一惊：啊！秋天了！其实只是桐叶易落，并不是对于时序有特别敏感的“物性”。梧桐落叶早，但不是很快就落尽。《唐明皇秋夜梧桐雨》证明秋后梧桐还是有叶子的，否则雨落在光秃秃的枝干上，不会发出使多情的皇帝伤感的声音。据我的印象，梧桐大批地落叶，已是深秋，树叶已干，梧桐籽已熟。往往是一夜大风，第二天起来一看，满地桐叶，树上一片也不剩了。

梧桐籽炒食极香，极酥脆，只是太小了。

我的小学校园中有几棵大梧桐，大风之后，我们就争着捡梧桐叶。我们要的不是叶片，而是叶柄。梧桐叶柄末端稍稍鼓起，如一小马蹄。这个小马蹄纤维很粗，可以磨墨。所谓“磨墨”，其实是在砚台上注了水，用粗纤维的叶柄来回磨蹭，把砚台上干硬的宿墨磨化了，可以写字了而已。不过我们都很喜欢用梧桐叶柄来磨墨，好像这样磨出的墨写出字来特别的好。一到梧桐落叶那几天，我们的书包里都有许多梧桐叶柄，好像这是什么宝贝。对于这样毫不值钱的东西的珍视，是可以不当一回事的么？不啊！这里凝聚着我们对于时序的感情。这是“俺们的秋天”。

一九八八年十一月九日

载一九八九年第一期《散文世界》

冬天

天冷了，堂屋里上了槅子。槅子是春暖时卸下来的，一直在厢屋里放着。现在，搬出来，刷洗干净了，换了新的粉连纸，雪白的纸。上了槅子，显得严紧，安适，好像生活中多了一层保护。家人闲坐，灯火可亲。

床上拆了帐子，铺了稻草。洗帐子要拣一个晴朗的好天，当天就晒干。夏布的帐子，晾在院子里。夏天离得远了。稻草装在一个布套里，粗布的，和床一般大。铺了稻草，暄腾腾的，暖和，而且有稻草的香味，使人有幸福感。

不过也还是冷的。南方的冬天比北方难受，屋里不生火。晚上脱了棉衣，钻进冰凉的被窝里；早起，穿上冰凉的棉袄棉裤，真冷。

放了寒假，就可以睡懒觉。棉衣在铜炉子上烘过了，起来就不是很困难了。尤其是，棉鞋烘得热热的，穿进去真是舒服。

我们那里生烧煤的铁火炉的人家很少。一般取暖，只是铜炉子，脚炉和手炉。脚炉是黄铜的，有多眼的盖。里面烧的是粗糠。粗糠装满，铲上几铲没有烧透的芦柴火（我们那里烧芦苇，叫作“芦柴”）的红灰盖在上面。粗糠引着了，冒一阵烟，不一会，烟尽了，就可以盖上炉盖。粗糠慢慢延烧，可以经很久。老太太们离不开它。闲来无事，摸摸纸牌，每个老太太脚下都有一个脚炉。脚炉里粗糠太实了，空气不够，火力渐微，就要用“拨火板”沿炉边挖两下，把粗糠拨松，火就旺了。脚炉暖人。脚不冷则周身不冷。焦糠的气味也很好闻。仿日本俳句，可以作一首诗：“冬天，脚炉焦糠的香。”手炉较脚炉小，大都是白铜的，讲究的是银制的。炉盖不是一个一个圆窟窿，大都是镂空的松竹梅花图案。手炉有极小的，中置炭墼（煤炭研为细末，略加蜜，筑成饼状），以纸媒头引着。一个炭墼能经一天。

冬天吃的菜，有乌青菜、冻豆腐、咸菜汤。乌青菜塌棵，平贴地面，江南谓之“塌苦菜”，以菜味微苦。我的祖母在后园辟小片地，种乌青菜，经霜，菜叶边缘作紫红色，味道苦中泛甜。乌青菜与“蟹油”同煮，滋味难比。“蟹油”是以大螃蟹煮熟剔肉，加猪油“炼”成的，放在大海碗里，凝成蟹冻，久贮不坏，可吃一冬。豆腐冻后，不知道为什么呈蜂窝状。化开，切小块，与鲜肉、咸肉、牛肉、海米或咸菜同煮，无不佳。冻豆腐宜放辣椒、青蒜。我们那里过去没有北方的大白菜，只有“青菜”。大白菜是从山东运来的，美其名曰“黄芽菜”，很贵。“青菜”似油菜而大，高二尺，是一年四季都有的，家家都吃的菜。咸菜即是用青菜腌的。阴天下雪，喝咸菜汤。

冬天的游戏：踢毽子，抓子儿，下“逍遥”。“逍遥”是在一张正方的白纸上，木版印出螺旋的双道，两道之间印出八仙、马、兔子、鲤鱼、虾……每样都是两个，错落排列，不依次序。玩的时候各执铜钱或象棋子为子儿，掷骰子，如果骰子是五点，自“起马”处数起，向前走五步，是兔子，则可向内圈寻找另一个兔子，以子儿押在上面。下一轮开始，自里圈兔子处数起，如是六点，进六步，也许是铁拐李，就寻另一个铁拐李，把子儿押在那个铁拐李上。如果数至里圈的什么图上，则到外圈去找，退回来。点数够了，子儿能进至终点（终点是一座宫殿式的房子，不知是月宫还是龙门），就算赢了。次后进入的为“二家”“三家”。“逍遥”两个人玩也可以，三个四个人玩也可以。不知道为什么叫作“逍遥”。

早起一睁眼，窗户纸上亮晃晃的，下雪了！雪天，到后园去折蜡梅花、天竺果。明黄色的蜡梅、鲜红的天竺果，白雪，生意盎然。蜡梅开得很长，天竺果尤为耐久，插在胆瓶里，可经半个月。

舂粉子。有一家邻居，有一架碓。这架碓平常不大有人用，只在冬天由附近的一二十家人轮流借用。碓屋很小，除了一架碓，只有一些筛子、箩。踩碓很好玩，用脚一踏，吱扭一声，碓嘴扬了起来；嘭的一声，落在碓窝里。粉子舂好了，可以蒸糕，做“年烧饼”（糯米粉为蒂，包豆沙白糖，作为饼，在锅里烙熟），搓圆子（即汤团）。舂粉子，就快过年了。

一九八八年十二月二十二日

载一九九八年第一期《中国作家》

山丹丹

我在大青山挖到一棵山丹丹。这棵山丹丹的花真多。招待我们的老堡垒户看了看，说："这棵山丹丹有十三年了。"

"十三年了？咋知道？"

"山丹丹长一年，多开一朵花。你看，十三朵。"

山丹丹记得自己的岁数。

我本想把这棵山丹丹带回呼和浩特，想了想，找了把铁锹，把老堡垒户的开满了蓝色党参花的土台上刨了个坑，把这棵山丹丹种上了。问老堡垒户：

"能活？"

“能活。这东西，皮实。”

大青山到处是山丹丹，开七朵花、八朵花的，多的是。

> 山丹丹花开花又落，
> 一年又一年……

这支流行歌曲的作者未必知道，山丹丹过一年多开一朵花。唱歌的歌星就更不会知道了。

枸杞

枸杞到处都有。枸杞头是春天的野菜。采摘枸杞的嫩头，略焯过，切碎，与香干丁同拌，浇酱油醋香油；或入油锅爆炒，皆极清香。夏末秋初，开淡紫色小花，谁也不注意。随即结出小小的红色的卵形浆果，即枸杞子。我的家乡叫作狗奶子。

我在玉渊潭散步，在一个山包下的草丛里看见一对老夫妻弯着腰在找什么。他们一边走，一边搜索。走几步，停一停，弯腰。

“您二位找什么？”

“枸杞子。”

“有吗？”

老同志把手里一个罐头玻璃瓶举起来给我看，已经有半瓶了。

“不少！”

“不少！”

他解嘲似的哈哈笑了几声。

“您慢慢捡着！”

“慢慢捡着！”

看样子这对老夫妻是离休干部，穿得很整齐干净，气色很好。

他们捡枸杞子干什么？是配药，泡酒？看来都不完全是。真要是需要，可以托熟人从宁夏捎一点或寄一点来——听口音，老同志是西北人，那边肯定会有熟人。

他们捡枸杞子其实只是玩！一边走着，一边捡枸杞子，这比单纯的散步要有意思。这是两个童心未泯的老人，两个老孩子！

人老了，是得学会这样的生活。看来，这二位中年时也是很会生活，会从生活中寻找乐趣的。他们为人一定很好，很厚道。他们还一定不贪权势，甘于淡泊。夫妻间一定不会为柴米油盐、儿女婚嫁而吵嘴。

从钓鱼台到甘家口商场的路上，路西，有一家的门头上种了很大的一丛枸杞，秋天结了很多枸杞子，通红通红的，礼花似的，喷泉似的垂挂下来，一个珊瑚珠穿成的华盖，好看极了。这丛枸杞可以拿到花会上去展览。这家怎么会想起在门头上种一丛枸杞？

槐花

玉渊潭洋槐花盛开，像下了一场大雪，白得耀眼。来了放蜂的人。蜂箱都放好了，他的“家”也安顿了。一个刷了涂料的很厚的黑色的帆布篷子。里面打了两道土堰，上面架起几块木板，是床。床上一卷铺盖。地上排着油瓶、酱油瓶、醋瓶。一个白铁桶里已经有多半桶蜜。外面一个蜂窝煤炉子上坐着锅。一个女人在案板上切青蒜。锅开了，她往锅里下了一把干切面。不大会儿，面熟了，她把面捞在碗里，加了作料、撒上青蒜，在一个碗里舀了半勺豆瓣。一人一碗。她吃的是加了豆瓣的。

蜜蜂忙着采蜜，进进出出，飞满一天。

我跟养蜂人买过两次蜜，绕玉渊潭散步回来，经过他的棚子，大都要在他门前的树墩上坐一坐，抽一支烟，看他收蜜，刮蜡，跟他聊两句，彼此都熟了。

这是一个五十岁上下的中年人，高高瘦瘦的，身体像是不太好，他做事总是那么从容不迫、慢条斯理的。样子不像个农民，倒有点像一个农村小学校长。听口音，是石家庄一带的。他到过很多省。哪里有鲜花，就到哪里去。菜花开的地方，玫瑰花开的地方，苹果花开的地方，枣花开的地方。每年都到南方去过冬，广西、贵州。到了春暖，再往北翻。我问他是不是枣花蜜最好，他说是荆条花的蜜最好。这很出乎我的意外。荆条是个不起眼的东西，而且我从来没有见过荆条开花，想不到荆条花蜜却是最好的蜜。我想他每年收入应当不错。他说比一般农民要好一些，但是也落不下多少：蜂具，路费；而且每年要赔几十斤白糖——蜜蜂冬天不采蜜，得喂它糖。

女人显然是他的老婆。不过他们岁数相差太大了。他五十了，女人也就是三十出头。而且，她是四川人，说四川话。我问他：你们是怎么认识的？他说：她是新繁县人。那年他到新繁放蜂，认识了。她说北方的大米好吃，就跟来了。

有那么简单？也许她看中了他的脾气好，喜欢这样安静平和的性格？也许她觉得这种放蜂生活，东南西北到处跑，好耍？这是一种农村式的浪漫主义。四川女孩子做事往往很洒脱，想咋个就咋个，不像北方女孩子有那么多考虑。他们结婚已经几年了。丈夫对她好，她对丈夫也很体贴。她觉得她的选择没有错，很满意，不后悔。我问养蜂人：她回去过没有？他说：回去过一次，一个人。他让她带了两千块钱，她买了好些礼物送人，风风光光地回了一趟新繁。

一天，我没有看见女人，问养蜂人，她到哪里去了。养蜂人说：到我那大儿子家去了，去接我那大儿子的孩子。他有个大儿子，在北京工作，在汽车修配厂当工人。

她抱回来一个四岁多的男孩，带着他在棚子里住了几天。她带他到甘家口商场买衣服，买鞋，买饼干，买冰糖葫芦。男孩子在床上玩鸡啄米，她靠着被窝用勾针给他勾一顶大红的毛线帽子。她很爱这个孩子。这种爱是完全非功利的，既不是讨丈夫的欢心，也不是为了和丈夫的儿子一家搞好关系。这是一颗很善良，很美的心。孩子叫她奶奶，奶奶笑了。

过了几天，她把孩子又送了回去。

过了两天，我去玉渊潭散步，养蜂人的棚子拆了，蜂箱集中在一起。等我散步回来，养蜂人的大儿子开来一辆卡车，把棚柱、木板、煤炉、锅碗和蜂箱装好，养蜂人两口子坐上车，卡车开走了。

玉渊潭的槐花落了。

载一九九〇年第三期《散文》

夏天的昆虫

/

/

/

蝈 蝈

蝈蝈我们那里叫做“叫蚰子”。因为它长得粗壮结实，样子也不大好看，还特别在前面加一个“侉”字，叫做“侉叫蚰子”。这东西就是会呱呱地叫。有时嫌它叫得太吵人了，在它的笼子上拍一下，它就大叫一声：“呱！”——停止了。它什么都吃。据说吃了辣椒更爱叫，我就挑顶辣的辣椒喂它。早晨，掐了南瓜花（谎花）喂它，只是取其好看而已。这东西是咬人的。有时捏住笼子，它会从竹篾的洞里咬你的指头肚子一口。

别有一种秋叫蚰子，较晚出，体小，通体碧绿，叫声清脆。秋叫蚰子养在牛角做的圆盘中，顶面有一块玻璃。我能自己做这种牛角盒子，要紧的是弄出一块大小合适的圆玻璃。把玻璃放在水盆里，用剪子剪，则不碎裂。秋叫蚰子比侉叫蚰子贵得多。养好了，可以越冬。

叫蚰子是可以吃的。得是三尾的，腹大多子。扔在枯树枝火中，一会儿就熟了。味极似虾。

蝉

蝉大别有三类。一种是“海溜”，最大，色黑，叫声洪亮。这是蝉里的楚霸王，生命力很强。我曾捉了一只，养在一个断了发条的旧座钟里，活了好多天。一种是“嘟溜”，体较小，绿色而有点银光，样子最好看，叫声也好听：“嘟溜——嘟溜——嘟溜”。一种叫“叽溜”，最小，暗赭色，也是因其叫声而得名。

蝉喜欢栖息在柳树上。古人常画“高柳鸣蝉”，是有道理的。

北京的孩子捉蝉用粘竿——竹竿头上涂了粘胶。我们小时候则用蜘蛛网。选一根结实的长芦苇，一头撅成三角形，用线缚住，看见有大蜘蛛网就一绞，三角里络满了蜘蛛网，很粘。瞅准了一只蝉：轻轻一捂，蝉的翅膀就被粘住了。

佝偻丈人承蜩，不知道用的是什么工具。

蜻蜓

家乡的蜻蜓有三种。

一种极大，头胸浓绿色，腹部有黑色的环纹，尾部两侧有革质的小圆片，叫做“绿豆纲。”这家伙厉害得很，飞时巨大的翅膀磨得嚓嚓地响。或捉之置室内，它会对着窗玻璃猛撞。

一种常见的蜻蜓，有灰蓝色和绿色的。蜻蜓的眼睛很尖，但到黄昏后眼力就有点不济。他们栖息着不动，从后面轻轻伸手，一捏就能捏住。玩蜻蜓有一种恶作剧的玩法：掐一根狗尾巴草，把草茎插进蜻蜓的屁股，一撒手，蜻蜓就带着狗尾巴的穗子飞了。

一种是红蜻蜓。不知道什么道理，说这是灶王爷的马。

另有一种纯黑的蜻蜓，身上，翅膀都是深黑色，我们叫这鬼蜻蜓，因为这有点鬼气，也叫“寡妇”。

刀 螂

刀螂即螳螂、螳螂是很好看的。螳螂的头可以四面转动。螳螂翅膀嫩绿，颜色和脉纹都很美。昆虫翅膀好看的，为螳螂及纺织娘。

或问：你写这些昆虫什么意思？答曰：我只是希望现在的孩子也能玩玩这些昆虫，对自然发生兴趣。现在的孩子大都只在电子玩具包围中长大，未必是好事。

载一九八七年第九期《北京文学》

昆虫备忘录

///

复眼

我从小学三年级“自然”教科书上知道蜻蜓是复眼，就一直捉摸复眼是怎么回事。“复眼”，想必是好多小眼睛合成一个大眼睛。那它怎么看呢？是每个小眼睛都看到一个小形象，合成一个大形象？还是每个小眼睛看到形象的一部分，合成一个完整形象？捉摸不出来。

凡是复眼的昆虫，视觉都很灵敏。麻苍蝇也是复眼，你走近蜻蜓和麻苍蝇，还有一段距离，它就发现了，噌——飞了。

我曾经想过：如果人长了一对复眼？

还是不要！那成什么样子！

蚂 蚱

河北人把尖头绿蚂蚱叫“挂大扁儿”。西河大鼓里唱道：“挂大扁儿甩子在那荞麦叶儿上。”这句唱词有很浓的季节感。为什么叫“挂大扁儿”呢？我怪喜欢“挂大扁儿”这个名字。

我们那里只是简单地叫它蚂蚱。一说蚂蚱，就知道是指尖头绿蚂蚱。蚂蚱头尖，徐文长曾觉得它的头可以蘸了墨写字、画画，可谓异想天开。

尖头蚂蚱是国画家很喜欢画的。画草虫的很少没有画过蚂蚱。齐白石、王雪涛都画过。我小时也画过不少张，只为它的形态很好掌握，很好画——画纺织娘，画蝈蝈，就比较费事。我大了以后，就没有画过蚂蚱。前年给一个年轻的牙科医生画了一套册页，有一开里画了一只蚂蚱。

蚂蚱飞起来会格格作响，不知道它是怎么弄出这种声音的。蚂蚱有鞘翅，鞘翅里有膜翅。膜翅是淡淡的桃红色的，很好看。

我们那里还有一种“土蚂蚱”，身体粗短，方头，色黑如泥土，翅上有黑斑。这种蚂蚱，捉住它，它就吐出一泡褐色的口水，很讨厌。

天津人所说的“蚂蚱”，实是蝗虫。天津的“烙饼卷蚂蚱”，卷的是焙干了的蝗虫肚子。河北省人嘲笑农民谈吐不文雅，说是“蚂蚱打喷嚏——满嘴的庄稼气”，说的也是蝗虫。蚂蚱还会打喷嚏？这真是“糟改”庄稼人！

小蝗虫名蝻。有一年，我的家乡闹蝗虫，在这以前，大街上一街蝗蝻乱蹦，看着真是不祥。

花大姐

瓢虫款款地落下来了，折好它的黑绸衬裙——膜翅，顺顺溜溜；收拢硬翅，严丝合缝。瓢虫是做得最精致的昆虫。

“做”的？谁做的？

上帝。

上帝？

上帝做了一些小玩意儿，给他的小外孙女儿玩。

上帝的外孙女儿？

对。上帝说：“给你！好看吗？”

“好看！”

上帝的外孙女儿？

对！

瓢虫是昆虫里面最漂亮的。

北京人叫瓢虫为“花大姐”，好名字！

瓢虫，朱红的，瓷漆似的硬翅，上有黑色的小圆点。圆点是有定数的，不能瞎点。黑点叫作“星”。有七星瓢虫、十四星瓢虫……星点不同，瓢虫就分为两大类。一类是吃蚜虫的，是益虫；一类是吃马铃薯的嫩叶的，是害虫。我说吃马铃薯嫩叶的瓢虫，你们就不能改改口味，也吃蚜虫吗？

独角牛

吃晚饭的时候，呜——扑！飞来一只独角牛，摔在灯下。它摔得很重，摔晕了。轻轻一捏，就捏住了。

独角牛是硬甲壳虫，在甲虫里可能是最大的，从头到脚，约有二寸。甲壳铁黑色，很硬。头部尖端有一只犀牛一样的角。这家伙，是昆虫里的霸王。

独角牛的力气很大。北京隆福寺过去有独角牛卖。给它套上一辆泥制的小车，它就拉着走。

北京管这个大力士好像也叫作独角牛。学名叫什么，不知道。

磕头虫

我抓到一只磕头虫。北京也有磕头虫？我觉得很惊奇。我拿给我的孩子看，以为他们不认识。

“磕头虫，我们小时候玩过。”

哦。

磕头虫的脖子不知道怎么有那么大的劲，把它的肩背按在桌面上，它就吧嗒吧嗒地不停地磕头。把它仰面朝天放着，它运一会气，脖子一挺，就反弹得老高，空中转体，正面落地。

蝇 虎

蝇虎，我们那里叫作苍蝇虎子，形状略似蜘蛛而长，短脚，灰黑色，有细毛，趴在砖墙上，不注意是看不出来的。蝇虎的动作很快，苍蝇落在它面前，还没有站稳，已经被它捕获，来不及嘤地叫一声，就进了苍蝇虎子的口了。蝇虎的食量惊人，一只苍蝇，眨眼之间就吃得只剩一张空皮了。

苍蝇是很讨厌的东西，因此人对蝇虎有好感，不伤害它。

捉一只大金苍蝇喂苍蝇虎子，看着它吃下去，是很解气的。苍蝇虎子对送到它面前的苍蝇从来不拒绝。苍蝇虎子不怕人。

狗 蝇

世界上最讨厌的东西是狗蝇。狗蝇钻在狗毛里叮狗，叮得狗又疼又痒，烦躁不堪，发疯似的乱蹦，乱转，乱骂人——叫。

一九九三年二月二日

载一九九四年第一期《大家》

猫

/

/

/

我不喜欢猫。

我的祖父有一只大黑猫，这只猫很老了，老的懒得动，整天在屋里趴着。

从这只老猫我知道猫的一些习性：

猫念经。猫不知道为什么整天“念经”，整天呜噜呜噜不停。这呜噜呜噜的声音不知是从哪里发出来的，怎么发出来的。不是从喉咙里，像是从肚子里发出的。呜噜呜噜……真是奇怪。别的动物没有不停地这样念经的。

猫洗脸。我小时洗脸很马虎、我的继母说我是猫洗脸。猫为什么要“洗脸”呢?

猫盖屎。北京人把做了见不得人的事想遮盖而又遮不住，叫

“猫盖屎”。猫怎么知道拉了屎要盖起来的？谁教给它的？——母猫，猫的妈？

我的大伯父养了十几只猫。比较名贵的是玳瑁猫——有白、黄、黑色的斑块。如是狮子猫，即更名贵。其他的猫也都有品，如“铁棒打三桃”，——白猫黑尾，身有三块桃形的黑斑；“雪里拖枪”；黑猫、白猫、黄猫、狸猫……

我觉得不论叫什么名堂的猫，都不好看。

只有一次，在昆明，我看见过一只非常好看的小猫。

这家姓陈，是广东人。我有个同乡，姓朱，在轮船上结识了她们，母亲和女儿，攀谈起来。我这同乡爱和漂亮女人来往。她的女儿上小学了。女儿很喜欢我，爱跟我玩。母亲有一次在金碧路遇见我们，邀我们上她家喝咖啡。我们去了。这位母亲已经过了三十岁了，人很漂亮，身材高高的，腿很长。她看人眼睛眯眯的，有一种惶惶忽忽的成熟的美。她斜靠在长沙发的靠枕上，神态有点慵懒。在她脚边不远的地方，有一个绣墩，绣墩上一个墨绿色软缎圆垫上卧着一只小白猫。这猫真小，连头带尾只有五寸，雪白的，白得像一团新雪。这猫也是懒懒的，不时睁开蓝眼睛顾盼一下，就又闭上了。屋里有一盆很大的素心兰，开得正好。好看的女人、小白猫、兰花的香味，这一切是一个梦境。

猫的最大的劣迹是交配时大张旗鼓地嚎叫。有的地方叫做“猫叫春”，北京谓之“闹猫”。不知道是由于快感或痛感，郎猫女猫（这是北京人的说法，一般地方都叫公猫、母猫）一递一声，叫起来没完，其声凄厉，实在讨厌。鲁迅“仇猫”，良有以也。有一老和尚为其叫声所扰，以致不能入定，乃作诗一首。诗曰：

春叫猫儿猫叫春，
看他越叫越来神。
老僧亦有猫儿意，
不敢人前叫一声。

一九九七年三月二十七日

灵通麻雀

///

闵兆华家有过一只很怪的麻雀。

这只麻雀跌在地上，折了一条腿（大概是小孩子拿弹弓打的），兆华的爱人捡了起来，给它上了一点消炎粉，用纱布裹巴裹巴，麻雀好了。好了，它就不走了。兆华有一顶旧棉帽子，挂在墙上，就成了它的窝。棉帽子里朝外，晚上，它钻进去，兆华的爱人把帽子翻了过来，它就在帽子里睡一夜。天亮了，棉帽子往外一翻，它就忒楞楞楞要出来了。兆华加不给它预备鸟食。人吃什么它吃什么。吃饭的时候，它落在兆华爱人的肩上，兆华爱人随时喂它一口。它生了病——发烧，给它吃一点四环素之类的药，也就好了。它每天都出去玩，但只要兆华爱人在窗口喊一声："鸟——"，它呼的一声就飞回来。

兆华爱人绣花。有时因事走开，麻雀就看着桌上的绣活，谁也不许动。你动一下，它就鸽你！

兆华领回了工资，放在大衣口袋里，麻雀会把钞票一张一张地叼出来，送到兆华爱人——它的主人的面前！

我知道这只麻雀的时候，它已经活了四年多，毛色变得很深，发黑了。

有一位鸟类学专家曾特地到兆华家去看过这只麻雀。他认为有两点不可解：

一、麻雀的寿命一般是两年，这只麻雀怎么能活了四年多呢？

二、鸟类一般是没有思维的。这只麻雀能看绣花，叼钞票，这算什么呢？能够说是思维么？

天地间有许多事情需要作新的探索。

载一九八六年七月二十八日《北京晚报》

踢毽子

///

我们小时候踢毽子，毽子都是自己做的。选两个小钱(制钱)，大小厚薄相等，轻重合适，叠在一起，用布缝实，这便是毽子托。在毽托一面，缝一截鹅毛管，在鹅毛管中插入鸡毛，便是一只毽子。鹅毛管不易得，把鸡毛直接缝在毽托上，把鸡毛根部用线搀扶结实，使之向上直挺，较之插于鹅毛管中者踢起来尤为得劲。鸡毛须是公鸡毛，用母鸡毛做毽子的，必遭人笑话，只有刚学踢毽子的小毛孩子才这么干。鸡毛只能用大尾巴之前那一部分，以够三寸为合格。鸡毛要“活”的，即从活公鸡的身上拔下来的，这样的鸡毛，用手抹煞几下，往墙上一贴，可以粘住不掉。死鸡毛粘不住。后来我明白，大概活鸡毛经抹煞会产生静电。活鸡毛做的毽子毛茎柔软而有弹性，踢起来飘逸潇洒。死鸡毛做的毽子踢起来就发死发僵。鸡毛里讲究要“金绒帚子白绒哨子”，即从五彩大公鸡身上拔下来的，毛的末端乌黑闪金光，下面的绒毛雪白。次一等的是芦北鸡毛。赭石的、土黄的，就更差了。我们那里养公鸡的人家很多，入了冬，快腌风鸡了，这时正是公鸡肥壮，羽毛丰满的时候，孩子们早就“贼”上谁家的鸡了，有时是明着跟人家要，有时乘没人看见，摁住一只大公鸡，噌噌拔了两把毛就跑。踢毽子是乐事，做毽子也是乐事。一只“金绒帚子白绒哨子”，放在桌上看看，也是挺美的。

我们那里毽子的踢法很复杂，花样很多。有小五套，中五套，大五套。小五套是“扬、拐、尖、托、笃”，是用右脚的不同部位踢的。中五套是“偷、跳、舞、环、踩”，也是用右脚踢，但以左脚做不同的姿势配合。大五套则是同时运用两脚踢，分“对、岔、绕、掼、拑”。小五套技术比较简单，运动量较小，一般是女生踢的。中五套较难，大五套则难度很大，运动量也很大。要准确地描述这些踢法是不可能的。这些踢法的名称也是外地人所无法理解的，连用通用的汉字写出来都困难，如“舞”读如“吴”，“掼”读（kuàn），“笃”和“拑”都读入声。这些名称当初不知是怎么确立的。我走过一些地方，都没有见到毽子有这样多的踢法。也许在我没有到过的地方，毽子还有更多的踢法。我希望能举办一次全国踢毽子表演，看看中国的毽子到底有多少种踢法。

踢毽子总是要比赛的，可以单个地赛。可以比赛单项，如“扬”踢多少下，到踢不住为止；对手照踢，以踢多少下定胜负。也可以成套比赛，从“扬、拐、尖、托、笃”、“偷、跳、舞、环、踩”踢到“对、岔、绕、掼、挝”，也可以分组赛。组员由主将临进挑选，踢时一对一，由弱至强，最后主将出马，累计总数定胜负。

踢毽子也有名将，有英雄。我有个堂弟曾在县立中学踢毽子比赛中得过冠军。此人从小爱玩，不好好读书，常因国文不及格被一个姓高的老师打手心，后来忽然发愤用功，现在是全国有名的心脏外科专家。他比我小一岁，也已经是抱孙子的人了，现在大概不会再踢毽子了。我们县有一个姓谢的，能在井栏上转着圈子踢毽子。这可是非常危险的事，重心稍一不稳，就会扑通一声掉进井里！

毽子还有一种大集体的踢法，叫做“嗨(读第一声)卯”。一个人“喂卯”——把毽子扔给嗨卯的，另一个人接到，把毽子使劲向前踢去，叫做“嗨”。嗨得极高、极远。嗨卯只能“扬”——用右脚里侧踢，别种踢法踢不到这样高，这样远。下面有一大群人，见毽子飞来，就一齐纵起身来抢这只毽子。谁抢着了，就有资格等着接递原嗨卯的去嗨。毽子如被喂卯的抢到，则他就可以去充当嗨卯的，嗨卯的就下来喂卯。一场嗨卯，全班同学出动，喊叫喝彩，热闹非常。课间十分钟，一会儿就过去了。

踢毽子是冬天的游戏。刘侗《帝京景物略》云“杨柳死，踢毽子”，大概全国皆然。

踢毽子是孩子的事，偶尔见到近二十边上的人还踢，少。北京则是老人踢毽子。有一年，下大雪，大清早，我去逛天坛，在天坛门洞里见到几位老人踢毽子。他们之中最年轻的也有六十多了。他们轮流传递着踢，一个传给一个，那个接过来，踢一两下，传给另一个。“脚法”大都是“扬”，间或也来一个“跳”。我在旁边看了五分钟，毽子始终没有落到地下。他们大概是“毽友”，经常，也许是每天在一起踢。老人都腿脚利落，身板挺直，面色红润，双眼有光。大雪天，这几位老人是一幅画，一首诗。

一九八八年六月六日

载一九八八年七月十二日《中国体育报》

故乡的元宵

///

故乡的元宵是并不热闹的。

没有狮子、龙灯，没有高跷，没有跑旱船，没有“大头和尚戏柳翠”，没有花担子、茶担子。这些都在七月十五“迎会”——赛城隍时才有，元宵是没有的。很多地方兴“闹元宵”，我们那里的元宵却是静静的。

有几年，有送麒麟的。上午。三个乡下的汉子，一个举着麒麟——一张长板凳，外面糊纸扎的麒麟，一个敲小锣，一个打镲，咚咚当当敲一气，齐声唱一些吉利的歌。每一段开头都是“格炸炸”：

格炸炸，格炸炸，

麒麟送子到你家……

我对这“格炸炸”印象很深。这是什么意思呢？这是状声词？状的什么声呢？送麒麟的没有表演，没有动作，曲调也很简单。送麒麟的来了，一点也不叫人兴奋，只听得一连串的“格炸炸”。“格炸炸”完了，祖母就给他们一点钱。

街上掷骰子“赶老羊”的赌钱的摊子上没有人。六颗骰子静静地在大碗底卧着。摆赌摊的坐在小板凳上抱着膝盖发呆。年快过完了，准备过年输的钱也输得差不多了，明天还有事，大家都没有赌兴。

草巷口有个吹糖人的。孙猴子舞大刀、老鼠偷油。

北市口有个捏面人的。青蛇、白蛇、老渔翁。老渔翁的蓑衣是从药店里买来的夏枯草做的。

到天地坛看人拉“天嗡子”——即抖空竹，拉得很响，天嗡子蚕牛似的叫。

到泰山庙看老妈妈烧香。一个老妈妈鞋底有牛屎，干了。

一天快过去了。

不过元宵要等到晚上，上了灯，才算。元宵元宵嘛。我们那里一般不叫元宵，叫灯节。灯节要过几天，十三上灯，十七落灯。“正日子”是十五。

各屋里的灯都点起来了。大妈（大伯母）屋里是四盏玻璃方灯。二妈屋里是画了红寿字的白明角琉璃灯，还有一张珠子灯。我的继母屋里点的是红琉璃泡子。一屋子灯光，明亮而温柔，显得很吉祥。

上街去看走马灯。连万顺家的走马灯很大。“乡下人不识走马灯，——又来了。”走马灯不过是来回转动的车、马、人（兵）的影子，但也能看它转几圈。后来我自己也动手做了一个，点了蜡烛，看着里面的纸轮一样转了起来，外面的纸屏上一样映出了影子，很欣喜。乾陞和的走马灯并不“走”，只是一个长方的纸箱子，正面白纸上有一些彩色的小人，小人连着一根头发丝，烛火烘热了发丝，小人的手脚会上下动。它虽然不“走”，我们还是叫它走马灯。要不，叫它什么灯呢？这外面的小人是唐僧、孙悟空、猪八戒、沙和尚。整个画面表现的是《西游记》唐僧取经。

孩子有自己的灯。兔子灯、绣球灯、马灯……兔子灯大都是自己动手做的。下面安四个轱辘，可以拉着走。兔子灯其实不大像兔子，脸是圆的，眼睛弯弯的，像人的眼睛，还有两道弯弯的眉毛！绣球灯、马灯都是买的。绣球灯是一个多面的纸扎的球，有一个篾制的架子，架子上有一根竹竿，架子下有两个轱辘，手执竹竿，向前推移，球即不停滚动。马灯是两段，一个马头，一个马屁股，用带子系在身上。西瓜灯、虾蟆灯、鱼灯，这些手提的灯，是小小孩玩的。

有一个习俗可能是外地所没有的：看围屏。硬木长方框，约三尺高，尺半宽，镶绢，上画工笔的演义小说人物故事，灯节前装好，一堂围屏约三十幅，屏后点蜡烛。这实际上是照得透亮的连环画。看围屏有两处，一处在炼阳观的偏殿，一处在附设在城隍庙里的火神庙。炼阳观画的是《封神榜》，火神庙画的是《三国》。围屏看了多少年，但还是年年看。好像不看围屏就不算过灯节似的。

街上有人放花。

有人放高升（起火），不多的几支。起火升到天上，嗤——灭了。

天上有一盏红灯笼。竹篾为骨，外糊红纸，一个长方的筒，里面点了蜡烛，放到天上。灯笼是很好放的，连脑线都不用，在一个角上系上线，就能飞上去。灯笼在天上微微飘动，不知道为什么，看了使人有一点薄薄的凄凉。

年过完了，明天十六，所有店铺就“大开门”了。我们那里，初一到初五，店铺都不开门。初六打开两扇排门，卖一点市民必需的东西，叫做“小开门”。十六把全部排门卸掉，放一挂鞭，几个炮仗，叫做“大开门”，开始正常营业。年，就这样过去了。

一九九三年二月十二日

载一九九三年三月十八日《武汉晚报》

昆明年俗
///

铺松毛

昆明春节，很多人家铺松毛——马尾松的针叶。满地碧绿，一室松香。昆明风俗，亦如别处，初一至初五不扫地——扫地就把财气扫出去了。铺了松毛不唯有过节气氛，也显得干净。

昆明城外，遍地皆植马尾松，松毛易得。

贴唐诗

昆明有些店铺过年不贴春联，贴唐诗。

昆明较小的店铺的门面大都是这样：下半截是砖墙，上半截是一排四至八扇木板，早起开门卸下木板，收市后上上。过年不卸板，版外贴万年红纸，上写唐诗各一首。此风别处未见。初一上街闲逛，沿街读唐诗，亦有趣。

劈甘蔗

春节街头常见人赌赛劈甘蔗。七八个小伙子，凑钱买一堆甘蔗，人备折刀一把，轮流劈。甘蔗立在地上，用刀尖压住甘蔗梢，急掣刀，小刀在空中画一圈，趁甘蔗未倒，一刀劈下。劈到哪里，切断，以上一截即归劈者。有人能一刀从梢劈通到根，围看的人都喝彩。

掷升官图

掷升官图几个人玩都可以。王方的皮纸上印回文的道道，两道之间印各种官职。每人持一铜钱。掷骰子，按骰子点数往里移动铜钱，到地后一看，也许升几级为某官，也可能降几级。升官图当时清代的玩意，因为有“笔帖式”这样的满官。至升为军机处大臣，即为赢家，大家出钱为贺。有的官是没有实权的，只是一种荣誉，如“紫禁城骑马”。我是很高兴掷到“紫禁城骑马”的，虽然只是纸上骑马，也觉得很风光。

嚼葛根

春节卖葛根。置木板上，上蒙湿了水的蓝布。葛根粗如人臂。

给毛把钱，卖葛根的就用薄刃快刀横切几片给你。葛根嚼起来有点像生白薯，但无甜味，微苦。本地人说，吃了可以清火。管它清火不清火，这东西我没有尝过（在中药店里倒见过，但是切成棋子块的），得尝尝，何况不贵。

载一九九三年二月七日《文汇报》

八仙

/

/

/

我的老师浦江清先生（他教过我散曲）曾写过一篇《八仙考》。这是国内讲八仙的最完备的一篇文章。本文的材料都是从浦先生的文章里取来的，可以说是浦先生文章的一个缩写本。所以要缩写，是因为我对八仙一直很有兴趣，而浦先生的文章见到的人又不很多。当然也会间出己意，说一点我的看法。

小时候到一个亲戚家去拜寿，是这家的老太爷的整生日，很热闹，寿堂布置得很辉煌。最使我发生兴趣的是供桌上一堂“八仙人”。泥塑的头，衣服是绢制的．真是栩栩如生，好看极了。我看了又看，舍不得离开。

八仙的形成大概在宋元之际。最初好像出现在戏曲里。元人杂剧如马致远《吕洞宾三醉岳阳楼》、谷子敬《吕洞宾三度城南柳》、岳伯川《吕洞宾度铁拐李岳》、范子安《陈季卿误上竹叶舟》，都提到八仙，只是八仙的名单与后世稍有出入。明初的周宪王《诚斋杂剧》中《群仙庆寿蟠桃会》第四折毛女唱：

（水仙子）这个是吕洞宾手把太阿携。这个是蓝采和身穿绿道衣。这个是汉钟离头挽双髽髻。这个是曹国舅拿着笊篱。这个是韩湘子将造化能移。这个是白髭髯唐张果。这个是皂罗衫铁拐李。这个是徐神翁喜笑微微。

除了缺一名何仙姑（多了一位徐神翁），与今天流传的已无区别。稍后，八仙出现在绘画里。王世贞《题八仙像后》云："八仙者，钟离、李、吕、张、蓝、韩、曹、何也。不知其会所由始，亦不知其画所由始。余所睹仙迹及图史亦详矣，凡元以前无一笔，而我明如冷起敬、吴伟、杜董稍有名矣亦未尝及之。"更后，八仙就成为工艺美术的重要题材，凡瓷器、木雕、漆画、泥塑、面人、刺绣、剪纸，无不有八仙。不但八仙的形象为人熟悉，就是他们所持的"道具"，大家也都一望就知道：汉钟离的芭蕉扇、吕洞宾的宝剑、张果老的渔鼓简板、韩湘子的笛子、蓝采和的花篮、何仙姑的荷花、铁拐李的葫芦、曹国舅的拍板。这八样东西成了八位仙人的代表。这在工艺上有个专用名称，叫作"小八仙"。"小八仙"往往用飘舞的绸带装饰，这样才好看，也才有仙意。我曾在内蒙的一个喇嘛庙的墙壁上看到堆塑出来的"小八仙"，这使我很为惊奇了：八仙和喇嘛教有什么关系呢？后来一想：大概修庙的工匠是汉人，他就不管三七二十一，把他所熟悉的装饰图样安到喇嘛庙的墙上来了。喇嘛们也不知道这是什么东西，糊里糊涂地就接受了。于此可见八仙影响之广。中国人不认得八仙的大概很少。“八仙过海，各显其能”，“一个人唱不了《八仙庆寿》”已经成为家喻户晓的民间俗话。如果没有八仙，中国的民间工艺就会缺了一大块，中国人的精神生活也会缺了一块。

八仙是一个仙人集体，一个八人小组，但是他们之间其实没有多大关系。他们不是一个时代，也不是一个地方的人。他们不是一同成仙得道的。他们有个别的人有师承关系，如汉钟离和吕洞宾，吕洞宾和铁拐李，大多数并没有。比如何仙姑和韩湘子，可以说毫不相干。不知道这八位是怎样凑到一起的。因此像王世贞那样有学问的人，也“不知其会所由始”。

这八位，原来都是单个的仙人。

张果老比较实在，大概曾经有过这样一个人，其人见于正史，他是唐玄宗时人，隐于中条山，应明皇诏入朝，道号通玄先生。《旧唐书》《新唐书》皆入方士传，但是所录亦已异常。他的著名故事是骑驴。他乘一白驴，日行万里，休则折叠之，其厚如纸，置于巾箱中，乘则以水噀之，还成驴矣。这怎么可能呢？然而它分明写在“正史”里！大概唐玄宗好道，于是许多奇奇怪怪，不近情理的事，虽史臣也不得不相信。这以后，张果老和驴遂分不开了。单幅的张果画像，大都骑驴。若是八仙群像，他大都也是地下走，因为画驴太占地方。别人都走着，他骑驴，也未免特殊化。单幅画张果老，往往画他倒骑毛驴。这实在是民间的一大创造。毛驴倒骑，咋走呢？这大概是有寓意的。倒骑，表示来去无定向，任凭毛驴随意地走，走到哪里算哪里，这样显出仙人的洒脱；另外，倒骑，是向后看。不看前而看后，有一点哲学的意味了。总之张果老倒骑毛驴，是可以使老百姓失笑，并且有所解悟的。至于此老何时从赵州桥上过，并在桥石上留下一串驴蹄的印迹，则不可考。“张果老骑驴桥上走”，《小放牛》的歌声传唱了有多少年了？

八仙里最出风头的是吕洞宾。吕洞宾据说名巖，大概是残唐五代时的人，读过书，屡举进士不第，后来学了道。元曲里关于他的仙迹特多，大都是度人。他后来，到了元朝，被王重阳创立的全真教（全真教为道教的一派，即北京的白云观邱处机所信奉的那一派）的宗师，地位很高了。不少地方都有他的专祠。山西的永乐宫就是他的专祠之一。著名的永乐宫壁画，画的就是此公的事迹。他俨然成了八人小组的小组长。他的出名是在岳州，即今岳阳。岳阳楼挹洞庭之胜，加以范仲淹作记，名重天下。“先天下之忧而忧，后天下之乐而乐”，千古名句。于是有人造出仙迹，说是吕洞宾曾在城南古寺留诗。诗共两首，被人传诵的是：

朝游鄂渚暮苍梧，
袖有青蛇胆气粗。
三醉岳阳人不识，
朗吟飞过洞庭湖。

诗写得真不赖，于仙风道骨之中含豪侠之气，但也有人怀疑这是江湖间人乘醉而作的奇纵之笔，未必真是仙迹。他的出名和汤显祖的《邯郸梦》很有关系。《三醉》一折慷慨淋漓，声容并茂，是冠生的名曲。民间流传他曾三戏白牡丹，在他的形象上加了一笔放荡的色彩。总之，他是一位风流倜傥的仙人，很有诗人气质。他的诗人气质是为老百姓所理解的，并且是欣赏的。

何仙姑一说是广州增城人，一说是永州人，总之是南方人——她和张果老交谈大概是相当费事的。十四五岁时梦见神人教她食云母粉，一说是遇到仙人给了她枣子吃，一说是给了她桃子吃，于是“不饥无漏”。既不要吃东西，又不用解大小便，实在是省事得很。一说给她桃子吃的就是吕洞宾。她的本事只是能“言人休咎”。没有什么稀奇。她的出名和汤显祖也是有关系的。汤显祖《邯郸梦》写吕洞宾度卢生，即有名的“黄粱梦”故事。吕度卢生，事出有因。东华帝君敕修蓬莱山门，门外蟠桃一株，时有浩劫刚风，等闲吹落花片，塞碍天门。先是吕洞宾度得何仙姑在天门扫花，后奉帝君旨，何姑证入仙班，需再找一人，接替何姑扫花之役，吕洞宾这才往赤县神州去度卢生。何仙姑扫花，纯粹是汤显祖想象出来的，以前没有人这样说过。不过《扫花》一折，词曲俱美，于是便流传开了。何仙姑送吕洞宾下凡，叮咛嘱咐，叫他早些回来，使人感到有一种说不出来的感情。“错教人遗恨碧桃花”，这说的是什么呢？腔也很软，很绵缠的。

汉钟离说不清是汉朝人还是唐朝人。一般都说他复姓钟离，名权。他是个大汉，梳着两个鬏髻，“虬髯蓬鬓，睥睨物表”，相貌长得很不错。据说他会写字，写的字当然是龙飞凤舞，飘飘然很有仙人风度。他不知怎么在全真教的系统上变为东华帝君的大弟子，纯阳吕真人之师。到元世祖至元六年封赠“正阳开悟传道真君”，元武宗至大元年加赠“正阳开悟垂教帝君”，头衔极阔。但是实际上他并无任何事迹可传。他为什么拿一把芭蕉扇？大概是因为他块儿大，怕热。

现在画里的蓝采和是个小孩子，很秀气，在戏里是用旦角扮的，以致赵瓯北竟以为他是女的，这实在是一大误会。他的事迹最早见于沈汾的《续仙传》。沈氏原传略云：“蓝采和不知何许人也。常衣破蓝衫，六銙黑木腰带阔三寸余，一脚着靴，一脚跣行。夏则衫内加絮，冬则卧于雪中，气出如蒸。每行歌于城市乞索，持大拍板长三尺余。……行则振靴，言曰：‘踏踏歌，蓝采和，世界能几何？红颜一春树，流年一掷梭！古人混混去不返，今人纷纷来更多。朝骑鸾凤到碧落，暮见桑田生白波。长景明晖在空际，金银宫阙高嵯峨。’……”大概此人本是一个行歌的乞者。他用“踏踏歌，蓝采和”作为歌曲的开头，是可能的。“蓝采和”是没有意义的泛声，类似近世的“呀呼嗨”。沈汾所录歌词一看就是文人的手笔。浦先生说：“好事者目为神仙，文人足成乐府。”极有见地。此人的相貌装束原本是相当邋遢的，后来不知怎么变俊了。他的大拍板也借给别人了，却给他手里塞了一个花篮。为什么派给他一个花篮，大概后人以为他姓蓝或篮，正如让何仙姑手执一朵荷花一样。

八仙里铁拐李的形象最为奇特。他架着单拐，是个跛子。他的来历有两种说法。元人杂剧以为他本姓岳，名寿，在郑州做都孔目，因忤韩魏公惊死，吕洞宾使他借李屠的尸首还了魂，度登仙篆。《东游记》则说他姓李名玄，得道以后，离魄朝山，命他的徒弟守尸，说明七天回来，而其徒守到六天，母亲病了，他要回家，就把李玄的尸首焚化了。李玄没法，只好借一饿殍还魂。总之，他原来不是这模样。现在的铁拐李具有二重性：别人的躯壳，他的灵魂。一个人借了别人的躯体而生活着，这将如何适应呢，实在是难以想象。

又有一说，他本来就跛，他姓刘。赵道一《真仙通鉴》有其传，略云："刘跛子，青州人也，拄一拐，每一岁，必一至洛中看花。……陈莹中素爱之，作长短句赠之曰：'槁木形骸，浮云身世，一年两到京华。又还乘兴，闲看洛阳花。闻道鞓红最好，春归后，终委泥沙。忘言处，花开花谢，不似我生涯。年华，留不住，饥餐困寝，触处为家。这一轮明月，本自无瑕。随分冬裘夏葛，都不会，赤火黄芽。谁知我，春风一拐，谈笑有丹砂。'""春风一拐"，大是妙语！至于他怎么又姓了李呢，那就不晓得了。吁，神仙之事，难言之矣！

韩湘子是韩愈的侄子或侄孙。他的奇迹是"能开顷刻花"。他曾当着韩愈，取土以盆覆之，良久花开，乃碧花二朵，似牡丹差大，于花间拥出金字一联云："云横秦岭家何在，雪拥蓝关马不前。"韩愈不解是什么意思。后来韩愈以谏佛骨事贬潮州，一日途中遇雪，有一人冒雪而来，乃湘子也。湘子说："还记得花上句么，就是说的今天的事。"韩愈问这是什么地方，正是蓝关。韩文公嗟叹久之，说："我给你把诗补全了吧！"诗曰："一封朝奏九重天，夕贬潮阳路八千。本为圣朝除弊事，岂将衰朽惜残年？云横秦岭家何在，雪拥蓝关马不前。知汝远来应有意，好收吾骨瘴江边。”

元曲里有《蓝关记》。大概此类剧本还不少。韩文公是被韩湘子度脱的。韩愈一生辟佛，也不会信道，说他得度，实在冤枉。此类剧本，未免唐突先贤，因此臧晋叔的《元曲选》里不收。

八仙里顶不起眼的，是曹国舅。他几乎连一个名字都没有。有人查出，他大概叫曹佾。因为他是宋朝人，宋朝当国舅的只有这么一个曹佾。但是老百姓并不知道，多数老百姓连这个“佾”字也未必认识（这个字字形很怪）！他有什么事迹么？没有的。只知道“美仪度”，手里拿一个笊篱，化钱度日。用笊篱化钱，不知有什么讲究。除了曹国舅，别人好像没有这样干过。笊篱这东西和仙人实在有点“不搭界”，拿在手里也不大好看，南方人甚至有人不知道这是啥物事，于是便把蓝采和的大拍板借给他了，于是他便一天到晚唱曲子，蛮写意。

八仙的形象为什么流传得这样广？

八仙的形成与戏曲是有关系的。元代盛行全真教，全真教几乎成了国教。元曲里有“神仙道化”一科，这自然是受了全真教的影响。八仙和全真教的关系是密切的（吕洞宾、汉钟离都是祖师），但又不是那么十分密切。传说中的八仙故事和全真教的教义——以“澄心定意、抱元守一、存神固气”为“真功”，“济贫拔苦、先人后己、与物无私”为“真行”，实在说不上有多少内在的联系。对八仙有感情的人未必相信全真教。在全真教已经不很盛行的时候，八仙的形象也并没有失去光彩。这恐另有原因在。

原来这和祝寿是很有关系的。中国人的生活理想很重要的一条是长寿——不死。中国人是现实的，他们原来不相信天国，也不信来生，他们只愿意在现世界里多活一些时候，最好永远地活下去。理想的人物便是八仙。八仙有一个特点，即他们都是“地仙”，即活在地面上的神仙，也就是死不了的活人。他们是不死的，因此请他们来为生人祝寿，实在是最合适不过。八仙戏和庆寿关系很密切。胡应麟《少室山房笔丛》考八仙云：“今所见庆寿词尚是元人旧本。”周宪王编过两本庆寿剧。其《瑶池会八仙庆寿》第四折吕洞宾唱：

（水仙子）汉钟离遥献紫琼钩，张果老高擎千岁韭，蓝采和漫舞长衫袖，捧寿面的是曹国舅。岳孔目这铁拐拄护得千秋，献牡丹的是韩湘子。进灵丹的是徐信守。贫道呵，满捧着玉液金瓯。

这唱的是给王母娘娘祝寿，实际上是给这一家办生日的“寿星”祝寿。我的那家亲戚的寿堂供桌上摆设着八仙人，其意义正是如此。

活得长久，当然很好。但如果活得很辛苦，那也没有多大意思，成了“活受”。必须活得很自在，那才好。谁最自在？神仙。“自在神仙”，“神仙”和“自在”几乎成了同义语。你瞧瞧八仙，那多自在啊！他们不用种地，不用推车挑担，也不用买卖经商，云里来，雾里去，扇扇芭蕉扇，唱唱曲子，吹吹笛子，耍耍花篮……他们不忧米盐，只要吃点鲜果，而且可以“不饥无漏”，嘿，那叫一个美，真是“神仙过的日子”！咱们凡人怎么能到得这一步呀！我简直地说：八仙是我们这个劳苦的民族对于逍遥的生活的一种缥缈的向往。我们的民族太苦了啊，你能不许他们有一点希望吗？我每当看到陕北剪纸里的吕洞宾或铁拐李，总是很感动。陕北呀，多苦呀，然而他们向往着神仙。因此，我不认为八仙在我们的民族心理上是一个消极的因素。

八仙何以是这八位？这没有什么道理可讲。中国人对数字有一种神秘观念，八是成数，即多数。以八聚人，是中国人的习惯。陶渊明《圣贤群辅录》列举了很多“八”，八这个，八那个。古代的道教里大概就有八仙。四川有“蜀八仙”。杜甫有《饮中八仙歌》。既云“饮中八仙”，当还有另外的八仙。到了元朝以后，因为已经有了这几位仙人的单独的故事流传，数一数，够八个了，便把他们组织了起来。把他们组织在一起，是为了画面的好看，王世贞《题八仙像后》云：“意或庸妄画工合委巷丛俚之谈，以是八公者，老则张，少则蓝、韩，将则钟离，书生则吕，贵则曹，病则李，妇女则何，为各据一端以作滑稽观耶！”“各据一端作以滑稽观”，这揣测是近情理的。这八个人形象不同，放在一起，才能互相配衬，相得益彰。王世贞说这是“庸妄画工”搞出来的。“庸妄画工”，说得很不客气。但这是民间艺人的创造，则似可信。这组群像不大像是画院的待诏们的构思。也许这最初是戏曲演员弄出来的，为了找到各自不同的扮相。八仙究竟是先出现于戏曲，还是先出现于民间绘画呢？这不好说。我倾向于先出现于戏曲。不过他们后来成为工艺美术的重要题材，戏曲里反而不多见了，则是事实。

八仙在美术上的价值似不如罗汉。除了张果老、吕洞宾、铁拐李，个性都不很突出。就中最值得注意的是铁拐李。宋元人画单幅的仙人图以画铁拐李的为多，他的形象实在很奇特：浓眉，大眼，大鼻子，秃头，脑后有鬈发，下巴上长了一丛乱七八糟的连鬓胡子，驼背，赤足，架着一支拐，胳臂和腿部的肌肉都很粗壮，长了很多黑毛，手指头脚趾头都很发达。他常常背了一个大葫芦，葫芦口冒出一股白气，白气里飞着几个红蝙蝠，他便瞪大了眼睛瞧着这几个蝙蝠。他是那样丑，又那样美；那样怪，又那样有人情。中国的神、仙、佛里有几个是很丑而怪的。铁拐李和罗汉里的宾头卢尊者、钟馗以及后来的济公，属于一类。以丑为美，以怪为美，这在中国人的审美观念里是一个值得研究的现象。

一九八五年八月十八日

罗汉

/
/
/

家乡的几座大寺里都有罗汉。我的小学的隔壁是承天寺，就有一个罗汉堂。我们三天两头于放学之后去看罗汉。印象最深的是降龙罗汉——他睁目凝视着云端里的一条小龙；伏虎罗汉，——罗汉和老虎都在闭目养神；和长眉罗汉。大概很多人都对这三尊罗汉印象较深。昆曲（时调）《思凡》有一段“数罗汉”，小尼姑唱道：

降龙的恼着我，
伏虎的恨着我，
那长眉大仙愁着我：
说我老来时，有什么结果！

她在众多的罗汉中单举出来的，也只是这三位。——她要是挨着个儿数下去，那得数多长时间！

罗汉原来是十六个，傅贯休所画“十六应真”即是十六人，后来加上布袋和尚和一个什么什么尊者——罗汉的名字都很难念，大概是古梵文音译，这就成了通常说的“十八罗汉”。李龙眠画“罗汉渡江”就已经是十八人了。不知道从什么时候起这队伍扩大了，变成了五百罗汉。有些寺里在五百塑像前各竖了一个木牌，墨书某某某某尊者，也不知从哪里查考出来的。除了写牌子的老和尚，谁也弄不清此位是谁。有的寺里，比如杭州的灵隐寺竟把济公活佛也算在里头，这实在有点胡来了。

罗汉本是印度人，贯休的“十六应真”就多半是深目高鼻且长了大胡子，后来就逐渐汉化。许多罗汉都是个中国和尚。

罗汉大致有两种。一种是装金的，多半是木胎。“五百罗汉”都是装金的。杭州灵隐寺、苏州××寺（忘寺名）、汉阳归元寺，都是。装金罗汉以多为胜，但实在没有什么看头，都很呆板，都差不多，其差别只在或稍肥，或精瘦。谁也没有精力把五百个罗汉一个一个看完。看了，也记不得有什么特点。一种是彩塑。精彩的罗汉像都是彩塑。

我所见过的中国精彩的彩塑罗汉有这样几处；一是昆明筇竹寺。筇竹寺的罗汉与其说是现实主义的不如说是一组浪漫主义的作品。它的设计很奇特。不是把罗汉一尊一尊放在高出地面的台子上，而是于两壁的半空支出很结实的木板，罗汉塑在板上。罗汉都塑得极精细。有一个罗汉赤足穿草鞋，草鞋上的一根一根的草茎都看得清清楚楚，跟真草鞋一样。但又不流于琐细，整堂（两壁）有一个通盘的，完整的构思。这是一个群体，不是各自为政。十八人或坐或卧，或支颐，或抱膝，或垂眉，或凝视，或欲语，或谛听，情绪交流，彼此感应，增一人则太多，减一人则太少，气足神完，自成首尾。另一处是苏州紫金庵。像比常人小，身材比例稍长，面目清秀。这些罗汉好像都是苏州人。他们都在安静沉思，神情肃穆。如果说筇竹寺罗汉注意外部筋骨，颇有点流浪汉气，紫金庵的罗汉则富书生气，性格内向。再一处是泰山后山的宝善寺（寺名可能记得不准确）。这十八尊是立像，比常人高大，面形浑朴，是一些山东大汉，但塑造得很精美。为了防止参观的人用手扪触，用玻璃龛罩了起来，但隔着玻璃，仍可清楚地看到肌肉的纹理，衣饰的刺绣针脚。前三年在苏州甪直看到几尊较古的罗汉。原来有三壁。东西两壁都塌圮了，只剩下正面一壁。这一组罗汉构思很有特点，背景是悬崖，罗汉都分散地趺坐在岩头或洞穴里（彼此距离很远）。据说这是梁代的作品，正中高处坐着的戴风帽着赭黄袍子的便是梁武帝，不知可靠否，但从衣纹的简练和色调的单纯来看，显然时代是较早的。据传紫金庵罗汉是唐塑，宝善寺、筇竹寺的恐怕是宋以后的了。

罗汉的塑工多是高手，但都没有留下名字来，只有北京香山碧云寺的几尊，据说是刘銮塑的。刘銮是元朝人，现在北京西四牌楼东还有一条很小的胡同叫作“刘銮塑”，据说刘銮原来就住在这里，但是许多老北京都不知道有这样一条名字奇怪的胡同，更不知道刘銮是何许人了。像传于世，人不留名，亦可嗟叹。

中国的雕塑艺术主要是佛像，罗汉尤为杰出的代表。罗汉表现了较多的生活气息，较多的人性，不像三世佛那样超越了人性，只有佛性。我们看彩塑罗汉，不大感觉他们是上座佛教所理想的最高果位，只觉得他们是一些人，至少比较接近人，他们是介乎佛、菩萨和人之间的那么一种理想的化身，当然，他们也是会引起善男子、善女人顶礼皈依的虔敬感的。这是一宗非常重要的文化遗产，不论是从宗教史角度、美术史角度乃至工艺史角度、民俗学角度来看。我们对于罗汉的重视程度是很不够的。紫金庵、筇竹寺的罗汉曾有画报介绍过，但是零零碎碎，不成个样子。我希望能有人把几处著名的罗汉好好地照一照相，要全，不要遗漏，并且要从不同角度来拍，希望印一本厚厚的画册：《罗汉》；希望有专家能写一篇长文作序，当中还要就不同寺院的塑像，不同问题写一些分论；我希望能把这些罗汉制成幻灯片，供研究用，供雕塑系学生学习用，供一般文化爱好者欣赏用。

六月十三日

载一九九八年第一期《收获》

城隍·土地·灶王爷

城隍，《辞海》“城隍”条云：“护城河。”引班固《两都赋序》：“京师修宫室，浚城隍，起苑囿，以备制度。”既说是浚，当有水。但同书“隍”字条又注云：“没有水的护城壕。”到底是有水没有水？姑且不去管它，反正，城隍后来已经成为神。说是守护城池的神也可以，更准确一点，应说是坐镇一方之神。据《辞海》，最早见于记载的为芜湖城隍，建于三国吴赤乌二年。北齐慕容俨在郢城建城隍神祠一所。唐代以来郡县皆祭城隍。后唐清泰元年封城隍为王。宋以后祀城隍习俗更为普遍。明太祖洪武三年正式规定各府州县的城隍神，并加以祭祀。为什么历代这样重视城隍，以至朱元璋于立国之初就为此特别下了一个红头文件？

乾隆十七年，郑板桥在知潍县事任内曾修葺过潍县的城隍庙，撰过一篇《城隍庙碑记》。我曾见过拓本。字是郑板桥自己写的，写得很好，虽仍有“六分半书”笔意，但是是楷书，很工整，不似“乱石铺阶”那样狂气十足。这篇碑文实在是绝妙文章：

> ……故仰而视之，苍然者天也；俯而临之，块然者地也。其中之耳目口鼻手足而能言，衣冠揖让而能礼者，人也。岂有苍然之天而又耳目口鼻而人者哉？自周公以来，称为上帝，而俗世又呼为玉皇。于是耳目口鼻手足冕旒执玉而人之；而又写之以金，范之以土，刻之以木，琢之似玉；而又从之以妙龄之官，陪之以武毅之将。天下后世，遂裒裒然从而人之，俨在其上，俨在其左右矣。至如府州县邑皆有城，如环无端，齿齿啮啮者是也；城之外有隍，抱城而流，汤汤汩汩者是也。又何必乌纱袍笏而人之乎？而四海之大，九州之众，莫不以人祀之；而又予之以祸福之权，授之以死生之柄；而又两廊森肃，陪以十殿之王；而又有刀花、剑树、铜蛇、铁狗、黑风、蒸钖以俱之。而人亦裒裒然从而惧之矣。非唯人惧之，吾亦惧之。每至殿庭之后，寝宫之前，其窗阴阴，其风吸吸，吾亦毛发竖慄，状如有鬼者，乃知古帝三神道设教不虚也。……

这是一篇写得曲曲折折的无神论。城，城也；隍，河也，“又何必乌纱袍笏而人之乎？”这已经说得很清楚。然而大家都“以人祀之；而又予之以祸福之权，授之以死生之柄”，“予之”“授之”，很可玩味。神本无权，唯人授之，这种"神权人授"的思想很有进步意义。谁授予神这样的权柄呢？下文自明。不但授之以权，而且把城隍庙搞得那样恐怖，人亦褎褎然从而惧之。“非唯人惧之，吾亦惧之矣”，这句话说得很幽默。郑板桥是真的害怕了吗？城隍庙总是阴森森，“吾亦毛发竖慄，状如有鬼者”，郑板桥是真觉得有鬼么？答案在下面：“乃知古帝王神道设教不虚也”，郑板桥对古帝王的用心是一清二楚的。但是郑板桥并未正面揭穿（这怎么可能呢），而且潍县的城隍庙是在他的倡议下，谋于士绅而葺新的，这真是最大的幽默！我们对于明清之后的名士的思想和行事，总要于其曲曲折折处去寻绎。不这样，他们就无法生存。我一向觉得板桥的思想很通达，不图其通达有如此。

我们县里的城隍庙的历史是颇久的，有两棵粗可合抱的白果（银杏）树为证。庙相当大，两进大殿，前殿和后殿。前殿面南坐着城隍老爷，也称城隍菩萨，这与佛教的“菩提萨埵”无关，中国的老百姓是把一切的神都可称为菩萨的，叫“老爷”时多。发亮的油白大脸，长眉细目，五绺胡须。大红缎地平金蟒袍。按说他只是县团级，但是派头却比县知事大得多，县官怎么能穿蟒呢？而且封了爵，而且爵位甚高，“敕封灵应侯”。如此僭越，实在很怪。他们职权是管生死和祸福。人死之后，即须先到城隍那里挂一个号。京剧《琼林宴》范仲禹的唱词云：“在城隍庙内挂了号，在土地祠内领了回文”。城隍庙正殿上有几块匾，除了“威灵显赫”之类外，有一块白话文的特大的匾，写的是“你也来了”。我们二伯母（我是过继给她的）病重，她的母亲（我应该叫她外婆）有一天半夜里把我叫起来，把我带到城隍庙去。我迷迷糊糊地去了。干什么？去“借寿”，即求城隍老爷把我的寿借几年（好像是十年）给二伯母。半夜里到城隍庙里去，黑咕隆咚的，真有点怕人。我那时还小，借几年就借几年吧，无所谓，而且觉得这是应该的。到城隍老爷那里去借寿，我想这是古已有之的习俗，不是我的外婆首创，因为所有仪注好像都有成规。不过借寿并不成功，我的二伯母过了两天还是死了。

我们那旦的城隍庙有一个特别处，即后殿还有一个神像，也是五绺长须，但穿着没有城隍那样阔气。这位神也许是城隍的副手。他的名称很奇怪，叫“老戴”。城隍和老戴之间好像有个什么故事的，我忘了。

正殿前的两廊塑着各种酷刑行刑时的景象，即板桥碑记中所说的“刀花、剑树……”我们那里的城隍庙所塑的是上刀山、下油锅、锯人、磨人等等，一共七十二种酷刑，谓之“七十二司”，这“司”是阴司的意思。七十二司分为十个相通连的单间，左廊右廊各五间。每一间有一个阎王，即板桥所说的“十王”。阎王是“王”，应该是“南面而王”，坐在正面。《聊斋·陆判》所说的十王殿的十王大概是坐在正面的，但多数的十王都是屈居在两廊，变成了陪客，甚至是下属了。我们县里的城隍庙、泰山廊都是这样。中国诸神的品级官阶也乱得很。十王中我只记得一个秦广王，其余的，对不起，全忘了。《玉历宝钞》上好像有十王的全部称号，且各有像（虽然都长得差不多），不难查到的。

城隍庙正殿的对面，照例有一座戏台。郑板桥碑记云：“岂有神而好戏者乎？是又不然。《曹娥碑》云：‘盱能抚节安歌，婆娑乐神’，则歌舞迎神，古人已累有之矣。诗云：‘琴瑟击鼓，以迓田祖’，夫田果有祖，田祖果爱琴瑟，谁则闻之？不过因人心之报称，以致其重叠爱媚于尔大神尔。今城隍既以人道祀之，何必不以歌舞之事娱之哉！”郑板桥这里说得有点不够准确。歌舞最初是乐神的，因为他是神，才以歌舞乐之，这是“神道”，并不是因为以人道祀之，才以歌舞之事娱之。到了后来，戏才是演给人看的，但还是假借了乐神的名义。很多地方的戏台都在庙里，都是“神台”。我们县城隍庙的戏台是演戏的重要场地，我小时看的许多戏都是站在戏台与正殿之间的砖地上看的。看的都是“大戏”，即京剧。但有一次在这个戏台上也演过梅花歌舞团那样的歌舞，这种节目演给城隍老爷看，颇为滑稽。

每年七月半，城隍要出巡，即把城隍的大驾用八抬大轿抬出来，在城里的主要街道上游一游。城隍出巡，前面是有许多文艺表演节目的，叫做“会”，许多地方叫“赛会”“出会”，我们那里叫“迎会”。参与迎会的，谓之“走会”。我乡迎会的情形，我在小说《故里三陈·陈四》中有较详细的描述，不赘。各地赛会，节目有同有异，高跷、旱船，南北皆有。北京的“中幡”“虎棍”，我们那里没有。我们那里的“站高肩”，北方没有。

城隍的姓名大都无可稽考，但也有有案可查的。张岱《西湖梦寻·城隍庙》载：“吴山城隍庙，宋以前在皇山，旧名永固，绍兴九年徙建于此。宋初，封其神，姓孙名本。永乐时封其神为周新。”周新本是监察御史，弹劾敢言，被永乐杀了。“一日上见绯而立者，叱之，问为谁，对曰：‘臣新也，上帝谓臣刚直，使臣城隍浙江，为陛下治奸贪吏。’言已不见，遂封为浙江都城隍。”这当然只是传说，永乐帝不会白日见鬼。但这记载说明一个问题，即城隍由上帝任命后，还得由人间的皇帝加封，否则大概是无效的。

“都城隍”之名他书未见。周新是个省级城隍，比州、府、县的城隍要大，相当于一个巡抚了。都城隍不是各省都有。

《聊斋志异》以《考城隍》为全书第一篇，评书者都以为有深意焉，我看这只是寓言，寄托蒲松龄认为所有的官都应该考一考的愤慨耳。他说这是“予姊夫之祖宋公讳焘”的事情，宋焘亦未必有其人。

土地即社神。《风俗编·神鬼》：“凡今社神，俱呼土地。”其所管的地面是不大的，大体相当于明清的坊——凡土地都称为“当坊土地”，解放前的一个保。我家所住的一条街上，街的中段和东段即有两座土地祠。《聊斋·王六郎》中王六郎后为招远县邬镇土地，管一个镇，也差不多。到了乡下，则随便哪个田头，都可立一个土地庙。《王六郎》是一篇写得很美的小说，文长，不具引。土地本也应是有名有姓的，但人都不知道。王六郎只名王六郎，那倒是因为他本没有名字，只是姓王，叫人“相见可呼王六郎”。他当了土地，仍叫王六郎么？这不免有失官体。有一位土地的名字倒是为人所知的，是北京国子监的土地，此人非别，乃韩愈也！韩愈当过国子祭酒，与国子监有点老关系，但让他当国子监的土地爷，实在有点不大像话。我曾看过国子监的土地祠，比一架自鸣钟大不了多少。

河北农村有俗话：“别拿土地爷不当神仙！”事实上人们对土地爷是不大尊重的。土地祠（或称庙）很简陋，香火冷落，乡下给土地爷上供的只是一块豆腐。《西游记》孙悟空到了一处，遇到妖怪，不知是什么来头，便把土地召来，二话不说，叫土地老儿先把孤拐伸出来叫老孙打五百棍解闷。孙悟空对土地的态度实即是吴承恩对土地的态度，也是老百姓对土地的态度：不当一回事。因为，他是最小的神，或神里最小的官。

我们县别有都土地，那可不一样了。都土地祠亦称都天庙，连庙所在的那条巷子也叫都天庙巷。都天庙和城隍庙不能相比，小得多，但也有殿有庑。殿上坐着都土地，比城隍小一号，亦红蟒，亦面长圆而白亮，无五绺须。我的家乡把长圆而肥白的脸叫做“都天脸”，此专指女人的面相，男人这样的脸很少，不知道为什么没有人说“城隍脸”。都土地管辖地界大致相当于一个区。他的封爵次于城隍一等，是“灵显伯”。父老相传，我所住的北城的都土地是张巡。张巡怎么会跑到我的家乡来当一个区长级的都土地呢？这里既不是他的家乡（河南南阳），又不是他战死的地方（河南睢阳）。说北城都土地是张巡，根据是什么？有这样一个在安史之乱时和安禄山打仗，城破而死的有名的忠臣当都土地，我们那一区的居民是觉得很光荣的。都土地也不是每个区都有。

土地城隍属于一个系统，他们的关系是上下级，如图：

土地→都土地→城隍→都城隍

都城隍的上面是什么呢？没有了，好像是一直通到玉皇大帝。土地的下面呢？也没有了，因为土地祠里并未塑有衙役皂隶。他们是上下级，是不是要布置任务，汇报工作？也许要的，但是咱们不知道。

祭灶的起源盖甚早。

《史记·孝武本纪》：“是时而李少君亦以祠灶、谷道、却老方见上，上尊之”。《索隐》：“如谆云：‘祠灶可以致福。’案：礼灶者，老妇之祭，盛于盆，尊于瓶。”这最初本是“老妇之祭”。晋代宗懔《荆楚岁时记》：“按礼器，灶者老妇之祭，‘尊于瓶，盛于盆’，言以瓶为樽，盆盛馔也”，意思是拿瓶子当酒樽，用盆盛食物。老妇大概没钱，用不起正儿八经的器皿，只好这样马马虎虎，因陋就简。

祭灶本是求福，是很朴素的愿望，到了方士的手里，就变得神乎其神起来。《史记·孝武本纪》：“少君言于上日：‘祠灶则致物，致物而丹沙可化为黄金，黄金成以为饮食器则益寿，益寿而海中蓬莱仙者可见，见之心封禅则不死，黄帝是也。’”从祠灶到不死，绕了这样大一个圈子，汉代的方士真能胡说八道！而汉武帝偏偏就相信这种胡说八道！

祭灶的礼俗一直相沿不替。唐、五代的材料我没有来得及查，宋代则讲风俗的书几乎没有一本不提到祭灶的。

《东京梦华录》：”十二月……二十四日交年，都人至夜请僧道看经，备酒果送神，烧合家替代钱纸，贴灶马于灶上，以酒糟涂抹灶门，谓之‘醉司命’。”

《梦粱录》：“十二月……二十四日，不以穷富，皆备蔬食饧豆祀灶。”

《武林旧事》：“……二十四日，谓之‘交年’，祀灶用花饧米饵，及烧替代及作糖豆粥，谓之‘口数’。”

祭灶的祭品不拘，但有一样东西是必有的：饧。饧是古糖字，指用麦芽或谷芽熬成的糖，熬干了，就成了关东糖。我们那里就叫做“灶糖”。为什么要请灶王爷吃关东糖？《抱朴子·微旨》：

“月晦之夜，灶神亦上天白人罪状。”原来灶王爷既是每一家的守护神，又是玉皇大帝的情报员——一个告密者。人在家里，不是公开场合，总难免说点错话，办点错事，灶王爷一天到晚窥听监视，这受得了吗！人于是想出一个高招，塞他一嘴关东糖，叫他把牙粘住，使他张不开嘴，说不出人的坏话。不过灶王爷二十三或二十四上天，到除夕才回来，在天上要呆一个星期，在玉皇大帝面前一句话也不说，玉皇大帝不觉得奇怪么？

以酒糟涂抹灶门，其用意与祭之以饧同，让他醉末咕咚的，他还能打小报告么？

灶王爷上天，是骑马去的。《东京梦华录》云：“贴灶马于灶上”。我们那里是用纸叠成一个小孩子折手工的纸马，祭毕烧掉。叠纸马照例是我们一个堂姐的事。这实在有点儿戏。

我们那里的孩子捉蜻蜓，红蜻蜓是不捉的，说这是灶王爷的马。灶王爷骑了这样的马——蜻蜓，上天？

把灶王爷送上天，谓之“送灶”。送灶的日期各地不一样。我们那里一般人家是腊月二十四。俗话说：“君（或军）三，民四，龟五。”按规定，娼妓家送灶应是二十五，不过妓女都不遵守。二十五送灶，这不等于告诉别人：我们家是妓女？北京送灶，则都在二十三。

到除夕，把灶王爷接回来，或谓之“迎灶”，我们那里叫做“接灶”。

谁参加祭灶？各地，甚至各家不一样。有的人家只许男的参加，女的不参加；有的人家则只有女的跪拜，男人不参与；我们家则男女都拜，先由男的拜，后由女的拜。我觉得应该由女的祭拜合适。女人一天围着锅台转，与灶王爷关系密切，而且，这本是“老妇之祭”，不关老爷们的事!

灶王爷是什么长相?《庄子·达生》：“灶有髻”，司马彪注：“髻，灶神，著赤衣，状如美女。”我见过木刻彩印的灶王像，面孔略圆，有二三十根稀稀疏疏的胡子，并不像美女，倒像个有福气的老封翁。我们家灶王龛里则只贴了一张长方的红纸，上写“东厨司爷定福灶君”。

灶王爷姓什么，叫什么?《荆楚岁时记》说他“姓苏名吉利”。不单他，连老婆都有名字：“妇姓王名抟颊”。但我曾看过一个华北的民间故事，说他名叫张三，因为做了见不得人的事，钻进了灶膛里，弄得一脸乌七抹黑，于是成了灶王。北京俗曲亦云：“灶王爷本姓张”。他到底叫什么?吁，鬼神之事，难言之矣。

城隍、土地、灶君是和中国人民大众生活关系最密切的神。

这些神是“古帝王”造出来的神话，是谣言，目的是统一老百姓的思想，是“神道设教”。

老百姓也需要这样的神。这些神的意象一旦为老百姓所掌握，就会变成一种自觉的、宗教性的、固执的力量。没有这些神，他们就会失去伦理道德的标准、是非善恶的尺度，失去心理平衡，惶惶然不可终日。我们县的城隍，在北伐的时候曾由以一个姓黄的党部委员为首的一帮热血青年用粗绳拉倒，劈成碎片。这触怒了城乡的许多道婆子。我们县有很多的道婆子，她们没有任何文化，只会念一句“南无阿弥陀佛”，是神就拜，念“南无阿弥陀佛”，不管这神是什么教的神。不管哪个庙的香期，她们都去，一坐一大片，叫做“坐经”。她们的凝聚力很大，心很齐。她们听说城隍老爷被毁了，“哈！这还行！”她们一人拿了一炷香，要把姓黄的党部委员的家烧掉。黄某事先听到消息，越墙逃走，躲藏了好多天。这帮道婆子捐钱募化，硬是重新造了一个城隍老爷，和原来的一样。她们的道理很简单：“怎么可以没有城隍老爷！”

愚昧是一种伟大的力量。

大多数人对城隍、土地、灶王爷的态度是“诚惶诚恐，不胜屏营待命之至”，但是也有人不是这样，有的时候不是这样。很多地方戏的“三小戏”都有《打城隍》《打灶王》，和城隍老爷、灶王爷开了点小小玩笑，使他们不能老是那样俨乎其然，那样严肃。送灶时的给灶王喂点关东糖，实在表现了整个民族的幽默感。

也许正是这点幽默感，使我们这个民族不致被信仰的铁板封死。

一九九〇年十二月八日

载一九九一年第四期《中国文化》

水母

在中国的北方，有一股好水的地方，往往会有一座水母宫，里面供着水母娘娘。这大概是因为北方干旱，人们对水有一种特殊的感情。为了表达这种感情，于是建了宫，并且创造出一个女性的水之神。水神之为女性，似乎是很自然的事，因为水是温柔的。虽然河伯也是水神，他是男的，但他惯会兴风作浪，时常跟人们捣乱，不是好神，可以另当别论。我在南方就很少看到过水母宫。南方多的是龙王庙。因为南方是水乡，不缺水，倒是常常要大水为灾，故多建龙王庙，让龙王来把水“治”住。

水母娘娘是一个很有特点的女神。

中国的女神的形象大都是一些贵妇人。神是人按照自己的样子创造出来的。女神该是什么样子呢？想象不出。于是从富贵人家的宅眷中取样，这原本也是很自然的事。这些女神大都是宫样盛装，衣裙华丽，体态丰盈，皮肤细嫩。若是少女或少妇，则往往在端丽之中稍带一点妖冶。《封神榜》里的女娲圣像，“容貌端丽，瑞彩翩翩，国色天姿，宛然如生；真是蕊宫仙子临凡，月殿嫦娥下世”，竟至使“纣王一见，神魂飘荡，陡起淫心”，可见是并不冷若冰霜。圣像如此，也就不能单怪纣王。作者在描绘时笔下就流露出几分遐想，用语不免轻薄，很不得体的。《水浒传》里的九天玄女也差不多：“头绾九龙飞凤髻，身穿金缕绛绡衣。蓝田玉带曳长裾，白玉圭璋擎彩袖。脸如莲萼，天然眉目映云鬟；唇似樱桃，自在规模端雪体。犹如王母宴蟠桃，却似嫦娥居月殿。”虽然作者在最后找补了两句：“正大仙容描不就，威严形象画难成”，也还是挽回不了妖艳的印象。——这二位长得都像嫦娥，真是不谋而合！倾慕中包藏着亵渎，这是中国的平民对于女神也即是对于大家宅眷的微妙的心理。有人见麻姑爪长，想到如果让她来搔搔背一定很舒服。这种非分的异想，是不难理解的。至于中年以上的女神，就不会引起膜拜者的隐隐约约的性冲动了。她们大都长得很富态，一脸的福相，低垂着眼皮，眼观鼻、鼻观心，毫无表情地端端正正地坐着，手里捧着“圭”，圭下有一块蓝色的绸帕垫着，绸帕耷拉下来，我想是不让人看见她的胖手。这已经完全是一位命妇甚至是皇娘了。太原晋祠正殿所供的那位晋之开国的国母，就是这样。泰山的碧霞元君，朝山进香的没有知识的乡下女人称之为“泰山老奶奶”，这称呼实在是非常之准确，因为她的模样就像一个呼奴使婢的很阔的老奶奶，只不过不知为什么成了神了罢了。——总而言之，这些女神的“成份”都是很高的。“文化大革命”中，有一位农民出身当了造反派的头头的干部，带头打碎了很多神像，其中包括一些女神的像。他的理由非常简单明了：“她们都是地主婆！”不能说他毫无道理。

水母娘娘异于这些女神。

水母宫一般都很小，比一般的土地祠略大一些。“宫”门也矮，身材高大一些的，要低了头才能走进去。里面塑着水母娘娘的金身，大概只有二尺来高。这位娘娘的装束，完全是一个农村小媳妇：大襟的布袄，长裤，布鞋。她的神座不是什么“八宝九龙床”，却是一口水缸，上面扣着一个锅盖，她就盘了腿用北方妇女坐炕的姿势坐在锅盖上。她是半侧着身子坐的，不像一般的神坐北朝南面对“观众”。她高高地举起手臂，在梳头。这“造型”是很美的。这就是在华北农村到处可以看见的一个俊俊俏俏的小媳妇，完全不是什么“神”！

她为什么会成了神？华北很多村里都流传着这样的故事：

有一家，有一个小媳妇。这地方没水。没有河，也没有井。她每天要到很远的地方去担水。一天，来了一个骑马的过路人，进门要一点水喝。小媳妇给他舀了一瓢。过路人一口气就喝掉了。他还想喝，小媳妇就由他自己用瓢舀。不想这过路人咕咚咕咚把半缸水全喝了！小媳妇想：这人大概是太渴了。她今天没水做饭了，这咋办？心里着急，脸上可没露出来，过路人喝够了水，道了谢。他倒还挺通情理，说：“你今天没水做饭了吧？”“嗯哪！”——你婆婆知道了，不骂你吗？”——“再说吧！”过路人说：“你这人——心好！这么着吧：我送给你一根马鞭子，你把鞭子插在水缸里。要水了，就把马鞭往上提提，缸里就有水了。要多少。提多高。要记住，不要把马鞭子提出缸口！记住，记住，千万记住！”说完了话，这人就不见了。这是个神仙！从此往后，小媳妇就不用走老远的路去担水了。要用水，把马鞭子提一提，就有了。这可真是“美扎”啦！

一天，小媳妇住娘家去了。她婆婆做饭，要用水。她也照着样儿把马鞭子往上提。不想提过了劲，把个马鞭子一下提出缸口了。这可了不得了，水缸里的水哗哗地往外涌，发大水了。不大会儿工夫，村子淹了！

小媳妇在娘家，早上起来，正梳着头，刚把头发打开，还没有挽上纂儿，听到有人报信，说她婆家村淹了，小媳妇一听：坏了！准是婆婆把马鞭子拔出缸外了！她赶忙往回奔。到家了，急中生计，抓起锅盖往缸口上一扣，自己腾地一下坐到锅盖上。嘿！水不涌了！

后来，人们就尊奉她为水母娘娘，照着她当时的样子，塑了金身：盘腿坐在扣在水缸上的锅盖上，水退了，她接着梳头。她高高举起手臂，是在挽纂儿哪！

这个小媳妇是值得被尊奉为神的。听到婆家发了大水，急忙就往回奔，何其勇也。抓起锅盖扣在缸口，自己腾地坐了上去，何其智也。水退之后，继续梳头挽纂儿，又何其从容不迫也。

水母的塑像，据我见到过的，有两种。一种是凤冠霞帔作命妇装束的，俨然是一位“娘娘”；一种是这种小媳妇模样的。我喜欢后一种。

这是农民自己的神，农民按照自己的模样塑造的神。这是农民心目中的女神：一个能干善良且俊俏的小媳妇。农民对这样的水母不缺乏崇敬，但是并不畏惧。农民对她可以平视，甚至可以谈谈家常。这是他们想出来的，他们要的神——人，不是别人强加给他们头上的一种压力。

有一点是我不明白的。这小媳妇的功德应该是制服了一场洪水，但是她的“宫”却往往有一股好水的源头，似乎她是这股水的赐予者，这到底是怎么回事呢？这个故事很美，但是这个很美的故事和她被尊奉为“水母”又有什么必然的关系呢？但是农民似乎不对这些问题深究。他们觉得故事就是这样的故事，她就是水母娘娘，无需讨论。看来我只好一直糊涂下去了。

中国的百姓——主要是农民，对若干神圣都有和统治者不尽相同的看法，并且往往编出一些对诸神不大恭敬的故事，这是很有意思的事。比如灶王爷。汉朝不知道为什么把“祀灶”搞得那样乌烟瘴气，汉武帝相信方士的鬼话，相信“祀灶可以致物”（致什么“物”呢？），而且“黄金可成，不死之药可至”。这纯粹是胡说八道。后来不知道怎么一来，灶王爷又和人的生死搭上了关系，成了“东厨司命定福灶君”。但是民间的说法殊不同。在北方的农民的传说里，灶王爷是有名有姓的，他姓张，名叫张三（你听听这名字！），而且这人是没出息的，他因为做了什么见不得人的事（什么事，我忘了）钻进了灶火里，弄得一身一脸乌漆墨黑，这才成了灶王。可惜我记性不好，对这位张三灶王爷的全部事迹已经模糊了。异日有暇，当来研究研究张三兄。

或曰：研究这种题目有什么意义，这和四个现代化有何关系？有的！我们要了解我们这个民族。

一九八四年六月二十三日

载一九八四年第十一期《北京文学》

半坡人的骨针

我这是第二次参观半坡，不像二十年前第一次参观时那样激动了。但我还是相当细致地看了一遍。房屋的遗址、防御野兽的深沟、烧制陶器的残窑、埋葬儿童的瓷棺……我在心里重复了二十年前的感慨——平平常常的、陈旧的感慨：我们的祖先就是这样生活下来的，他们生活得很艰难——也许他们也有快乐。人就是这样生活过来的。生活是悲壮的。

在文物陈列室里我看到石磷。我们的祖先就是用这种完全没有锋刃，几乎是浑圆的石磷劈开了大树。

我看到两根骨针。长短如现在常用的牙签，微扁，而极光滑。

这两根针大概用过不少次，缝制过不少件衣裳——那种仅能蔽体的、粗劣的短褐。磨制这种骨针一定是很不容易的。针都有鼻，一根的针鼻是圆的；一根的略长，和现在用的针很相似。大概略长的针鼻更好使些。

针是怎样发明的呢？谁想出在针上刻出个针鼻来的呢？这个人真是一个大发明家，一个了不起的聪明人。

在招待所听几个青年谈论生活有没有意义，我想，半坡人是不会谈论这种问题的。

生活的意义在哪里？就在于磨制一根骨针，想出在骨针上刻个针鼻。

兵马俑的个性

头一个搞兵马俑的并不是秦始皇。在他以前，就有别的王者，制造过铜的或是瓦的一群武士，用来保卫自己的陵墓。不过规模都没有这样大。搞了整整一师人，都与真人等大，密匝匝地排成四个方阵，这样的事，只有完成了“六王毕，四海一”的大业的始皇帝才干得出来。兵马俑确实很壮观。

面对着这样一个瓦俑的大军，我简直不知道对秦始皇应该抱什么感情。是惊叹于他的气魄之大，还是对他的愚蠢的壮举加以嘲笑?

俑之上，原来据说是有建筑的，被项羽的兵烧掉了。很自然的，人们会慨叹：“楚人一炬，可怜焦土。”

有人说始皇陵兵马俑是世界第八奇迹。

单个地看，兵马俑的艺术价值并不是很高。它的历史价值、文物价值，要比艺术价值高得多。当初造俑的人，原来就没有把它当作艺术作品，目的不在使人感动。造出后，就埋起来了，当时看到这些俑的人也不会多。最初的印象，这些俑，大都只有共性，即只是一个兵，没有很鲜明的个性。其实就是对于活着的士卒，从秦始皇到下面的百夫长，也不要求他们有什么个性，有他们的个人的思想、情绪。不但不要求，甚至是不允许的。他们只是兵，或者可供驱使来厮杀，或者被“坑”掉。另外，造一个师的俑，要来逐一地刻画其性格，使之互相区别，也很难。即或是把米开朗琪罗请来，恐怕也难于措手。

我很怀疑这些俑的身体是用若干套模子扣出来的。他们几乎都是一般高矮。穿的服装虽有区别（大概是标明等级的），但多大同小异。大部分是短褐，披甲，著裤，下面是一色的方履。除了屈一膝跪着的射手外，全都直立着，两脚微微分开，和后来的“立正”不同。大概那时还没有发明立正。如果这些俑都是绷直地维持立正的姿势，他们会累得多。但是他们的头部好像不是用模子扣出来的。这些脑袋是“活”的，是烧出来后安上去的。当初发掘时，很多俑已经身首异处；现在仍然可以很方便地从颈腔里取下头来。乍一看，这些脑袋都大体相似，脸以长圆形的居多，都梳着偏髻。年龄率为二十多岁，两眼平视，并不木然，但也完全说不上是英武，大都是平静的，甚至是平淡的，看不出有什么痛苦或哀愁——自然也说不上高兴。总而言之，除了服装，这些人的脸上寻不出兵的特征，像一些普通老百姓，“黔首”，农民。

但是细看一下，就可以发现他们并不完全一样。

有一个长了络腮胡子的，方方的下颏，阔阔的嘴微闭着，双目沉静而仁慈，看来是个老于行伍的下级军官。他大概很会带兵，而且善于驭下，宽严得中。

有一个胖子，他的脑袋和身体都是圆滚滚的（他的身体也许是特制的，不是用模子扣出来的），脸上浮着憨厚而有点狡猾的微笑。他的胃口和脾气一定都很好，而且随时会说出一些稍带粗野的笑话。

有一个的双颊很瘦削，是一个尖脸，有一撮山羊胡子。据说这样的脸型在现在关中一带的农民中还很容易发现。他也微微笑着，但从眼神里看，他在沉思着一件什么事情。

有人说，兵马俑的形象就是造俑者的形象，他们或是把自己，或是把同伴的模样塑成俑了。这当然是推测，但这种推测很合理。

听说太原晋祠宋塑宫女的形象即晋祠附近少女的形象，现在晋祠附近还能看到和宋塑形态仿佛的女孩子。

我于是生出两种感想。

塑像总是要有个性的。即便是塑造兵马俑，不需要、不要求有个性，但是造俑者还是自觉、不自觉地，多多少少地赋予了他们一些个性。因为他塑造的是人，人总有个性。

塑像总是有模特儿的。他塑造的只能是他见过的人，或是熟人，或是他自己。凭空设想，是不可能的。

任何艺术，想要完全摆脱现实主义，是几乎不可能的事。

三苏祠

三次游杜甫草堂，都没有留下多少印象。

这是一个公园，不是一个祠堂。

杜甫的遗迹，一样也没有。

有很多竹木盆景，很多建筑。到处是对联、题咏，时贤的字画。字多很奔放；画多大写意，着色很浓重。

好像有很多人一齐大声地谈论着杜甫，但是看不到杜甫本人，感觉不到他的行动气息、声音笑貌。

眉山的三苏祠要好一些。

三苏祠以宅为祠。苏东坡文云："家有五亩之园"，今略广，占地约八亩。房屋当然是后来重盖了的，但是当日的布局，依稀可见。有一口井，据说还是苏氏的旧物。井栏是这一带常见的红砂石的。井里现在还能打上水来。一侧有一棵荔枝树。传说苏东坡离家的时候，乡人种了一棵荔枝，约好等东坡回来时一同摘食。东坡远谪，一直没有吃上家乡的荔枝。当年的那棵荔枝早已死了，现存的据说是明朝人补栽的，也已经枯萎了，正在抢救。这些都是有纪念意义的。

东边有一个版本陈列室，搜罗了自元版至现在的铅字排印的东坡集的各种版本，虽然并不齐全，但是这种陈列思想，有足取者。

伏小六、伏小八

大足的唐宋摩崖石刻是惊人的。

十二圆觉，刻得极细致。袈裟衣带静静地垂着，但是你感觉得到其间有一丝微风在轻轻地流动。不像一般的群像（比如罗汉）强调其间的异，这十二尊像强调的是同。他们的年貌、衣着、坐态都差不多。他们都在沉思默念。但是从其眼梢嘴角，看得出其会心处不尽相同。不怕其相同，能于同中见异，十二尊像造成一个既生动又和谐的整体，自是大手笔。

我看过很多千手观音。除了承德的木雕大佛，总觉得不大自然。那么多的细长的手臂长在一个“人”的肩背上，违反常理，使人很不舒服。大足的千手观音另辟蹊径。他的背上也伸出好几只手，但是看来是负担得起的。这几只手之外，又伸出好多只手。据说某年装金时曾一只一只地编过号，一共有一千零七只（不知道为什么是一个单数）。手具各种姿态，或正、或侧、或反，或似召唤，或似慰抚，都很像人的手，很自然，很好看。一千零七只手，造成一个很大的手的佛光。这些手是怎样伸出来的，全不交代。但是你又觉得这都是观音的手，是和观音都有联系的，其联系处不在形，而在意。构思非常巧妙。

释迦涅槃像，即通常所说的卧佛。释迦面部极为平静，目微睁，显出无爱无欲，无生亦无死。像长三十余米，但只刻了释迦的头和胸。肩手无交代。下肢伸入岩石，不知所终。释迦前，刻了佛弟子，有的冠服似中土产，有一个科头鬈发似西方人。他们都在合十赞诵，眉尖微蹙，稍露愁容。这些弟子并不是整齐地排成一列，而是有正面的，有反面的，有朝左的，有朝右的，距离也不相等。他们也只露出半身，腹部以下，在石头里，也不知所终。于有限的空间造无限的境界，形有尽，意无穷，雕刻这一组佛像的是一个气魄雄伟的匠师！他想必在这一壁岩石之前徘徊坐卧了好多个日夜！

普贤像被人称为东方的维纳斯。

数珠手观音被称为媚态观音，全身的线条都非常柔软。

佛教的像原来也是取形于人的，但是后来高度升华起来了。仅修得阿罗汉果的自了汉还一个一个都有人的性格，菩萨以上，就不复再是“人”了。他们不但抛弃了人的性格，连性别也分不清了。菩萨和佛，都有点女性的美。

大足石刻是了不起的艺术。

中国的造像人大都无姓名可查。值得庆幸的是大足石刻有一些石壁上刻下了造像的匠师的姓名。他们大都姓伏。他们的名字是卑微的：伏小六、伏小八……他们的事迹都无可考了，然而中国美术史上无疑地将会写出这样一篇，题目是：《伏小六、伏小八》。

看了大足石刻，我想起一路上看到一些纪念性的现代塑像李冰父子、屈原、杜甫、苏东坡、杨升庵……好像都差不多。这些塑像塑的都不太像古人。为什么我们的雕塑家不能从大足石刻得到一点启发呢?

一九八二年七月

载一九八二年第十四期《新观察》

天山行色

///

行色匆匆

——常语

南山塔松

所谓南山者，是一片塔松林。

乌鲁木齐附近，可游之处有二，一为南山，一为天池。凡到乌鲁木齐者，无不往。

南山是天山的边缘，还不是腹地。南山是牧区。汽车渐入南山境，已经看到牧区景象。两边的山起伏连绵，山势皆平缓，望之浑然，遍山长着茸茸的细草。去年雪不大，草很短。老远的就看到山间错错落落，一丛一丛的塔松，黑黑的。

汽车路尽，舍车从山涧两边的石径向上走，进入松林深处。

塔松极干净，叶片片片如新拭，无一枯枝，颜色蓝绿。空气也极干净。我们藉草倚树吃西瓜，起身时衣裤上都沾了松脂。

新疆雨量很少，空气很干燥，南山雨稍多，本地人说："一块帽子大的云也能下一阵雨。"然而也不过只是帽子大的云的那么一点雨耳，南山也还是干燥的。然而一棵一棵塔松密密地长起来了，就靠了去年的雪和那么一点雨。塔松林中草很丰盛，花很多，树下可以捡到蘑菇。蘑菇大如掌，洁白细嫩。

塔松带来了湿润，带来了一片雨意。

树是雨。

南山之胜处为杨树沟、菊花台，皆未往。

天池雪水

一位维吾尔族的青年油画家（他看来很有才气）告诉我：天池是不能画的，太蓝，太绿，画出来像假的。

天池在博格达雪山下。博格达山终年用它的晶莹洁白吸引着乌鲁木齐人的眼睛。博格达是乌鲁木齐的标志，乌鲁木齐的许多轻工业产品都用博格达山做商标。

汽车出乌鲁木齐，驰过荒凉苍茫的戈壁滩，驰向天池。我恍惚觉得不是身在新疆，而是在南方的什么地方。庄稼长得非常壮大茁实，油绿油绿的，看了叫人身心舒畅。路旁的房屋也都干净整齐。行人的气色也很好，全都显出欣慰而满足。黄发垂髫，并怡然自得。有一个地方，一片极大的坪场，长了一片极大的榆树林。榆树皆数百年物，有些得两三个人才抱得过来。树皆健旺，无衰老态。树下悠然走着牛犊。新疆山风化层厚，少露石骨。有一处，悬崖壁立，石骨尽露，石质坚硬而有光泽，黑如精铁，石缝间长出大树，树荫下覆，纤藤细草，蒙翳披纷，石壁下是一条湍急而清亮的河水……这不像是新疆，好像是四川的峨眉山。

到小天池（谁编出来的，说这是王母娘娘洗脚的地方，真是煞风景！）小憩，在崖下池边站了一会，赶快就上来了：水边凉气逼人。

到了天池，嗬！那位维族画家说得真是不错。有人脱口说了一句："春水碧于蓝。"

天池的水，碧蓝碧蓝的。上面，稍远处，是雪白的雪山。对面的山上密密匝匝地布满了塔松——塔松即云杉。长得非常整齐，一排一排地、一棵一棵挨着，依山而上，显得是人工布置的。池水极平静，塔松、雪山和天上的云影倒映在池水当中，一丝不爽。我觉得这不像在中国，好像是在瑞士的风景明信片上见过的景色。

或说天池是火山口——中国的好些天池都是火山口，自春至夏，博格达山积雪融化，流注其中，终年盈满，水深不可测。天池雪水流下山，流域颇广。凡雪水流经处，皆草木华滋，人畜两旺。

作《天池雪水歌》：

明月照天山，
雪峰淡淡蓝。
春暖雪化水流澌，
流入深谷为天池。

天池水如孔雀绿，
水中森森万松覆。
有时倒映雪山影，
雪山倒影明如玉。
天池雪水下山来，
快笑高歌不复回。
下山水如蓝玛瑙，
卷沫喷花斗奇巧。
雪水流处长榆树，
风吹白杨绿火炬。
雪水流处有人家，
白白红红大丽花。
雪水流处小麦熟，
新面打馕烤羊肉。
雪水流经山北麓，
长宜子孙聚国族。
天池雪水深几许?
储量恰当一年雨。
我从燕山向天山，
曾度苍茫戈壁滩。
万里西来终不悔，
待饮天池一杯水。

天 山

天山大气磅礴，大刀阔斧。

一个国画家到新疆来画天山，可以说是毫无办法。所有一切皴法，大小斧劈、披麻、解索、牛毛、豆瓣，统统用不上。天山风化层很厚，石骨深藏在砂砾泥土之中，表面平平浑浑，不见棱角。一个大山头，只有阴阳明暗几个面，没有任何琐碎的笔触。

天山无奇峰，无陡壁悬崖，无流泉瀑布，无亭台楼阁，而且没有一棵树——树都在“山里”。画国画者以树为山之目，天山无树，就是一大片一大片紫褐色的光秃秃的裸露的干山，国画家没了辙了！

自乌鲁木齐至伊犁，无处不见天山。天山绵延不绝，无尽无休，其长不知几千里也。

天山是雄伟的。

早发乌苏望天山

苍苍浮紫气，

天山真雄伟。

陵谷分阴阳，

不假皴擦美。

初阳照积雪，

色如胭脂水。

往霍尔果斯途中望天山

天山在天上，

没在白云间。

色与云相似，

微露数峰巅。

只从蓝襞褶，

遥知这是山。

伊犁闻鸠

到伊犁，行装甫卸，正洗着脸，听见斑鸠叫：

“鹁鸪鸪——咕，

“鹁鸪鸪——咕……”

这引动了我的一点乡情。

我有很多年没有听见斑鸠叫了。

我的家乡有很多斑鸠。我家的荒废的后园的一棵树上，住着一对斑鸠。“天将雨，鸠唤妇”，到了浓阴将雨的天气，就听见斑鸠叫，叫得很急切：

“鹁鸪鸪，鹁鸪鸪，鹁鸪鸪……”

斑鸠在叫它的媳妇哩。

到了积雨将晴，又听见斑鸠叫，叫得很懒散：

“鹁鸪鸪——咕！”

“鹁鸪鸪——咕！”

单声叫雨，双声叫晴。这是双声，是斑鸠的媳妇回来啦。“——咕”，这是媳妇在应答。

是不是这样呢？我一直没有踏着挂着雨珠的青草去循声观察

过。然而凭着鸠声的单双以占阴晴，似乎很灵验。我小时常常在将雨或将晴的天气里，谛听着鸣鸠，心里又快乐又忧愁，凄凄凉凉的，凄凉得那么甜美。

我的童年的鸠声啊。

昆明似乎应该有斑鸠，然而我没有听鸠的印象。

上海没有斑鸠。

我在北京住了多年，没有听过斑鸠叫。

张家口没有斑鸠。

我在伊犁，在祖国的西北边疆，听见斑鸠叫了。

"鹁鸪鸪——咕！"

"鹁鸪鸪——咕！"

伊犁的鸠声似乎比我的故乡的要低沉一些，苍老一些。

有鸠声处，必多雨，且多大树。鸣鸠多藏于深树间。伊犁多雨。伊犁在全新疆是少有的雨多的地方。伊犁的树很多。我所住的伊犁宾馆，原是苏联领事馆，大树很多，青皮杨多合抱者。

伊犁很美。

洪亮吉《伊犁记事诗》云：

鹁鸪啼处却春风，
宛与江南气候同。

注意到伊犁的鸠声的，不是我一个人。

伊犁河

人间无水不朝东，伊犁河水向西流。

河水颜色灰白，流势不甚急，不紧不慢，荡荡洄洄，似若有所依恋。河下游，流入苏联境。

在河边小作盘桓。使我惊喜的是河边长满我所熟悉的水乡的植物。芦苇。蒲草。蒲草甚高，高过人头。洪亮吉《天山客话》记云：“惠远城关帝庙后，颇有池台之胜，池中积蒲盈顷，游鱼百尾，蛙声间之。”伊犁河岸之生长蒲草，是古已有之的事了。蒲苇旁边，摇动着一串一串殷红的水蓼花，俨然江南秋色。

蹲在伊犁河边捡小石子，起身时发觉腿上脚上有几个地方奇痒，伊犁有蚊子！乌鲁木齐没有蚊子，新疆很多地方没有蚊子，伊犁有蚊子，因为伊犁水多。水多是好事，咬两下也值得。自来新疆，我才更深切地体会到水对于人的生活的重要性。

几乎每个人看到戈壁滩，都要发出这样的感慨：这么大的地，要是有水，能长多少粮食啊！

伊犁河北岸为惠远城。这是“总统伊犁一带”的伊犁将军的驻地，也是获罪的“废员”充军的地方。充军到伊犁，具体地说，就是到惠远。伊犁是个大地名。

惠远有新老两座城。老城建于乾隆二十七年，后为伊犁河水冲溃，废。光绪八年，于旧城西北郊十五里处建新城。

我们到新城看了看。城是土城——新疆的城都是土城，黄土版筑而成，颇简陋，想见是草草营建的。光绪年间，清廷的国力已经很不行了。将军府遗址尚在，房屋已经翻盖过，但大体规模还看得出来。照例是个大衙门的派头，大堂、二堂、花厅，还有个供将军下棋饮酒的亭子。两侧各有一溜耳房，这便是“废员”们办事的地方。将军府下设六个处，“废员”们都须分发在各处效力。现在的房屋有些地方还保留当初的材料。木料都不甚粗大，有的地方还看得到当初的彩画遗迹，都很粗率。

新城没有多少看头，使人感慨兴亡，早生华发的是老城。

旧城的规模是不小的。城墙高一丈四，城周九里。这里有将军府，有兵营，有“废员”们的寓处，街巷市里，房屋栉比。也还有茶坊酒肆，有“却卖鲜鱼饲花鸭”“铜盘炙得花猪好”的南北名厨。也有可供登临眺望，诗酒流连的去处。“城南有望河楼，面伊江，为一方之胜”，城西有半亩宫，城北一片高大的松林。到了重阳，归家亭子的菊花开得正好，不妨开宴。惠远是个“废员”“谪宦”“迁客”的城市。“自巡抚以下至簿尉，亦无官不具，又可知伊犁迁客之多矣。”从上引洪亮吉的诗文，可以看到这些迁客下放到这里，倒是颇不寂寞的。

伊犁河那年发的那场大水，是很不小的。大水把整个城全扫掉了。惠远城的城基是很高的，但是城西大部分已经塌陷，变成和伊犁河岸一般平的草滩了。草滩上的草很好，碧绿的，有牛羊在随意啃啮。城西北的城基犹在，人们常常可以在废墟中捡到陶瓷碎片，辨认花纹字迹。

城的东半部的遗址还在。城里的市街都已犁为耕地，种了庄稼。东北城墙，犹余半壁。城墙虽是土筑的，但很结实，厚约三尺。稍远，右侧，有一土墩，是鼓楼残迹，那应该是城的中心。林则徐就住在附近。

据记载：鼓楼前方第二巷，又名宽巷，是林的住处。我不禁向那个地方多看了几眼。林公则徐，您就是住在那里的呀?

伊犁一带关于林则徐的传说很多。有的不一定可靠。比如现在还在使用的惠远渠，又名皇渠，传说是林所修筑，有人就认为这不可信：林则徐在伊犁只有两年，这样一条大渠，按当时的条件，两年是修不起来的。但是林则徐之致力新疆水利，是不能否定的（林则徐分发在粮饷处，工作很清闲，每月只须到职一次，本不管水利）。林有诗云：“要荒天遣作箕子，此说足壮羁臣羁。”看来他虽在迁谪之中，还是壮怀激烈，毫不颓唐的。他还是想有所作为，为百姓做一点好事，并不像许多废员，成天只是“种树养花，读书静坐”（洪亮吉语）。林则徐离开伊犁时有诗云：“格登山色伊江水，回首依依勒马看。”他对伊犁是有感情的。

惠远城东的一个村边，有四棵大青桐树。传说是林则徐手植的。这大概也是附会。林则徐为什么会跑到这样一个村边来种四棵树呢?不过，人们愿意相信，就让他相信吧。

这样一个人，是值得大家怀念的。

据洪亮吉《客话》云：废员例当佩长刀，穿普通士兵的制服——短后衣。林则徐在伊犁日，亦当如此。

伊犁河南岸是察布查尔。这是一个锡伯族自治县。锡伯人善射，乾隆年间，为了戍边，把他们由东北的呼伦贝尔迁调来此。来的时候，戍卒一千人，连同家属和愿意一同跟上来的亲友，共五千人，路上走了一年多——原定三年，提前赶到了。朝廷发下的差旅银子是一总包给领队人的，提前到，领队可以白得若干。一路上，这支队伍生下了三百个孩子!

这是一支多么壮观的，富于浪漫主义色彩，充满人情气味的队伍啊。五千人，一个民族，男男女女，锅碗瓢盆，全部家当，骑着马，骑着骆驼，乘着马车、牛车，浩浩荡荡，迤迤逦逦，告别东北的大草原，朝着西北大戈壁，出发了。落日，朝雾，启明星，北斗星。搭帐篷，饮牲口，宿营。火光，炊烟，茯茶，奶子。歌声，谈笑声，哪一个帐篷或车篷里传出一声啼哭，“呱——”又一个孩子出生了，一个小锡伯人，一个未来的武士。

一年多。

三百个孩子。

锡伯人是骄傲的。他们在这里驻防二百多年，没有后退过一步。没有一个人跑过边界，也没有一个人逃回东北，他们在这片土地扎下了深根。

锡伯族到现在还是善射的民族。他们的选手还时常在各地举行的射箭比赛中夺标。

锡伯人是很聪明的，他们一般都会说几种语言，除了锡伯语，还会说维语、哈萨克语、汉语。他们不少人还能认古满文。在故宫翻译、整理满文老档的，有几个是从察布查尔调去的。

英雄的民族!

雨晴，自伊犁往尼勒克车中望乌孙山

一痕界破地天间，
浅绛依稀暗暗蓝。
夹道白杨无尽绿，
殷红数点女郎衫。

尼勒克

站在尼勒克街上，好像一步可登乌孙山。乌孙故国在伊犁河上游特克斯流域，尼勒克或当是其辖境。细君公主、解忧公主远嫁乌孙，不知有没有到过这里。汉代女外交家冯嫽夫人是个活跃人物，她的锦车可能是从这里走过的。

尼勒克地方很小，但是境内现有十三个民族。新疆的十三个民族，这里全有。喀什河从城外流过，水清如碧玉，流甚急。

唐巴拉牧场

在乌鲁木齐、在伊犁，接待我们的同志，都劝我们到唐巴拉牧场去看看，说是唐巴拉很美。

唐巴拉果然很美，但是美在哪里，又说不出。勉强要说，只好说：这儿的草真好！

喀什河经过唐巴拉，流着一河碧玉。唐巴拉多雨。由尼勒克往唐巴拉，汽车一天到不了，在卡提布拉克种蜂场住了一夜。那一夜就下了一夜大雨。有河，雨水足，所以草好。这是一个绿色的王国，所有的山头都是碧绿的。绿山上，这里那里，有小牛在慢悠悠地吃草。唐巴拉是高山牧场，牲口都散放在山上，尽它自己漫山瞎跑，放牧人不用管它，只要隔两三天骑着马去看看，不像内蒙，牲口放在平坦的草原上。真绿，空气真新鲜，真安静，一点声音都没有。

我们来晚了。早一个多月来，这里到处是花。种蜂场设在这里，就是因为这里花多。这里的花很多是药材，党参、贝母……蜜蜂场出的蜂蜜能治气管炎。

有的山是杉山。山很高，满山满山长了密匝匝的云杉。云杉极高大。这里的云杉据说已经砍伐了三分之二，现在看起来还很多。招待我们的一个哈萨克牧民告诉我们：林业局有规定，四百年以上的，可以砍；四百年以下的，不许砍。云杉长得很慢。他用手指比了比碗口粗细："一百年，才这个样子！"

到牧场，总要喝喝马奶子、吃吃手抓羊肉。

马奶子微酸，有点像格瓦斯，我在内蒙喝过，不难喝，但也不觉得怎么好喝。哈萨克人可是非常爱喝。他们一到夏天，就高兴了：可以喝"白的"了。大概他们冬天只能喝砖茶，是黑的。马奶子要夏天才有，要等母马下了驹子，冬天没有。一个才会走路的男娃子，老是哭闹。给他糖，给他苹果，都不要，摔了。他妈给他倒了半碗马奶子，他巴呷巴呷地喝起来，安静了。

招待我们的哈萨克牧人的孩子把一群羊赶下山了。我们看到两个男人把羊一只一只周身揣过，特别用力地揣它的屁股蛋子。我们明白，这是揣羊的肥瘦（羊们一定不明白，主人这样揣它是干什么），揣了一只，拍它一下，放掉了；又重捉过一只来，反复地揣。看得出，他们为我们选了一只最肥的羊羔。

哈萨克吃羊肉和内蒙不同，内蒙是各人攥了一大块肉，自己用刀子割了吃。哈萨克是：一个大磁盘子，下面衬着煮烂的面条，上面覆盖着羊肉，主人用刀把肉割成碎块，大家连肉带面抓起来，送进嘴里。

好吃么?

好吃!

吃肉之前，由一个孩子提了一壶水，注水遍请客人洗手，这风俗近似阿拉伯、土耳其。

“唐巴拉”是什么意思呢。哈萨克主人说：听老人说，这是蒙古话。从前山下有一片大树林子，蒙古人每年来收购牲畜，在树上烙了好些印子（印子本是烙牲口的），作为做买卖的标志。唐巴拉是印子的意思。他说：也说不准。

赛里木湖·果子沟

乌鲁木齐人交口称道赛里木湖、果子沟。他们说赛里木湖水很蓝；果子沟要是春天去，满山都是野苹果花。我们从乌鲁木齐往伊犁，一路上就期待着看看这两个地方。

车出芦草沟，迎面的天色沉了下来；前面已经在下雨。到赛里木湖，雨下得正大。

赛里木湖的水不是蓝的呀。我们看到的湖水是铁灰色的。风雨交加，湖里浪很大。灰黑色的巨浪，一浪接着一浪，扑面涌来，撞碎在岸边，溅起白沫。这不像是湖，像是海。荒凉的，没有人迹的，冷酷的海。没有船，没有飞鸟。赛里木湖使人觉得很神秘，甚至恐怖。赛里木湖是超人性的。它没有人的气息。

湖边很冷，不可久留。

林则徐一八四二年（距今整一百四十年）十一月五日，曾过赛里木湖。林则徐日记云：“土人云：海中有神物如青羊，不可见，见则雨雹。其水亦不可饮，饮则手足疲软，谅是雪水性寒故耳。”林则徐是了解赛里木湖的性格的。

到伊犁，和伊犁的同志谈起我们见到的赛里木湖，他们都有些惊讶，说：“真还很少有人在大风雨中过赛里木湖。”

赛里木湖正南，即果子沟。车到果子沟，雨停了。我们来的不是时候，没有看到满山密雪一样的林檎的繁花，但是果子沟给我留下一个非常美的印象。

吉普车在山顶的公路上慢行着，公路一侧的下面是重重复复的山头和深浅不一的山谷。山和谷都是绿的，但绿得不一样。浅黄的、浅绿的、深绿的。每一个山头和山谷多是一种绿法。大抵越是低处，颜色越浅；越往上，越深。新雨初晴，日色斜照，细草丰茸，光泽柔和，在深深浅浅的绿山绿谷中，星星点点地散牧着白羊、黄犊、枣红的马，十分悠闲安静。迎面陡峭的高山上，密密地矗立着高大的云杉。一缕一缕白云从黑色的云杉间飞出。这是一个仙境。我到过很多地方，从来没有觉得什么地方是仙境。到了这儿，我蓦然想起这两个字。我觉得这里该出现一个小小的仙女，穿着雪白的纱衣，披散着头发，手里拿一根细长的牧羊杖，赤着脚，唱着歌，歌声悠远，回绕在山谷之间……

从伊犁返回乌鲁木齐，重过果子沟。果子沟不是来时那样了。草、树、山，都有点发干，没有了那点灵气。我不复再觉得这是一个仙境了。旅游，也要碰运气。我们在大风雨中过赛里木，雨后看果子沟，皆可遇而不可求。

汽车转过一个山头，一车的人都叫了起来：“哈！”赛里木湖，真蓝！好像赛里木湖故意设置了一个山头，挡住人的视线。绕过这个山头，它就像从天上掉下来的似的，突然出现了。

真蓝！下车待了一会，我心里一直惊呼着：真蓝！

我见过不少蓝色的水。“春水碧于蓝”的西湖，“比似春莼碧不殊”的嘉陵江，还有最近看过的博格达雪山下的天池，都不似赛里木湖这样的蓝。蓝得奇怪，蓝得不近情理；蓝得就像绘画颜料里的普鲁士蓝，而且是没有化开的。湖面无风，水纹细如鱼鳞。天容云影，倒映其中，发宝石光。湖色略有深浅，然而一望皆蓝。

上了车，车沿湖岸走了二十分钟，我心里一直重复着这一句：真蓝。远看，像一湖纯蓝墨水。

赛里木湖究竟美不美？我简直说不上来。我只是觉得：真蓝。我顾不上有别的感觉。只有一个感觉——蓝。

为什么会这样蓝？有人说是因为水太深。据说赛里木湖水深至九十公尺。赛里木湖海拔二千零七十三米，水深九十公尺，真是不可思议。

“赛里木”是突厥语，意思是祝福、平安。突厥的旅人到了这里，都要对着湖水，说一声：

“赛里木！”

为什么要说一声“赛里木！”是出于欣喜，还是出于敬畏？

赛里木湖是神秘的。

苏公塔

苏公塔在吐鲁番。吐鲁番地远，外省人很少到过，故不为人所知。苏公塔，塔也，但不是平常的塔。苏公塔是伊斯兰教的塔，不是佛塔。

据说，像苏公塔这样的结构的塔，中国共有两座，另一座在南京。

塔不分层。看不到石基木料。塔心是一砖砌的中心支柱。支柱周围有盘道，逐级盘旋而上，直至塔顶。外壳是一个巨大的圆柱，下丰上锐，拱顶。这个大圆柱是砖砌的，用结实的方砖砌出凹凸不同的中亚风格的几何图案，没有任何增饰。砖是青砖，外面涂了一层黄土，呈浅土黄色。这种黄土，本地所产，取之不尽，土质细腻，无杂质，富黏性。吐鲁番不下雨，塔上涂刷的土浆没有被冲刷的痕迹。二百余年，完好如新。塔高约相当于十层楼，朴素而不简陋，精巧而不烦琐。这样一个浅土黄色的，滚圆的巨柱，拔地而起，直向天空，安静肃穆，准确地表达了穆斯林的虔诚和信念。

塔旁为一礼拜寺，颇宏伟，大厅可容千人，但外表极朴素，土筑、平顶。这座礼拜寺的构思是费过斟酌的。不敢高，不与塔争势；不欲过卑，因为这是做礼拜的场所。整个建筑全由平行线和垂直线构成，无弧线，无波纹起伏，亦呈浅土黄色。

圆柱形的苏公塔和方正的礼拜寺造成极为鲜明的对比，而又非常协调。苏公塔追求的是单纯。

令人钦佩的是造塔的匠师把蓝天也设计了进去。单纯的，对比着而又协调着的浅土黄色的建筑，后面是吐鲁番盆地特有的明净无滓湛蓝湛蓝的天宇，真是太美了。没有蓝天，衬不出这种浅土黄色是多么美。一个有头脑的，聪明的匠师！

苏公塔亦称额敏塔。造塔的由来有两种说法。塔的进口处有一块碑，一半是汉字，一半是维文。汉字的说塔是额敏造的。额敏和硕，因助清高宗平定准噶尔有功，受封为郡王。碑文有感念清朝皇帝的意思，碑首冠以“大清乾隆”，自称“皇帝旧仆”。维文的则说这是额敏的长子苏来满造，为了向安拉祈福。不知道为什么会有这样两种不同的说法。由来不同，塔名亦异。

大戈壁·火焰山·葡萄沟

从乌鲁木齐到吐鲁番，要经过一片很大的戈壁滩。这是典型的大戈壁，寸草不生。没有任何生物。我经过别处的戈壁，总还有点芨芨草、梭梭、红柳，偶尔有一两棵曼陀罗开着白花，有几只像黑漆涂出来的乌鸦。这里什么都没有。没有飞鸟的影子，没有虫声，连苔藓的痕迹都没有。就是一片大平地，平极了。地面都是砾石。都差不多大，好像是筛选过的。有黑的、有白的，铺得很均匀。远看像铺了一地炉灰碴子。一望无际。真是荒凉。太古洪荒。真像是到了一个什么别的星球上。

我们的汽车以每小时八十公里的速度在平坦的柏油路上奔驰，我觉得汽车像一只快艇飞驶在海上。

戈壁上时常见到幻影，远看一片湖泊，清清楚楚。走近了，什么也没有。幻影曾经欺骗了很多干渴的旅人。幻影不难碰到，我们一路见到多次。

人怎么能通过这样的地方呢？他们为什么要通过这样的地方？他们要去干什么？

不能不想起张骞，想起班超，想起玄奘法师。这都是了不起的人……

快到吐鲁番了，已经看到坎儿井。坎儿井像一溜一溜巨大的蚁垤。下面，是暗渠，流着从天山引下来的雪水。这些大蚁垤是挖渠掏出的砾石堆。现在有了水泥管道，有些坎儿井已经废弃了，有些还在用着。总有一天，它们都会成为古迹的。但是不管到什么时候，看到这些巨大的蚁垤，想到人能够从这样的大戈壁下面，把水引了过来，还是会起历史的庄严感和悲壮感的。

到了吐鲁番，看到房屋、市街、树木，加上天气特殊的干热，人昏昏的，有点像做梦。有点不相信我们是从那样荒凉的戈壁滩上走过来的。

吐鲁番是一个著名的绿洲。绿洲是什么意思呢？我从小就在诗歌里知道绿洲，以为只是有水草树木的地方。而且既名为洲，想必很小。不对。绿洲很大。绿洲是人所居住的地方。绿洲意味着人的生活，人的勤劳，人的生老病死，喜怒哀乐，人的文明。

一出吐鲁番，南面便是火焰山。

又是戈壁。下面是苍茫的戈壁，前面是通红的火焰山。靠近火焰山时，发现戈壁上长了一丛丛翠绿翠绿的梭梭。这样一个无雨的、酷热的戈壁上怎么会长出梭梭来呢？而且是那样的绿！不知它是本来就是这样绿，还是通红的山把它衬得更绿了。大概在干旱的戈壁上，凡能发绿的植物，都罄其生命，拼命地绿。这一丛一丛的翠绿，是一声一声胜利的呼喊。

火焰山，前人记载，都说它颜色赤红如火。不止此也。整个山像一场正在燃烧的大火。凡火之颜色、形态无不具。有些地方如火方炽，火苗高窜，颜色正红。有些地方已经烧成白热，火头旋拧如波涛。有一处火头得了风，火借风势，呼啸而起，横扯成了一条很长的火带，颜色微黄。有几处，下面的小火为上面的大火所逼，带着烟沫气流，倒溢而出。有几个小山岔，褶缝间黑黑的，分明是残火将熄的烟炱……

火焰山真是一个奇观。

火焰山大概是风造成的，山的石质本是红的，表面风化，成为细细的红沙。风于是在这些疏松的沙土上雕镂搜剔，刻出了一场热热烘烘、刮刮杂杂的大火。风是个大手笔。

火焰山下极热，盛夏地表温度至七十多度。

火焰山下，大戈壁上，有一条山沟，长十余里，沟中有一条从天山流下来的河，河两岸，除了石榴、无花果、棉花、一般的庄稼，种的都是葡萄，是为葡萄沟。

葡萄沟里到处是晾葡萄干的荫房——葡萄干是晾出来的，不是晒出来的。四方的土房子，四面都用土墼砌出透空的花墙。无核白葡萄就一长串一长串地挂在里面，尽吐鲁番特有的干燥的热风，把它吹上四十天，就成了葡萄干，运到北京、上海、外国。

吐鲁番的葡萄全国第一，各样品种无不极甜，而且皮很薄，入口即化。吐鲁番人吃葡萄都不吐皮，因为无皮可吐——不但不吐皮，连核也一同吃下，他们认为葡萄核是好东西。北京绕口令曰“吃葡萄不吐葡萄皮儿”，未免少见多怪。

一九八二年九月二十二日起手写于兰州，

十月七日北京写讫。

载一九八三年第一期《北京文学》

湘行二记

桃花源记

汽车开进桃花源，车中一眼看见一棵桃树上还开着花。只有一枝，四五朵，通红的，如同胭脂。十一月天气，还开桃花！这四五朵红花似乎想努力地证明：这里确实是桃花源。

有一位原来也想和我们一同来看看桃花源的同志，听说这个桃花源是假的，就没有多大兴趣，不来了。这位同志真是太天真了。桃花源怎么可能是真的呢？《桃花源记》是一篇寓言。中国有几处桃花源，都是后人根据《桃花源诗并记》附会出来的。先有《桃花源记》，然后有桃花源。不过如果要在中国选举出一个桃花源，这一个应该有优先权。这个桃花源在湖南桃源县，桃源旧属武陵。而且这里有一条小溪，直通沅江。陶渊明的《桃花源记》不是这样说的么："晋太元中，武陵人，捕鱼为业。缘溪行，忘路之远近……"

刚放下旅行包，文化局的同志就来招呼去吃擂茶。耳擂茶之名久矣，此来一半为擂茶，没想到下车后第一个节目便是吃擂茶，当然很高兴。茶叶、老姜、芝麻、米，加盐，放在一个擂钵里，用硬杂木做的擂棒"擂"成细末，用开水冲开，便是擂茶。吃擂茶时还要摆出十几个碟子，里面装的是炒米、炒黄豆、炒绿豆、炒包谷、炒花生、砂炒红薯片、油炸锅巴、泡菜、酸辣藠头……边喝边吃。擂茶别具风味，连喝几碗，浑身舒服。佐茶的茶食也都很好吃，藠头尤其好。我吃过的藠头多矣，江西的、湖北的、四川的……但都不如这里的又酸又甜又辣，桃源藠头滋味之浓，实为天下冠。桃源人都爱喝擂茶。有的农民家，夏天中午不吃饭，就是喝一顿擂茶。问起擂茶的来历，说是：诸葛亮带兵到这里，士兵得了瘟疫，遍请名医，医治无效，有一个老婆婆说："我会治！"她熬了几大锅擂茶，说："喝吧！"士兵喝了擂茶，都好了。这种说法当然也只好姑妄听之。诸葛亮有没有带兵到过桃源，无可稽考。根据印象，这一带在三国时应是吴国的地方，若说是鲁肃或周瑜的兵，还差不多。我总怀疑，这种喝茶法是宋代传下来的。《都城纪胜·茶坊》载："冬天兼买擂茶。"《梦粱录·茶肆》条载："冬月添卖七宝擂茶。"有一本书载："杭州人一天吃三十丈木头。"指的是每天消耗的"擂槌"的表层木质。"擂槌"大概就是桃源人所说的擂棒。"一天吃三十丈木头"，形容杭州人口之多。

擂槌可以擂别的东西，当然也可以擂茶。"擂"这个字是从宋代沿用下来的。“擂”者，擂而细之之谓也，跟擂鼓的擂不是一个意思。茶里放姜，见于《水浒传》，王婆家就有这种茶卖，《水浒传》第二十四回写道：“便浓浓地点两盏姜茶，将来放在桌子上。”从字面看，这种茶里有茶叶，有姜，至于还放不放别的什么，只好阙闻了。反正，王婆所卖之茶与桃源擂茶有某种渊源，是可以肯定的。湖南省不少地方喝“芝麻豆子茶”，即在茶里放入炒熟且碾碎的芝麻、黄豆、花生，也有放姜的，好像不加盐，茶叶则是整的，并不擂细，而且喝干了茶水还把叶子捞出来放进嘴里嚼嚼吃了，这可以说是擂茶的嫡堂兄弟。湖南人爱吃姜。十多年前在醴陵、浏阳一带旅行，公共汽车一到站，就有人托了一个瓷盘，里面装的是插在牙签上的切得薄薄的姜片，一根牙签上插五六片，卖与过客。本地人掏出角把钱，买得几串，就坐在车里吃起来，像吃水果似的。大概楚地卑湿，故湘人保存了不撤姜食的习惯。生姜、茶叶可以治疗某些外感，是一般的本草书上都讲过的。北方的农村也有把茶叶、芝麻一同放在嘴里生嚼用来发汗的偏方。因此，说擂茶最初起于医治兵士的对症，不为无因。

上午在山上桃花观里看了看。进门是一正殿，往后高处是“古隐君子之堂”。两侧各有一座楼，一名“蹑风”，用陶渊明“愿言蹑轻风”诗意；一名“玩月”，用刘禹锡故实。楼皆三面开窗，后为墙壁，颇小巧，不俗气。观里的建筑都不甚高大，疏疏朗朗，虽为道观，却无甚道士气，既没有一气化三清的坐像，也没有伸着手掌放掌心雷降妖的张天师。楹联颇多，联语多隐括《桃花源记》词句，也与道教无关。这些联匾在“文化大革命”中由一看山的老人摘下藏了起来，没有交给“破四旧”的“红卫兵”，故能完整地重新挂出来，也算万幸了。

下午下山，去钻了“秦人洞”。洞口倒是有点像《桃花源记》所写的那样，“山有小口，仿佛若有光”“初极狭，才通人”。洞里有小小流水，深不过人脚面，然而源源不竭，蜿蜒流至山下。走了几十步，豁然开朗了，但并不是“土地平旷，屋舍俨然，有良田美池桑竹之属。阡陌交通，鸡犬相闻”。后面有一点平地，也有一块稻田，田中插一木牌，写着“千丘田”，实际上只有两间房子那样大，是特意开出来种了稻子应景的。有两个水池子，山上有一个擂茶馆，再后就又是山了。如此而已。因此不少人来看了，都觉得失望，说是“不像”。这些同志也真是天真。他们大概还想遇见几个避乱的秦人，请到家里，设酒杀鸡来招待他一番，这才满意。

看了秦人洞，便抉向路下山。山下有方竹亭，亭极古拙，四面有门而无窗，墙甚厚，拱顶，无梁柱，云是明时所筑，似可信。亭后旧有方竹，为国民党的兵砍尽。竹子这个东西，每隔三年，须删砍一次，不则挤死；然亦不能砍尽，砍尽则不复长。现在方竹亭后仍有一丛细竹，导游的说明牌上说：这种竹子看起来是圆的，摸起来是方的。摸了摸，似乎有点楞。但一切竹竿似皆不尽浑圆，这一丛细竹是补种来应景的，和我在成都薛涛井旁所见方竹不同——那是真正“的角四方”的。方竹亭前原来有很多碑，“文化大革命”中都被“红卫兵”椎碎了，剩下一些石头乌龟昂着头，空空地趴在那里。据说有一块明朝的碑，字写得很好，不知还能不能找到拓本。

旧的碑毁掉了，新的碑正在造出来。就在碎碑残骸不远处，有几个石工正在丁丁地斫治。一个小伙子在一块桃源石的巨碑上浇了水，用一块油石在慢慢地磨着。碑石绿如艾叶，很好看。桃源石很硬，磨起来很不容易。问："磨这样一块碑得用多少工？"——"好多工啊？哪晓得呢！反正磨光了算！"这回答真有点无怀氏之民的风度。

晚饭后，管理处的同志摆出了纸墨笔砚，请求写几个字，把上午吃擂茶时想出的四句诗写给了他们：

红桃曾照秦时月，
黄菊重开陶令花。
大乱十年成一梦，
与君安坐吃擂茶。

晚宿观旁的小招待所，栏杆外面，竹树萧然，极为幽静。桃花源虽无真正的方竹，但别的竹子都可看。竹子都长得很高，节子也长，竹叶细碎，姗姗可爱，真是所谓修竹。树都不粗壮，而都甚高。大概树都是从谷底长上来的，为了够得着日光，就把自己拉长了。竹叶间有小鸟穿来穿去，绿如竹叶，才一寸多长。

修竹姗姗节子长，
山中高树已经霜。
经霜竹树皆无语，
小鸟啾啾为底忙？

晨起，至桃花观门外闲眺，下起了小雨。

山下鸡鸣相应答，
林间鸟语自高低。
芭蕉叶响知来雨，
已觉清流涨小溪。

做了一日武陵人，临去，看那个小伙子磨的石碑，似乎进展不大。门口的桃花还在开着。

岳阳楼记

岳阳楼值得一看。

长江三胜，滕王阁、黄鹤楼都没有了，就剩下这座岳阳楼了。

岳阳楼最初是唐开元中中书令张说所建，但在一般中国人印象里，它是滕子京建的。滕子京之所以出名，是由于范仲淹的《岳阳楼记》。中国过去的读书人很少没有读过《岳阳楼记》的。《岳阳楼记》一开头就写道：“庆历四年春，滕子京谪守巴陵郡。越明年，政通人和，百废俱兴……”虽然范记写得很清楚，滕子京不过是“重修岳阳楼，增其旧制”，然而大家不甚注意，总以为这是滕子京建的。岳阳楼和滕子京这个名字分不开了。滕子京一生做过什么事，大家不去理会，只知道他修建了岳阳楼，好像他这辈子就做了这一件事。滕子京因为岳阳楼而不朽，而岳阳楼又因为范仲淹的一记而不朽。若无范仲淹的《岳阳楼记》，不会有那么多人知道岳阳楼，有那么多人对它向往。《岳阳楼记》通篇写得很好，而尤其为人传诵者，是“先天下之忧而忧，后天下之乐而乐”这两句名言。可以这样说：岳阳楼是由于这两句名言而名闻天下的。这大概是滕子京始料所不及，亦为范仲淹始料所不及。这位“胸中自有数万甲兵”的范老子的事迹大家也多不甚了了，他流传后世的，除了几首词，最突出的，便是一篇《岳阳楼记》和《记》里的这两句话。这两句话哺育了很多后代人，对中国知识分子的品德的形成，产生了极其深远的影响。匹夫而为百世师，一言而为天下法，呜呼，立言的价值之重且大矣，可不慎哉！

写这篇《记》的时候，范仲淹不在岳阳，他被贬在邓州，即今河南邓县，而且听说他根本就没有到过岳阳，《记》中对岳阳楼四周景色的描写，完全出诸想象。这真是不可思议的事。他没有到过岳阳，可是比许多久住岳阳的人看到的还要真切。岳阳的景色是想象的，但是“先天下之忧而忧，后天下之乐而乐”的思想却是久经考虑，出于胸臆的，真实的、深刻的。看来一篇文章最重要的是思想。有了独特的思想，才能调动想象，才能把在别处所得到的印象概括集中起来。范仲淹虽可能没有看到过洞庭湖，但是他看到过很多巨浸大泽。他是吴县人，太湖是一定看过的。我很怀疑他对洞庭湖的描写，有些是从太湖印象中借用过来的。

现在的岳阳楼早已不是滕子京重修的了。这座楼烧掉了几次。据《巴陵县志》载：岳阳楼在明崇祯十二年毁于火，推官陶宗孔重建。清顺治十四年又毁于火，康熙二十二年由知府李遇时、知县赵士珩捐资重建。康熙二十七年又毁于火，直到乾隆五年由总督班第集资修复。因此范记所云“刻唐贤、今人诗赋于其上”，已不可见。现在楼上刻在檀木屏上的《岳阳楼记》系张照所书，楼里的大部分楹联是到处写字的“道州何绍基”写的，张、何皆乾隆间人。但是人们还相信这是滕子京修的那座楼，因为范仲淹的《岳阳楼记》实在太深入人心了。也很可能，后来两次修复，都还保存了滕楼的旧样。九百多年前的规模格局，至今犹能得其仿佛，斯可贵矣。

我在别处没有看见过一个像岳阳楼这样的建筑。全楼为四柱、三层、盔顶的纯木结构。主楼三层，高十五米，中间以四根楠木巨柱从地到顶承荷全楼大部分重力，再用十二根宝柱作为内围，外围绕以十二根檐柱，彼此牵制，结为整体。全楼纯用木料构成，逗缝对榫，没用一钉一铆，一块砖石。楼的结构精巧，但是看起来端庄浑厚，落落大方，没有搔首弄姿的小家气，在烟波浩淼的洞庭湖上很压得住，很有气魄。

岳阳楼本身很美，尤其美的是它所占的地势。“滕王高阁临江渚”，看来和长江是有一段距离的。黄鹤楼在蛇山上，晴川历历，芳草萋萋，宜俯瞰，宜远眺，楼在江之上，江之外，江自江，楼自楼。岳阳楼则好像直接从洞庭湖里长出来的。楼在岳阳西门之上，城门口即是洞庭湖。伏在楼外女墙上，好像洞庭湖就在脚底，丢一个石子，就能听见水响，楼与湖是一整体。没有洞庭湖，岳阳楼不成其为岳阳楼；没有岳阳楼，洞庭湖也就不成其为洞庭湖了。站在岳阳楼上，可以清清楚楚看到湖中帆船来往，渔歌互答，可以扬声与舟中人说话；同时又可远看浩浩荡荡，横无际涯，北通巫峡，南极潇湘的湖水，远近咸宜，皆可悦目。“气吞云梦泽，波撼岳阳城”，并非虚语。

我们登岳阳楼那天下雨，游人不多。有三四级风，洞庭湖里的浪不大，没有起白花。本地人说不起白花的是“波”，起白花的是

“涌”。“波”和“涌”有这样的区别，我还是第一次听到。这可以增加对于“洞庭波涌连天雪”的一点新的理解。

夜读《岳阳楼诗词选》。读多了，有千篇一律之感。最有气魄的还是孟浩然的那一联，和杜甫的“吴楚东南坼，乾坤日夜浮”。刘禹锡的“遥望洞庭山水翠，白银盘里一青螺”，化大境界为小景，另辟蹊径。许棠因为《洞庭》一诗，当时号称“许洞庭”，但“四顾疑无地，中流忽有山”，只是工巧而已。滕子京的《临江仙》把“气蒸云梦泽，波撼岳阳城”“曲终人不见，江上数峰青“整句地搬了进来，未免过于省事！吕洞宾的绝句“朝游岳鄂暮苍梧，袖里青蛇胆气粗。三醉岳阳人不识，朗吟飞过洞庭湖”，很有点仙气，但我怀疑这是伪造的（清人陈玉《岳阳楼》诗有句云：“堪惜忠魂无处奠，却教羽客踞华楹。”他主张岳阳楼上当奉屈左徒为宗主，把楼上的吕洞宾的塑像请出去，我准备投他一票）。写得最美的，还是屈大夫的“袅袅兮秋风，洞庭波兮木叶下”，两句话把洞庭湖就写完了！

一九八二年十二月八日北京

载一九八三年第四期《芙蓉》

猴王的罗曼史

///

游索溪峪，陪同我的老万说，有一处山坳里养着一群猴子，看猴子的人会唱猴歌，通猴语，他问我有没有兴趣去看看。我说：有！

看猴的五十多岁了，独臂，他说他家五代都在山里捉猴子。

他说猴有猴群，“人”数不等，二三十只到近百只的都有，猴群有王。王是打出来的。年年都要打一次。哪一只公猴子把其他的公猴都打败了（母猴不参加），他就是猴王。猴王一到，所有的猴子都站在两边。除了大王，还有二王，三王。

这里的这群猴原来是山里的野猴，有一年下大雪，山里没吃的，猴群跑到这里来，他撒一点苞谷喂喂他们，这群猴就在这里定居了。

猴群里所有的母猴名义上都是猴王的姬妾，但是猴王有一个固定的大老婆，即猴后。别的母猴和其他公猴“做爱”，猴王也是睁一眼闭一眼，但是正室大夫人绝对不许乱搞。这群猴的猴后和别的公猴乱搞，被原先的猴王发现，他就把猴后痛打一顿，逐到山里去了。这猴后到山里跟另一猴群的二王结了婚，还生了个猴太子。后来这群猴的猴王死了，猴后回来看了看，就把她的第二个丈夫迎了来，招婿上门，当了这群猴的猴王。

谁是猴王？一看就看得出来。他比别的猴子要魁伟得多，毛色金黄发亮。脸型也有点特别，下腭不尖而方。双目炯炯，样子很威严，的确有点帝王气象。跟他贴身坐着的，想必即是猴后，也很像一位命妇。

猴王是有权的。两只猴子吵起来，甚至扭打起来，他会出面仲裁，大声呵叱，或予痛责。除此之外，也没有什么尊贵。小猴子手里的食物他照样抢过来吃。

我们问这位独臂老汉：“你是通猴语么？”他说猴子有语言，有五十几个“字”，即能发出五十几种声音，每一种声音表示一定的意思。有几个外地来的青年工人和猴子玩了半天。喂猴吃东西，还和猴子一起照了很多相。他们站起身来要走了，猴王猴后并肩坐在铁笼里吭吭地叫了几声，神情似颇庄重。我问看猴人：“他们说什么？”他说：“你们走了，再见！”这几个青年走上山坡，将要拐弯，猴王猴后又吭吭了几声。我问看猴老汉：“这是什么意思？”他说：“他们说‘慢走’。”

我不大相信。可是等我和老万向看猴老汉告辞的时候。猴王猴后又复并肩而坐，吭吭几声；等我们走上山坡，他们又是同样地吭吭叫了几声。我不得不相信这位朴朴实实的独臂看猴老汉所说的一切。

我向老汉建议：应当把猴语的五十几个单音字录下来，由他加以解释，留一份资料。他说管理处的小张已经录了。

老万告我：这老汉会唱猴歌。他一唱猴歌，山里的猴子就会奔来。我问他：“你会唱猴歌吗？”他说：“猴歌啊？……”笑而不答，不置可否。

一九八七年三月二十一日追记

载一九八七年四月十八日《北京晚报》